KB060612

소설 동학 6

김동련
대하소설 6

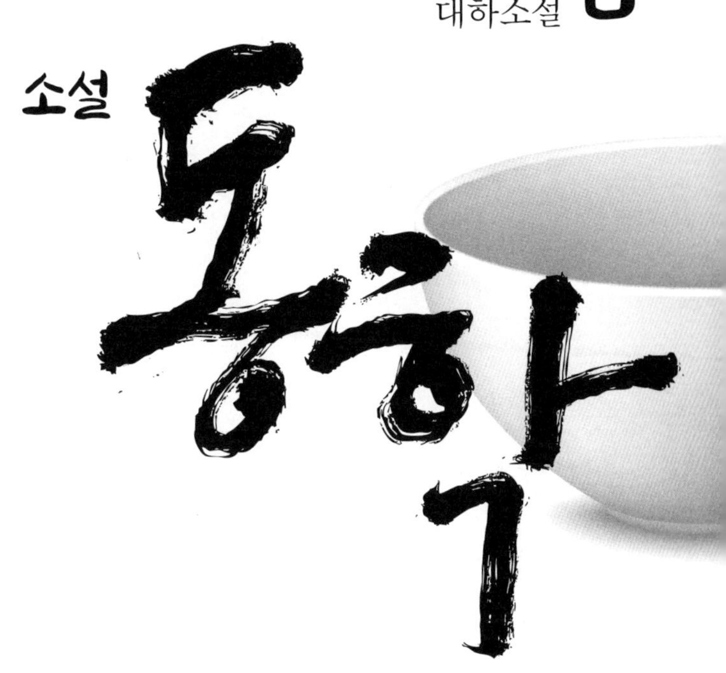

어떻게 살아야
사람답게
사는 것인가?

2

도서출판 모시는사람들

소설 동학 6

등록 1994.7.1 제1-1071
1쇄 발행 2022년 5월 31일

지은이 김동련
펴낸이 박길수
편집장 소경희
편 집 조영준
관 리 위현정
디자인 이주향
펴낸곳 도서출판 모시는사람들
03147 서울시 종로구 삼일대로 457(경운동 수운회관) 1207호
전 화 02-735-7173, 02-737-7173 / 팩스 02-730-7173

인 쇄 (주)성광인쇄(031-942-4814)
배 본 문화유통북스(031-937-6100)
홈페이지 http://www.mosinsaram.com/

값은 뒤표지에 있습니다.

ISBN 979-11-6629-113-5 04810
세트 ISBN 979-11-6629-107-4 04810

6

어떻게 살아야 사람답게 사는 것인가? ②

49.

고종 31년, 갑오년, 1894년, 팔월.

장흥은 북쪽에 제암산·가지산·국사봉이 동에서 서로 달리고 남쪽에 고래로 황장봉산이라고 일컫는 천관산이 있다.

탐진강이 북쪽에서 아래로 흐르다가 장흥에서 강진으로 흘러나가는 주위에 정자천·금강·신월천·고읍천·남성천이 흘러 충적평야가 펼쳐진 곳이다. 천산 평야가 가장 규모가 크고 대덕 부근에 간척지 평야가 있다.

장흥에서는 이방언과 이인환이 집강소를 지휘했다. 산성 별장이 집강소 활동을 방해했다. 이방언은 도인들과 산성을 공격해 별장을 잡아 가두었다.

그러자 옆 동네에 주둔했던 강진 병영에서 이방언을 잡을 대책을 논의했다.

전라병사 서병무가 겁도 없이 도인들을 질책하는 포고문을 만들어 보냈다.

서병무는 상대를 잘못 보았다. 상대는 황룡전투에서 장태 전법을 써 대승을 거둔 이장태 즉 이방언이었다.

이방언은 포고문을 찢어 버리고 도인들을 이끌고 병영을 공격하겠다고 경고했다.

이에 서병무는 겁을 먹고 입을 다물었다.

이방언은 도인을 이끌고 강진으로 가 모살계와 합세해 도소를 설치했다. 만덕은 이방언의 휘하에 들어갔다.

이방언이 만덕에게 물었다.

"어르신 성이 어떻게 됩니까?"

만덕이 겸손하게 대답했다.

"천한 백정이 무슨 성이 있겠습니까?"

이방언이 두 손을 마주 잡고 말했다.

"세상이 바뀌었습니다. 신분으로 사람을 천시하던 세월은 지나갔습니다. 제가 제 성을 드리면 받아주시겠습니까?"

"곧 죽을 노인에게 과분합니다."

"그러면 제 성을 드리고 오늘부터 어르신을 부모처럼 모시겠습니다. 허락하시겠습니까?"

"고마운 말씀이시오. 꼭 그리하겠다면 우리 모살계 계원 모두에게 이씨 성을 주시지요."

"예 그렇게 하겠습니다. 본관은 전주입니다."

이방언이 일어나 만덕에게 큰절을 했다.

"오늘부터 제 아버님으로 모시겠습니다."

만덕과 모살계 계원이 마주보고 절을 했다. 이때부터 모살계 백정들은 모두 이씨 성을 쓰게 되었다.

이방언은 다시 장흥으로 돌아갔다.

그는 매일 도인들과 함께 농사일을 도우러 들판으로 나갔다. 하루 내내 농민들과 섞여 일하며 막걸리를 나누어 마셨다.

노인들이 한탄했다.

"이렇게 좋은 세상이 올 줄 누가 알았겠는가? 서로 돕고 나누니 바로 태평성대가 아닌가?

이렇게 간단한 일을 나라에서는 왜 못했단 말인가?

왕이란 놈이 저 혼자만 살겠다고 설치니 그 밑에 벼슬아치들이 덩달아 사욕을 채운답시고 선량한 백성을 이다지도 괴롭히지 않았는가?"

이방언이 막걸리잔을 들고 노인에게 권했다.

노인은 사양했다.

"나는 자네들이 일하고 즐거워하는 것만 보아도 취하네."

위의 질책에 시달리던 전라병사 서병무가 결국 병영 군사를 몰고 장흥으로 건너왔다.

이방언은 즉시 도인들을 모아 국사봉 등성이에 진을 치고 전투를 준비했다.

서병무가 국사봉 아래에 도착하자 날이 저물었다. 서병무는 산기슭에 진을 치고 다음 날 날이 새면 공격하겠다고 생각했다.

자정께 이방언은 준비했던 수백 마리의 닭을 긴 끈으로 연결하고 다리에 불을 붙여 산 아래로 몰았다. 닭들은 놀라고 괴로워 산 아래 서병무의 진영으로 날아들었다.

서병무는 한참 잠들었다가 소동에 놀라 부리나케 일어나 밖으로 나갔다.

끈으로 연결되어 불이 붙어 내려오는 닭이 그의 눈에는 큰 뱀들이 달려드는 것으로 보였다.

서병무 진영은 순식간에 혼란에 빠졌다.

"불 뱀이 습격했다."

"아니야 저건 불을 뿜는 용이야."

병영 병사들은 정신을 차릴 수 없었다.

이때를 놓치지 않고 이방언이 공격을 개시했다. 도인들의 함성이 산을 무너뜨릴 것 같았다.

"저들은 하늘의 군대이다. 신이 돕지 않고서야 어찌 저런 일이 있을 수 있겠는가?"

서병무는 사타구니에 요령 소리가 나도록 도망쳤다.

50.

고종 31년, 갑오년, 1894년, 팔월.

해남 지역에서는 관민 화약 직후에 김춘두가 도인들을 이끌고 현감을 찾아가 집강소 설치를 협의했다. 사세를 읽은 현감은 바로 승낙했다.

해남은 동쪽으로 강진, 북쪽으로 영암과 접하고 바다로는 완도와 진도 그리고 목포와 대하고 있다. 북동부는 산악이 많아 소백산맥 지맥이 해남 반도 끝까지 뻗으며 완만한 구릉을 형성한다.

대둔산 흑석산 금강산 달마산 두륜산이 우뚝 솟았고 해안은 침강으로 들쑥날쑥 복잡하다.

진도와 해남 화원반도 사이에 급한 조류가 흘러 임란 때 충무공이 격전한 명량해협이 있다. 아래쪽은 평야지대로 간척지와 염전이 많다.

동서로 길게 펼쳐진 해남에서 서쪽의 남리 지역은 김신영, 동쪽은 김춘두가 지휘했다. 김춘두는 해남 읍내 남동에 집강소를 설치해 집강을 맡았다.

김춘두는 주로 빈민을 구제하는 데 전념했다. 병사를 지냈던 지역 토호 윤좌길에게서 사천삼백 냥을 거두어 빈민과 가난한 관노와 사령 그리고 관아의 종과 머슴들에게 나누어 주었다.

윤좌길이 돈을 내놓으며 울었다.

"너와 내가 전생에 무슨 원수를 졌기에 내 재산을 빼앗아 가는가?"

김춘두가 말했다.

"살아가면서 먼저 해야 할 일들이 있는 법이다. 네가 내놓은 돈은 너에게는 재산일 뿐이지만 백성들에게는 죽지 않고 살아갈 양식이 된다. 백성이 뱃속이라도 든든해야 어울려 일을 할 것 아닌가?"

윤좌길은 그래도 돈이 아까웠다.

"사람은 자기가 지은 업에 따라 살아야 전생의 업장이 해소된다는데 너는 왜 악업을 자청하는가?"

김춘두가 다시 말했다.

"네가 불도를 좀 아는 모양인데 내가 불경에 있는 이야기를 하나 들려주겠다.

한 병사가 독화살을 맞아 고통 속에서 생명이 꺼져 가고 있었다. 옆에 있던 동료가 급하게 의사를 불러왔다.

그러나 병사는 독화살을 쏜 자가 누군지, 그의 성은 무엇인지, 이름은 무엇인지, 어떤 신분인지, 키가 큰지 작은지, 피부가 고운지 거친지, 동쪽에 사는지, 서쪽에 사는지를 알기 전에는 독화살을 뽑을 수 없다고 우겼다.

또 자기를 겨눈 활은 산뽕나무로 만들어졌는지 물푸레나무로 만들어졌는지 화살에 달린 깃털은 매의 것인지 닭의 것인지 활촉은 창 모양인지 칼 모양인지를 알기 전에는 화살을 뽑을 수 없다고 우겼다.

병사는 결국 여기에 대해서는 하나도 알지 못하고 죽고 말았다.

사람은 살아가면서 먼저 해야 할 일들이 있는 법이다.

네 돈은 그동안 백성들의 피와 땀을 짜내 만든 것인데 지금은 네 돈을 아깝게 생각하지 말고 많은 사람을 살리는 공덕으로 풀었다고 생각하면 어떻겠느냐?

서로 가진 것을 나누면 또 그만큼의 기쁨이 있는 법이다."

윤좌길은 더 할 말이 없었다.

진도는 조도면에 집강소가 설치되었다. 집강은 박중진이 맡았다.

박중진은 진도 군기고를 열어 도인들을 무장시켰다. 그러나 섬이라 세가 약해 인근 의사에 협조를 요청했다.

의사에는 대접주 손화중이 있었다. 손화중은 휘하 도인들을 보내 박중진을 도왔다.

에너른 밭골이라 박중진은 여러 지역의 도인과 함께 진도의 부호나 악질 아전들을 징치했다.

전주에서 동학군이 퇴각할 때 김인배는 고향인 금구를 떠나 남쪽 순천으로 들어갔다. 김인배는 순천 관아에 집강소를 차리고 양하일에게 집강을 맡겼다.

조정은 뒤늦게 김갑규 후임으로 이수홍을 순천부사로 임명해 보냈다.

이수홍은 김인배의 꼭두각시 노릇을 달갑게 했다.

김인배는 순천에 도소를 두고 영호수접주에 유하덕을 임명했다.

유하덕은 순천 출신으로 초기부터 접주로 활동했다. 그는 김인배가 순천으로 들어오자 스스로 그를 보좌했다. 유하덕이 김개남에게 지원을 요청해 김개남이 김인배를 보냈기 때문이다.

김인배는 순천 쌍암면 출신 정우형을 영호도집강으로, 역시 순천 출신

권병택을 성찰로 임명했다. 이로써 김인배는 명실상부하게 영남과 호남에 걸치는 대접주가 되었다.

김인배는 영호대접주로 순천과 인근 지역의 폐정을 다스리면서 동시에 영남의 집강소 활동도 지도했다. 그는 경상도 쪽 섬진강을 건너 하동 진주 일대의 집강들과도 협력했다.

51.

고종 31년, 갑오년, 1894년, 팔월.

호남의 집강소 활동 소식은 금방 다른 지역에 알려졌다.

개혁의 불길은 호서 남쪽 지방으로 번졌다. 제 침 발라 꾠 새끼가 제일 좋은 법, 충청도 보은과 청주를 비롯해 예산·부여 지역에서는 천민들이 일어났다.

팽이 다리에 물 들어서듯, 합덕 방죽에 줄남생이 늘어앉듯 곳곳에서 지역 단위로 민회가 열렸다.

노비들은 양반의 집을 뒤져 노비 문서를 찢어 버렸다. 죽도록 일만 시키고 삯 한 푼 주지 않던 주인에게 그들이 앞으로 살아갈 재산을 나누어 달라고 요구했다.

노비들은 자신의 아들딸이 남의 종으로 팔려가 헤어진 뒤 거처를 모르는 일이 다반사였다. 이들은 자기네 자식들을 어디로 팔았는지 실토하라고 양반을 다그쳤다.

양반들은 그들의 요구를 그대로 수용했다. 자칫 거슬리면 그들이 도소의 성찰에게 알려 더 큰 징치를 당했기 때문이었다. 천인과 백정들도 노비와 함께 민활하게 움직였다.

도소의 성찰은 동몽이 이끄는 무장 호위대를 거느리고 다녔다.

호서 지방은 본디 훈척과 재상집들이 서로 바라보고 그 주위에 사대부가 모여 살았다.

김씨·송씨·윤씨 같은 제 털 뽑아 제 구멍에 박는 대족과 재상·명가·토호·졸부가 늘비했다.

김씨는 김장생의 후손인 광산 김씨가, 송씨는 회덕 일대에 웅거하던 송시열의 후손인 회덕 송씨가, 윤씨는 노성 일대에서 호족이 된 소론의 거두 윤증의 후손들이었다.

이들이 같이 패거리를 지어 풍속을 파괴하고 백성들을 수탈했다. 눈도 깜짝하지 않고 고리대금으로 백성의 집을 빼앗고 어거지로 백성의 못자리를 강탈했다.

재상을 지낸 신응조는 진잠에 살았는데 그 손자인 신일영이 패악한 짓을 많이 했다. 성찰은 신일영을 나무에 묶고 바지를 내려 그의 불알을 깠다.

"도둑의 종자를 잇게 해서는 안 된다."

평소 양반의 횡포와 유세가 얼마나 지독하게 지역 백성들의 원한을 샀기에 이런 일이 다 일어났을까?

수암 권상하의 종손 권호는 청풍에 살면서 탐학한 짓을 많이 했다. 성찰이 동몽군을 이끌고 가자 체신도 잊고 맨발로 도망쳤다. 성찰은 분연히 수암서원을 가리켰다.

"이곳은 도둑의 소굴이니 바로 헐어 버리자."

도인들이 기둥을 밧줄로 묶어 지붕을 무너뜨리려 하는데 서원의 쌀로 도인들에게 밥을 짓던 늙은이가 허겁지겁 달려왔다. 그는 성찰 앞에 무릎을 꿇고 애원했다.

"권호는 죽여도 좋지만 문순 선생을 생각해서라도 멈추면 안 되겠소?"

성찰은 이 말을 듣고 노인에게 물었다.

"권상하는 사림 출신이지만 노론의 거두로 군림한 부패한 선비입니다. 그리고 수암서원은 본디 세운 목적과는 달리 백성을 수탈하는 기구로 전락하고 말았습니다.

이곳은 백성들의 원한이 뼈에 사무친 곳입니다. 그런데 노인장께서는 왜 서원을 부수지 말라 하십니까?"

노인이 찬찬하게 말했다.

"서원이 섰던 땅은 본디 내 땅이었습니다. 그런데 수암의 친지들이 강제로 빼앗아 서원을 지었습니다.

이제 상전이 벽해가 되어 세상이 바뀌었으니 나는 빼앗긴 내 땅을 찾아야 하겠습니다. 그러니 그동안 내 땅에서 경작하지 못한 대가로 저 집을 나에게 주시오."

조개껍데기는 녹슬지 않는다.

성찰은 손바닥으로 이마를 치면서 시원스럽게 웃었다.

"알겠습니다. 어르신 뜻대로 하십시오."

홍주에서는 갈산리 안동 김씨의 종으로 있던 문천검과 이승범이 일어났다.

그들도 악질 양반의 씨를 말려야 한다고 주인을 발가벗겨 후원에 있는 대추나무에 매달고 아랫도리를 벗겨 불알을 깠다.

이인은 공주 감영과 노성으로 들어가는 길목에 위치해 남쪽으로 부여와 청양으로 이어지는 통로 구실을 하는 곳이다.

공주 출신 유생 이유상이 칠월 초순에 이인 도회소를 차렸다. 이유상은 도회소 안에 집강소를 차려 공주와 인근 고을을 지휘했다.

참의를 지낸 민치준이 부여에서 일부러 찾아와 조리에 옻칠했다. 소 한 마리와 동 백금을 가져와 집강소 경비에 보태 쓰라 했다.

공주에서도 노비들이 활발하게 움직였다.

공주 달동 접주 장준환은 도인 칠백여 명을 이끌고 공주를 비롯해 부여와 광천 지역을 넘나들며 개혁을 실천했다.

부여 도인들은 관아와 가까운 대방면 중리에 도소를 차렸다. 도인의 부녀자들도 치마끈을 고쳐 매고 도소를 차리는 일손을 도왔다.

부여 읍내 왕진 나루 인근에 있던 조 진사 댁 사랑에 도인 아낙네들이 모여 동몽들이 입을 옷과 궁원 도회에 들고 갈 청색과 붉은색이 섞인 깃발을 만들었다.

행랑채 아래에서는 아낙들이 천에 물을 들였다.

부여 도인들은 토호인 민씨와 연계해 활동했고 백마강을 건너 규암과 홍산·청양 일대까지 영역을 확대해 개혁을 집행했다.

부여 집강소 성찰 이석보·장봉한·최천순은 인근 고을에 다니면서 소작인과 지주, 노비와 상전 사이의 분쟁을 해결했다.

예산에서는 박인호가 대도소를 차려 예포라 불렀다. 덕산에서는 박도일이 대도소를 차리고 덕포라 불렀다. 예포와 덕포는 충청도 해안 지역 도인들을 지휘했다.

박인호가 지휘하는 집강들은 충청도 해안 지역 양반 사족들이 어민들에 행한 수탈이 극심했던 점을 지목했다. 동몽군이 천여 명씩 동원되어 지역을 돌아다니며 호남 집강소와 같이 개혁을 실천했다.

김산 어모면 참나무골에 살던 편보언은 김산 장터에 도소를 차리고 도집강을 맡았다. 그는 시형의 도장이 찍힌 증명서 도첩을 발급해 집강소의 간부를 임명했다.

접주들이 양반과 토호를 징치하기 위해 관아나 마을로 들어갈 때는 말을 타고 깃발을 세웠다. 들어갈 때와 나올 때는 포를 놓아 신호했다.

김산 기동에 양반 지주 여씨 집이 있었다. 여씨 부자는 유난히 소작인들에게 원성을 샀는데 이 집 며느리는 시아버지보다 더 모질었다.

며느리는 눈이 퉁방울같이 튀어나오고 키는 억대우같이 컸다. 이 며느리가 됨됨이 부족해 소작인이나 종들을 도시 사람으로 여기지 않았다.

소작인들이 물건을 바칠 때 마음에 들면 여지없이 챙기면서도 묵 같은 시시한 물건이 들어오면 어김없이 마당에 패대기쳤다.

여씨 부자는 집강소 활동이 시작되자 인근 지례 산골로 도망갔다. 그리고는 먼 친척을 동원해 재산을 조금씩 빼돌리려 했다.

김산 접주는 여씨 일족이 세운 정자 고지기 김정문이었다. 김정문은 재봉기를 예상하고 양곡을 모으는 중에 그들이 숨어 있는 곳을 알아냈다.

김정문은 지례 도인들에게 연락해 여씨 부자를 체포했다.

기동에 살던 도인들은 여씨 조모 묘를 파 관을 꺼내 여씨 집 마루에 옮겨다 놓았다. 여씨가 강제로 남의 땅을 빼앗아 조모 묘를 써 인근 다른 무덤의 혈맥을 끊어 놓았기 때문이었다.

모든 재산을 내놓고 시름에 잠겨 있던 여씨는 조상의 무덤이 훼손되었다는 소식을 듣자 제가 한 짓은 까맣게 잊어버린 듯 도소로 달려와 발광했다.

"네놈들은 모두 역적질을 하고 있다. 내가 가만둘 줄 아느냐?"

편보언은 여씨 부자를 잡아들여 죽지 않을 정도로 흠씬 두들겨 주었다. 집안에 모았던 재산이 모두 없어지자 소갈머리 없던 며느리는 짐을 싸 친정으로 가 버렸다.

예천은 양반 고을이어서 두 세력의 갈등이 더욱 치열했다.

이곳 금곡 접소에는 '전도야지'로도 불리며 친석꾼으로 이름난 전기항이 최맹순이 이끄는 동학군의 모량도감이 되어 경비를 대주었다.

전도야지는 그의 모습이 돼지 같다고 해 붙여진 별명이다.

돈 많고 글 잘하고 풍채 좋다고 소문이 나 향촌의 명망을 얻었다.

최맹순은 강원도 평창 출신으로 여러 곳을 떠돌다 예천 동노면 소야리로 이사 왔다. 최맹순은 예천에서 옹기 장사를 시작했다. 옹기 장사는 가난하고 천한 사람들이 하던 일이었다.

그러나 최맹순은 단순한 옹기 장사가 아니었다. 이웃에 살던 장복극을 동학에 입도시키면서 점차 조직을 확장했다.

고부 봉기가 한창일 무렵 그는 소야 마을에 접소를 차렸다. 함양 박씨 유계소를 얻어 집강소로 삼았다.

스스로 관동수접주라 일컬었다. 이렇게 몇 달이 지나자 면과 리 단위까지 조직이 만들어졌다.

모두 마흔여덟 접소에 칠만 명의 도인이 조직됐다. 규모가 큰 접소는 만여 명, 작은 접소는 수천 명 도인이 모였다.

이렇게 군 단위에 큰 조직이 조직될 수 있었던 것은 최맹순의 열정과 지도력이 뛰어났기 때문이었다. 최맹순은 예천 읍내를 제외한 서북 지역의 행정을 장악하고 폐정을 개혁해 나갔다.

좀꾀에 매꾸러기라, 최맹순은 영장을 지낸 토호 이유태를 잡아 매를 주고 재산을 압수했다. 조막손이 달걀 놓치듯 미처 도망가지 못하고 절절매던 악질 구실아치 김병운을 잡아 여러 사람이 보는 앞에서 두들겨 패고 그 아비의 묘를 파헤쳤다. 그가 남의 묘를 파헤치고 그 위에 제 아비 묘를 썼기 때문이었다.

안동 부사가 경진가점을 지날 때 공격해 부사의 의관과 인장을 빼앗기도 했다.

예천 지방은 안동과 함께 사족들이 드센 곳이었다.

예천 읍내의 양반과 향리들은 객관에 본부를 두고 천오백여 명의 민보군을 조직했다.

그들은 종과 소작인까지 모아 별도의 집강소를 조직해 동학도인이 설치한 집강소에 대항했다. 그들의 집강소를 보수 집강소라 불렀다.

보수 집강소는 동학 집강소 활동을 방해했다. 예천 북부 구산 마을에 도인 몇 명이 들어가 악질 지주를 징치할 때 보수 집강소 민보군이 이들을 공격했다. 세에서 밀린 도인들이 그들에게 잡혔다.

"시대의 흐름을 알지 못하고 아직도 썩은 조정의 허수아비 노릇만 하겠느냐?"

잡힌 도인들이 고함쳤다.

열이 뻗친 민보군은 도인들을 한천 냇가로 끌고 가 생매장하고 말았다.

이 말을 들은 최맹순은 가슴을 치며 분노했다. 먼저 보수 집강소에 경고하는 글을 보냈다.

'불쌍한 예천 백성들은 관에서 벌이는 가렴주구와 구실아치들과 양반의 토색질에 이제는 도저히 살아갈 수 없는 지경에 이르렀다.

이번 일에 대해 당사자를 처벌하고 책임자가 사과해야 한다. 그리고 힘을 모아 왜국의 침략에 대비해야 한다.

만일 우리의 요구를 시행하지 않는다면 예천 집강소 도인들이 너희들을 징치하겠다.'

보수 집강소는 최맹순의 요구를 묵살했다.

최맹순은 곧바로 상주·용궁·안동·풍기·영천·문경·단양 등 열세 지역 접주들과 연합해 보수 집강소를 공격할 준비를 했다. 북쪽의 금곡에서 전기향이 이끄는 동학농민군, 서쪽의 화지에 수만 명의 도인이 집결해 예천을 사방에서 포위하고 양식과 땔감이 드나드는 통로를 막았다.

통로가 막히면 보수 집강소는 한 달이 못 가 고사하리라 판단했다.

상황을 파악한 보수 집강소 민보군이 먼저 공격에 나섰다. 그러나 사방이 막힌 상태에서 효율적인 전투가 될 리가 만무했다.

시간이 갈수록 내부 사정이 절박해졌다. 방어하느라 거의 보름을 잠을 자지 못해 피로가 누적되고 저자와 길이 막혀 땔감과 양식이 끊어져 읍내 백성들은 주려 울부짖었다.

백성들의 괴로움을 보다 못한 최맹순이 길을 열어 양식을 보내주었다.

이후 민보군의 기세가 약해지고 최맹순과 협력하려는 사람들이 나왔다. 최맹순은 도인들을 생매장한 자를 인도받아 처벌했다.

보수 집강소는 해산하고 집강이 최맹순을 찾아와 죄를 청했다.

최맹순은 그들을 포용하고 예천 인근 지역을 돌며 개혁을 실천했다.

52.

고종 31년, 갑오년, 1894년, 팔월.

봉준은 집강소 활동에 전념하면서 민심의 동향을 예리하게 살폈다. 국내외 정세가 돌아가는 추이를 세심하게 점검했다.

왜군이 무단으로 경복궁을 점령하고 청·왜 전쟁에 돌입하자 백성들의 반왜 감정은 심각하게 고조되었다.

동학도인은 전라도 집강소 활동에 자극받아 전국 곳곳에서 봉기를 일으켰다. 이러한 봉기는 전라도에서 봉준의 주도로 일어난 것처럼 대규모는 아니었다.

작은 규모의 봉기는 먼저 경기 외곽에서 일어나더니 경상도 북부와 남해안 지역에서도 산발적으로 일어났다. 곧 충청도의 청주와 홍주로 이어지고 강원도와 황해도가 뒤를 이었다.

전라도에서 시작되었던 백성의 자치 행정이 전국으로 확산하고 있었다. 평안도와 함경도가 조금 잠잠했는데 이는 청·왜 전쟁으로 이 지역이 왜군의 작전 영역에 들어가 피란한 백성이 많았기 때문이었다.

봉준은 여러 상황을 치밀하게 분석해 측근과 대책을 논의했다.

전국적으로 일어나는 봉기는 곧 전국적인 집강소 활동을 희망하는 거사이므로 이것은 왕의 입장에서는 자신의 권력에 심각한 타격을 주는 반란에 다름이 아니었다.

청·왜 전쟁에서 이미 승기를 잡은 왜국이 이러한 왕의 위태로운 입지를 이용해 동학군을 전면적으로 공격하리라는 것은 불을 보듯 훤한 사실이었다.

전주에서 맺은 정부와 동학군 사이의 관민 화약에 안존해 집강소 활동에만 전념하고 있을 때는 아니었다.

조정은 언제라도 화약을 폐기할 준비가 되어 있을 것이다.

봉준은 조심스럽게 재봉기를 준비했다. 전라도와 경상도 여러 지역에 전령을 보내 동학군 지도자와 고을 수령과 지역 유력 인사에게 폐정을 바로 잡아달라거나 군수전을 요청했다.

충청도 지역은 보은에 도주 시형이 자리하고 있었기에 자제했다. 자칫 도주의 권위를 손상할 염려가 있었고 또한 도주에게 불필요한 부담을 지울 수 있었다.

도주는 비록 침묵을 유지하고 있으나 전체 상황을 손바닥 보듯이 숙지하고 도인들이 처신할 대책을 크게 넓게 잡아가고 있으리라 봉준은 확신했다.

이럭저럭 전라도 지역 집강소 활동은 어느 정도 자리를 잡아 갔다.

그러나 경상도 지역은 자체 집강소를 설치해 개혁을 실천하려 했으나 고을 수령들의 방해가 만만하지 않았다.

봉준은 최학봉과 최달곤을 사자로 임명해 경상도로 파견했다.

두 사람은 봉준이 발행한 증명 문서를 들고 다녔다.

최학봉은 함안에 도착해 이곳 좌수를 대동하고 고을 수령을 만났다.

"영감은 목민관으로 백성을 보호하려 내려왔을 터인데 흉년을 만난 백성들에게 부세를 독촉해 그 고통을 견딜 수 없게 하고 있으니 도대체 무슨 까닭인가?"

호통이 태산이 무너지듯 우렁찼다.

수령은 마치 암행어사라도 만난 듯 절절매며 연신 허리를 숙였다. 최학봉은 좌수에게 책임지고 폐정을 시정하라 지시했다. 수령은 꿀 먹은 벙어리가 되어 뒷전으로 물러났다.

마산포에 간 최학봉은 전운사 정병하를 힐책했다.

"영남 도민의 목숨과 일상이 영감 손에 달려 있는데 당신은 지금 백성들을 모두 죽이려 하는 듯하니 이것은 무슨 짓인가?

내가 듣건대 당신은 수세가 지연되면 먼저 해당 관리의 주리를 틀고 그 밑의 아전에게는 혹독한 형벌을 시행한다고 한다. 이런 흉년에 어찌 이처럼 수세 독촉을 심하게 하는가?"

최학봉이 눈을 부라리니 눈동자에서 곧 번개가 나올 듯했다.

전운사 정병하는 최학봉의 눈을 마주 쳐다보지 못하고 고개를 숙인 채로 바로 시정하겠다고 약속했다.

고성도 마찬가지였다. 최학봉은 고성 부사 오횡묵을 만났다.

"내가 들으니 고성에 민란이 일어났다고 한다. 영감을 보니 나이와 덕이 지긋해 덕화를 펴 백성을 위할 모습이 넉넉한데 어찌하여 민란이 일어나는 지경까지 이르렀는가?"

오횡묵이 미처 대답을 하지 못하고 머뭇거렸다.

최학봉이 화를 내며 꾸짖었다.

“내가 도집강의 명을 받고 영남 각 지역 수령이 저지르는 폐단과 민간에서 토호들이 저지르는 잘못을 살핀 지 여러 날이다.

바른대로 실토하지 않으면 너를 본보기로 징치하겠다. 그래도 대답을 머뭇거리겠느냐?”

오횡묵은 더듬거리며 거짓말을 했다.

“고성에는 민란이 일어난 적이 없소. 나와 구실아치들은 별다른 잘못이 없소. 당신이 잘못 들었소.”

주먹 쥐자 눈 빠졌다.

“네놈이 아직 정신을 못 차렸구나.”

최학봉은 사람을 시켜 오횡묵을 묶고 마당에 내쳐 몽둥이찜질을 했다.

몽둥이는 아래 위를 가리지 않고 춤을 추었다.

오횡묵은 반죽음이 되도록 맞더니 결국 실토했다.

“내가 잘못했소. 목숨만 살려 주시오. 목숨만 살려 준다면 백번이라도 사죄하겠소. 지적한 일들은 바로 올바르게 조치하겠소.”

오횡묵은 두 손을 모아 비비며 고개를 땅에 처박았다.

구경하던 백성들이 십 년 묵은 체증이 내려간 표정을 지으며 긴 숨을 내쉬었다.

최달곤은 염찰사 직책을 가지고 통영·거제·김해·기장을 거쳐 남해안 열개쯤 되는 고을을 순행했다. 고을 수령들은 저승사자를 만난 듯 설설 기었다.

최달곤은 수령들에게 해당 고을의 폐단을 일일이 지적하고 시정을 촉구했다. 수령들은 바로 조치해 목숨을 부지했다.

최달곤은 동래 부사 민영돈을 찾아갔다.

최달곤은 행장에서 도집강의 이름이 적힌 격문을 내어 민영돈에게 주었다. 그리고 여러 지역의 탐학한 관리와 토호들의 명단을 적은 염찰기를 보여주었다.

염찰기에는 민영돈의 비리가 자세하게 적혀 있었다.

죽사발이 웃음이요 밥사발이 눈물이다. 민영돈은 깜짝 놀라 바로 시정하겠으니 한 번만 봐달라고 통사정을 했다.

"내가 일정이 다급해 부사의 말만 믿고 다른 고을로 떠나겠소. 며칠 내에 돌아와 상황을 점검할 터이니 차질없이 일을 처리해 놓으시오."

민영돈은 말 두 필과 여비를 건넸으나 최달곤은 거절했다.

왜국 밀정들이 최달곤의 행적을 추적해 부산 주재 왜국 총영사에게 보고했다. 왜국 영사는 민영돈에게 동학도인과 접촉한 사실을 추궁했다. 민영돈은 그런 일이 없다고 시치미를 떼었다.

"어제 어떤 정탐객이 이방을 찾아가 공갈 협박을 일삼다 간 적은 있소."

그리고는 부리나케 그동안 저질렀던 잘못을 고쳐나갔다.

53.

고종 31년, 갑오년, 1894년, 칠월.

경상도 하동은 칠월 초에 임명된 부사 이채연이 부임한 다음 날부터 동학을 지목해 탄압했다.

견디다 못한 도인들이 접주 여장협을 전라도로 지원을 요청하러 보냈다. 여장협은 전라도 성부역 접주 박정주를 찾아갔다. 박정주는 김인배에게 연락했다. 김인배는 김개남의 측근이었다.

경상 우도에서 하동 지역은 김인배 연원이고 진주 지역은 임규호 연원이었다.

임규호는 보은에 거주하면서 덕산 손은석과 힘을 합쳐 충경대도소를 설치했다.

김인배는 김제군 봉남면 화봉리 출신으로 벼슬에 뜻을 두지 않고 학문에 매진하다 동학에 입도했다. 김인배는 금구에서 순천으로 내려가 영호도회소를 차렸다. 이후 김인배는 순천을 점령해 광양 수접주 유하덕과 함께 활동했다.

당시 순천 부사 이수홍은 동학군에 협조했고 광양 현감은 자리가 비어 있었다.

김인배는 하동 동학군이 부사와 민포군에게 탄압받는 사실을 이미 알고 하동을 공격할 시기를 재고 있었다.

여장협은 김인배 휘하의 전라도 도인 백여 명을 이끌고 하동 읍내 광평으로 건너왔다. 여장협은 이곳에 영남의소 간판을 달았다.

이어 박정주가 광양과 홍양의 동학군 이천 명과 함께 하동으로 들어왔다. 그러나 동원된 병력이 충분해 광양 도인 사백여 명은 다시 돌아갔다.

동학군이 집결한다는 첩보를 받은 하동 부사 이채연은 화개면에 사는 민포 대장 김진옥을 불러 동학군을 칠 방안을 논의했다.

이전 부사 이남희가 도적을 막기 위해 면 단위로 민포군을 조직해 김진옥을 대장으로 삼았었다. 이남희가 다른 곳으로 임지를 옮긴 뒤에도 김진옥은 민포군 대장직을 유지하고 있었다.

김진옥은 이채연의 말을 듣자 부내 백성 중에서 민포군을 더 모았다.

이채연은 집결한 동학군 수가 많다는 첩보를 받고 두려워 어쨌든 살살 달래 전라도 동학군을 다시 돌려보내고 싶었다. 그러나 김진옥은 전라도 동학군이건 경상도 동학군이건 가리지 않고 모두 죽여 버리겠다고 기세가 등등했다.

김인배는 공격에 앞서 몸이 민첩한 도인을 골라 하동에 잠입시켰다.

도인 열여섯 명이 하동 옥종을 거쳐 하동 유학자 조성기의 집이 있는 월횡리로 들어갔다.

조성기는 이들에게 아침밥을 차려 주었다. 도인들이 밥을 다 먹자 조성가는 술 한 동이와 마포 한 필, 남포 한 줌과 여비로 스무 냥을 건넸다.

하동에는 하달홍·조성기·최숙민이 이름난 유학자였다. 합천에 정재규가 있었고 진주에는 박치복과 하재문이 유학을 했다.

하달홍은 남명과 하홍도를 존숭해 모한재에서 강학했다. 모한재는 하홍도가 제자를 가르치던 곳이다.

조성기와 최숙민은 하달홍에게 배우고 나중에 장성의 노론 유학자 기정진의 제자가 되었다.

조성기는 하동 유학자들은 동학과 등질 의사가 없다는 점을 도인들에게 은근하게 전달했다.

하동 유학자들도 성리학자이기는 마찬가지였다.

조선에 들어온 유학은 지행이 일치하는 건강한 공자의 초기 유학이 아니라 입만 살아 나번득이는 주자가 제창한 주자학이라는 유학의 옷을 입은 불교였다. 유학 사상사에서 나온 가장 어지러운 탁류가 조선을 적시고 있었다.

왕조 초기부터 주자학을 하는 선비들이 권력에 빌붙어 단물만 빨다 보니 시골에서도 유학을 한답시는 선비라면 꼴에 학문보다는 권력의 향배에 대한 촉수만 남다르게 발달한 듯하다.

그저 권력에 아부해 자신의 이익과 안위만 살피면 만사가 형통이었다.

나중의 일이지만 조선이 망하고 나서도 이에 대한 책임을 통감한 유학자는 없었다.

유학자들은 왜국이라는 새 권력에 빌붙어 변절하거나 아니면 도를 보존한다는 허울만 좋은 명분으로 오지로 도피해 구차한 목숨을 부지했다.

오죽하면 동학이 천도교로 개명한 후 거족적인 운동으로 주도했던 삼일독립만세 때 민족 대표로 이름을 올린 지도자 중 유학자는 한 사람도 없었겠는가?

민족 대표 삼십삼 인 중에 천도교와 기독교 인사가 대중을 이루었고 그렇게도 오랜 전통을 자랑하던 불교에서 고작 두 명이 이름을 올렸다.

그 고고하고 똑똑하던 유학자들은 당시 모두 어디로 갔더란 말일까?

그들의 그런 비겁한 행태는 갑오년의 시골 유학자 조성기라고 다를 수가 없었던 것이다.

이러나저러나 도인들은 조성기의 도움으로 하동 읍내를 샅샅이 살피고 돌아갔다.

섬거역에 만여 명의 동학군이 모였다. 김인배는 편제를 마치고 하동읍 건너편 광양군 다압면 토사리로 진군했다. 순천 대도소에서 들어온 도인들이 선등 앞장섰다.

총대장 김인배는 흰 수건을, 부대장 유하덕은 누런 수건을 머리에 썼다. 동학군은 보국안민이라 쓴 깃발을 들고 나팔을 불며 섬진강에 도착했다.

놀란 하동 부사 이채연은 경상 감사에게 원병을 청하러 간다는 핑계를 대고 고향 칠곡으로 도망쳤다.

김진옥도 다급해 통영으로 달려가 지원을 요청했으나 병력은 얻지 못하고 대완포 십이 문만 얻어 왔다. 김진옥은 악양·화개·적량·하동읍에서 민병 수백 명을 더 동원했다.

영장 여건상이 향병 이백 명을 모집했고 민포장 진사 김형수·김진현, 좌수 정재선, 수리 정찬두, 전 좌수 강윤수, 전 사과 김태룡이 수십 명의 향병을 모아 합류했다.

하동은 읍성이 없어 병력과 대포는 모두 섬진강 변과 뒷산 안장봉에 배치하고 일부 병력은 해량 포구 일대에 포진했다.

다압을 지난 동학군은 섬진강 서쪽 강가에 이르렀다. 강 건너에서 민포군이 북과 징을 치고 총포를 쏘았다.

민포군의 배치를 살펴본 김인배는 유하덕에게 병력을 주어 멀리 상류로 돌아 섬진강을 건너 이들을 공격하라 했다.

유하덕이 강을 건너 불시에 민포군을 공격하자 민포군은 한 시진을 견디지 못하고 패하여 흩어졌다.

하동 관아 뒷산 안장봉에 민포군 본진이 진을 치고 있다는 첩보를 받고 김인배는 동학군을 두 갈래로 나누었다.

한 갈래는 박정주가 병력을 이끌었다. 섬진에서 강을 건너 북서쪽 상류 섬진관 나루터를 건너 만지등으로 갔다. 물살이 거셌으나 여울목은 수심이 얕아 쉽게 도강했다.

큰 짚동을 밀고 그 뒤에 숨어 도강했다. 그들은 곧 화심리와 두곡리 일대를 장악했다. 이어 해량 포구를 공격하기 위해 모래사장을 따라 내려갔다.

해량에 배치되었던 민포군은 얼마간 저항하다 중과부적으로 밀려 후퇴했다.

한 갈래는 유하덕이 이끌었다. 광양 남쪽 진월면 망덕진에서 선단을 이루어 조수를 타고 섬진강을 거슬러 올라 하동부의 남쪽에 상륙했다. 여기에서 대기하던 여장협의 부대와 합류해 하동읍 남쪽을 공격했다.

화심리와 두곡리를 장악한 김인배는 점심을 먹은 후 생재기처럼 남은 안장봉을 공격했다.

산이 가팔라 중턱까지 올라갔으나 해가 저물어 일단 철수했다.

안장봉에 진을 친 민포군 측에서는 대완구를 쏠 줄 아는 병사가 없었다.

민포군 청년이 자원해 막대기 끝에 기름을 묻혀 대완구 구멍에 넣고 불을 붙이자 대포알이 대완구 안에서 터지고 말았다. 청년이 철 조각에 맞아 머리가 깨져 죽었다. 영장 여건상도 가슴에 파편을 맞아 정신을 잃고 쓰러졌다.

놀란 김진옥이 청년을 밀어내고 어설프게 대완구를 쏘았으나 포탄은 바로 앞의 바위에 맞아 파편이 민포군 쪽으로 날아왔다.

이러는 사이 날이 저물어 서로가 더 싸울 수가 없었다.

다음날은 새벽부터 박정주가 공격에 나서 저녁 무렵에 주봉을 점령했다. 향병과 민포군은 속절없이 후퇴했다.

이에 김인배는 총공격을 명령했다.

민포군 대장 김진옥을 비롯해 진사 김영수, 수리 정찬두와 많은 사람이 죽었다. 백의 강륜수도 죽었다.

안장봉에 있던 향병과 민포군이 모두 죽거나 흩어지자 하동 읍내는 동학군 수중에 들어갔다. 김인배는 하동 부중에 도소를 설치했다.

여장협은 화개동에 있던 김진옥의 집과 수창자의 가옥을 불태웠다. 탑리에서 법하리 일대 가옥 대다수가 불에 타 재만 남았다.

이어 박정주가 악양과 적량에 들어가 민포군의 집을 낱낱이 찾아내 불질렀다.

54.

고종 31년, 갑오년, 1894년. 칠월에서 팔월.

칠월 십칠 일.

왜국 각의에서 조선 지배를 위한 정략으로 네 가지 안건이 나왔다.

하나, 일본 승리 후 자치론.

하나, 보호국화론.

하나, 일청제휴론.

하나, 조선중립화론.

팔월이 되자 평양성 전투에서 왜국이 승리했다. 조선 전 영토는 왜군의 군화에 짓밟혔다.

왜군은 바다와 육지에서 연전연승했다.

퇴각하는 청군을 뒤쫓아 북상하여 전선은 압록강 너머로 형성되었다.

왜군은 여세를 몰아 삽깃을 던지고 만주까지 진출할 기세였다.

팔월 십 일.

장승규가 홍선의 밀지를 가지고 봉준을 찾아왔다.

봉준은 밀지를 거부했다.

"나는 대원위 대감과 할 말이 없소."

장승규가 멀쑥해서 더듬거리며 말했다.

"대원위 대감은 청·왜 전쟁이 마무리된 후 왜국이 조선에 취할 태도에 대해 심각하게 두려워하고 있습니다.

장군께서도 아시다시피 갑오 왜변 이후 조선은 사실상 망해 왕은 막후로 물러나고 대원위 대감은 군국기무처에서 왜놈의 허수아비 노릇을 하기에도 바쁩니다.

무능하고 책임감도 없는 왕은 일신의 안위를 보장하려 체신도 없이 가자미눈을 하고 하루 내내 기어 다니고 있습니다.

조정은 친왜파 일색으로 메워지고 왜놈들은 자신감에 넘쳐 막무가내로 조선을 삼키려 광분하고 있습니다.

대원위 대감은 지금이라도 장군께서 군사를 몰아 한양으로 들어오기를 바라고 있소이다.

어떻습니까? 나라와 백성의 안녕을 위해 장군께서 다시 한번 거병해 주실 때가 아니겠습니까?"

봉준은 단호하게 말했다.

"나라와 백성의 안위를 걱정하는 것은 대원위 대감이나 우리 동학군이 같은 입장임을 모두가 알고 있소.

그러나 갑오 왜변 이후 대원위 대감이 취한 행보는 무능한 왕이나 민씨 척족과 하등 다를 바가 없었소.

변하는 국내외 정세에 적합한 새 틀에 관한 고민은 뒤로 밀어 놓고 일신의 안위와 권력만 탐하고 있지 않소이까.

척양척왜를 부르짖던 이전의 대원위 대감의 기개는 다 어디로 사라졌단 말이오?

당신의 말을 들어보니 밀지의 내용이야 뻔하지 않겠소?

내용이 뻔한 밀지를 내가 받을 이유는 없소. 우리는 우리대로 우리가 세운 계획을 실천해 나갈 뿐이오.

입만 가지고 사는 맥 빠지고 신의 없는 정치인의 수족으로 움직이는 사람들이 아니라는 것을 대원위 대감께 확실하게 전해주시오."

장승규는 할 말이 궁해 공손하게 허리를 숙이고 물러갔다.

봉준은 측근들과 주력이 빠진 왜군 후방을 공격할 방안을 논의했다.

왜군은 청·왜 전쟁을 벌이면서 경부로에 병참부를 스물한 개소나 설치했다. 모든 군수물자가 병참부를 통과했다.

후방을 공격하며 왜군의 반응을 시험해 보기로 했다.

이 일은 김개남이 맡았다. 김개남은 수하를 보내 산발적으로 왜군의 병참선을 공격했다. 충청도에선 성두한이 이끄는 동학군이 성동격서로 왜군의 혼을 빼놓으며 이 일을 주도했다.

당장 보이는 왜군의 대응은 미미했으나 왜국 대본영은 이 문제를 심각하게 받아들이고 있었다.

왜국 공사관 기밀 제 칠십오 호에 왜국 첩자가 보낸 보고가 실렸다.

'팔월 이십 일 이래 전라도 각읍으로부터 남원에 집합한 동학 무리가 수십만 명으로 동헌에 도소를 두고 각 면의 부호로부터 돈과 곡식을 징출해 남원으로 후송했다.

각 면으로부터 수십 석씩 징발했고 군기는 남원부의 무기와 산성의 무기를 모두 빼앗아 무장했다.

백성에게는 조금도 해를 입히지 않으며 지휘자는 김기범*이다.'

왜국 대본영은 점점 세를 키워 가는 동학군과의 일전이 필요하다고 판단했다. 왜국 언론들도 동학군 재봉기 조짐을 보도하기 시작했다.

대본영은 조선군을 끌어들여 공동 작전으로 동학군과 접전시켜 왜군의 희생을 줄인다는 계획을 수립했다.

저희끼리 싸움을 붙여 얼마나 죽든 그것은 왜국의 관심이 아니었다.

왜국은 언제라도 동학군이 다시 궐기하면 즉시 토벌할 준비를 조용히 진행했다.

팔월 이십 일.

천안 냇가에서 나이가 지긋한 도인 십여 명이 한여름 더위에 비지땀을 흘리며 교량 공사를 하고 있었다.

가운데가 부서진 다리를 수리하는 중이어서 꼭 시내를 건널 사람을 위해 조금 우회하는 길을 만들어 놓았다.

왜인 청년 여섯이 공사 현장에 다가갔다. 왜국 상인 자금을 들여와 농민을 대상으로 고리대금을 하는 일당이었다.

"공사를 잠시 멈추어라. 우리가 지나간 다음에 다시 일하도록 해라."

젊은 놈들이 어른에게 반말을 놓았다.

---

* 김개남.

도인들은 개의치 않고 손짓으로 돌아가는 길을 가리켰다.

왜놈이 시비를 걸었다.

"대일본 신민은 길을 돌아가지 않는다. 어서 비키지 못하겠는가?"

도인 한 사람이 이마에 흐르는 땀을 손으로 훔치며 말했다.

"곧 수리가 끝나니 잠시 기다리든가 급하면 저쪽 길로 돌아가시오."

그러자 왜놈은 화를 내며 삿대질을 했다.

"칙쇼! 내 말이 말 같지 않단 말인가? 하잘것없는 조선인 노동자 주제에 무슨 말이 그렇게 많은가? 어서 비키지 못하겠느냐?"

왜놈은 도인을 밀어제치고 다리를 건너려 했다.

힘들게 설치한 가름목을 발로 차서 부러뜨리더니 일부러 발걸음에 쾅쾅 힘을 주어 걸어갔다. 채 못을 치지 않은 버팀목들이 밀리더니 냇물에 떨어졌다.

도인들이 아침 일찍부터 고생한 작업이 사날스럽게 망가지고 말았다.

도인들은 가만 보고 있을 수가 없었다.

"여보게 잠깐 기다리게."

왜놈들이 의기양양하게 다시 돌아왔다.

"왜? 우리에게 용무가 있는가?"

"너희가 부서뜨린 부목들을 다시 설치하고 가게."

왜놈들이 비웃었다.

"조선 놈 주제에 자존심을 세우겠다는 말인가? 지렁이보다 못한 놈들이."

왜놈 하나가 갑자기 주먹을 날려 도인의 면상을 갈겼다. 도인은 몸을 가누지 못하고 비틀거리다 냇물에 풍덩 빠지고 말았다.
도인들은 더 참을 수가 없었다.
까불던 왜놈 셋이 현장에서 맞아 죽었다. 나머지 세 놈은 불알에 종소리를 내며 도망쳤다. 악이 바친 도인들이 끝까지 추적해 붙잡았다.
왜놈들은 꿇어앉아 살려달라고 손이 발이 되도록 빌었다.
도인들은 용서하지 않고 모두 때려죽였다.
시체는 모두 냇물에 버렸다.
도인들은 다시 다리를 수리하고 집강소에 이 일을 알렸다.
집강 김동용은 무도한 왜인들을 몰아내자는 방을 써 천안 저자에 두루 붙였다.
도인들은 왜군이 몰려오리라 예상하고 천안과 죽산 등지에서 무기를 구해 무장했다.
당장은 왜 측의 반응이 없었다.

팔월 말.
천안에 주둔한 왜군 병참대가 인부 백 명을 고용하는 방을 붙였다.
김동용은 왜군을 도와주는 자는 매국노로 간주해 모두 죽여 버리겠다고 집강 이름으로 방을 붙였다.
결국 왜군 병참대는 한 사람도 고용하지 못했다.
왜국 공사관은 조선 조정에 조·왜 맹약에 어긋난다고 사실을 규명하라고 윽박질렀다.
조정은 입에 아교를 바른 놈처럼 아무 말도 하지 못했다.

55.

고종 31년, 갑오년, 1894년, 팔월에서 구월 초.

팔월 이십오 일.

결국 참다못한 김개남이 먼저 임실에서 봉기했다. 그는 병력을 이끌고 남원으로 들어갔다.

남원 부사는 이미 한 달 전에 도망가 전라좌도 농민군 칠만여 명이 부중에 모여 재봉기를 외치고 있었다. 김개남은 그들과 합류해 북진할 계획을 짰다.

봉준은 김개남이 재봉기했다는 소식을 듣자 생게망게해 바로 남원으로 달려갔다.

"여보게 아우님, 지금 시세를 살펴보니 왜는 조정을 앞세워 우리를 칠 계획을 착착 진행하고 있네. 조만간 틀림없이 우리를 칠 것은 기정 사실로 보이네. 그리고 언제까지 집강소 활동을 묵인할 조정이 아니라는 것은 자네나 나나 이미 잘 알고 있는 바가 아닌가?

그러나 우리는 비록 수는 많으나 생무지로 순박한 백성들이라 지금 우리 무장으로는 신무기로 무장한 왜군을 도저히 당해낼 수 없네.

모처럼 모인 조직이 한 번 흩어지면 다시 일어나기 어려우니 잠시 기다리며 정세를 살펴 보은에 계신 도주와 협력해 결정적인 시기에 재봉기하는 것이 어떻겠는가?"

김개남은 봉준의 제의를 거절했다.

“형님, 왜 그리 대가 약하시오?

내가 보기에는 전주성에 들어갔을 때가 한양으로 밀고 올라갈 적시였소. 그때는 할 수 없이 형님 말씀에 따랐지만 결국은 이렇게 되고 말지 않았소.

가장 늦은 때가 가장 이른 때요. 이때를 놓치면 또 한 번 우리가 후회할 일이 생깁니다.

왜군이 청군과 대적한다고 정신이 없을 때, 기회를 놓치지 말고 우리가 일어나야 하오. 그들이 두길보기를 해야 우리에게 승산이 있소.

만약 왜놈들이 되놈을 이긴다면 틀림없이 전 왜군 병사가 몰려와 우리를 치리라는 것은 해를 보듯 당연한 일인데 고상하게 가만히 앉아만 있으면 저놈들이 그래 하고 우리를 봐줄 것 같소?

어림 반 푼어치도 없는 이야기요.

형님! 나는 왜군이 무섭지 않소. 형님 지시로 내가 그동안 왜군 후방 병참선을 건드리며 간을 보았는데 지금이라도 우리가 적극적으로 병력을 몰아 왜군의 후방을 공격해 나간다면 아주 승산이 없지는 않소.”

김개남은 봉준의 만류에 개의치 않고 새옹을 모았다.

손화중도 이 소식을 듣고 놀라서 남원으로 달려갔다.

“여보게 개남이, 우리가 봉기한 지 겨우 반년이 지났네. 비록 전라도가 모두 호응한다고는 하지만 일부 사족과 토호들은 아직 우리를 따르지 않고 있지 않은가?

관리라 하는 자들도 엎드려 돌아가는 눈치만 보고 있는 형편일세.

도인들이야 걱정이 없으나 대다수 백성의 민심이 아직 우리 쪽으로 결집하지 못하고 있으니 지금 거사하면 실패하기가 십상일세.

형님 말씀대로 조금 더 신중하게 일을 도모하는 것이 현명하지 않겠나? 큰형님도 걱정하고 계시네."

"정식이 자네도 형님을 닮아 물러 터져 탈일세."

김개남은 손화중의 말도 듣지 않았다.

김개남은 결국 남원에 칠만여 명의 동학군을 집결시켰다.

봉준이 태인 자금실로 돌아와 홀로 심고하고 있을 때 홍선이 다시 사람을 보내 왔다. 장승규는 삿갓을 쓰고 상복을 입었고 천희연은 하인 복장을 하고 있었다.

장승규가 홍선의 친서를 꺼내 봉준에게 건넸다.

봉준은 이번에는 친서를 펴 읽었다.

'한양에 주둔한 왜군을 몰아내려면 지금 바로 동학군이 한양으로 진군해야 한다.

나는 경상·충청·전라 삼도에 효유문을 보내 동학군 해산을 종용했다.

그러나 이 효유문은 왜군과 개화 정권을 속이기 위한 위장책이다.

그러므로 따로 은밀하게 각 집강소나 접소에 재봉기를 당부하는 글을 보냈다. 그러니 이 글을 보는 즉시 재봉기해 북진하기 바란다.'

장승규가 덧붙여 말했다.

"서장옥이 운현궁에 숨어 있다가 대원위 대감이 준 비밀편지를 들고 전국 각 지역을 돌면서 지난번 해산하라고 효유문을 보낸 건 왜의 협박 때문이니 그 말을 믿지 말고 군사를 정비해 북상해 함께 국난에 나아가라고 했다는 뜻을 전하고 있소.

전국에서 도인들이 한꺼번에 봉기할 것이니 남도도 이번에 힘을 모아주시오."

봉준이 물었다.

"보은에 계신 도주도 알고 계시오?"

장승규가 거짓말을 했다.

"물론이오. 겉으로만 반대하실 뿐 이미 봉기를 허락하셨소."

"알겠소. 내가 잘 알아서 판단하겠다고 대원위 대감께 전해주시오."

장승규와 천희연은 안심하고 한양으로 돌아갔다.

구월 초.

평소 친분이 깊었던 송희옥이 봉준에게 편지를 보내 봉기를 당부했다.

홍선의 밀사 박동진과 정인덕이 재차 봉준을 찾아와 재봉기를 당부했다.

도인 송정섭이 찾아와 재봉기가 시급하다고 조언했다.

홍선이 보낸 사자 이건영이 다시 효유문을 들고 왔다. 홍선도 어지간히 속이 타는 모양이었다.

봉준은 이건영을 남원에 있는 김개남에게 보냈다.

김개남은 홍선과는 연계하지 않겠다고 이건영을 꾸짖어 돌려보냈다.

김개남은 편지를 써 봉준에게 보냈다.

'형님, 우리의 거사는 나아감만 있지 물러감은 없습니다. 만일 국태공과 연계하다가는 만사가 틀어지고 말 것입니다.

그는 백성의 안위를 걱정하는 사람이 아니라 다만 자신의 권력을 다시 찾으려는 욕심 많은 늙은이에 불과합니다.

우리가 염원하는 세상을 만들려면 우리는 우리의 길을 가야 합니다.

저는 이제부터 국태공의 사자가 오면 모두 죽여 국태공의 미련을 끊어 버리겠습니다.'

이 무렵 벼슬아치나 몰락 양반 그리고 향반 계층에서 동학에 동조하는 자가 부쩍 늘었다. 그들은 왜군에 의해 왕이 경복궁에 유폐되고 그들의 꼭두각시인 개화파가 득세하는 꼴이 눈에 시었기 때문이었다.

공주의 유생 이유상이 그랬고 전라 감사 김학진을 비롯해 여산 부사 유제관, 익산 군수 정원성, 경상 우병사 민준호가 그랬다.

그들은 집강소 활동을 뒤에서 돕고 도인들이 군수전 모으는 일에도 협조했다.

봉준은 도인 장두채를 한양으로 보내 홍선과 직접 만나 홍선의 의중을 확인하게 했다. 홍선은 장두채를 통해 청군과 합세해 왜군을 격퇴하자고 거듭 제의했다.

봉준은 재봉기 다음 수순에 대해서도 측근과 숙고했다.

한양으로 밀고 올라가자면 중요한 요처가 공주였다. 공주만 넘으면 벌판이라 한양까지는 거침없이 진군할 수 있었다.

그렇다면 이번 재봉기의 승패는 공주에서 판가름 나기 쉽다.

공주에 먼저 입성하는 편이 전세를 유리하게 가져갈 수 있다.

그렇다면 시간이 없었다.

하루라도 먼저 움직여야 한다.

봉준은 손화중을 데리고 김덕명을 찾아갔다.

"큰형님, 개남이가 먼저 군사를 동원했습니다. 큰형님은 이번 일을 어떻게 보고 계십니까?"

김덕명이 한숨을 쉬었다.

"남도에서 우리가 이룬 일은 조선 역사에 남을 소중한 업적이라 하겠네. 몇 달 되지는 않았으나 백성이 나라의 주인이 되어 서로 배려하고 나누며 살아 보니 얼마나 넉넉하고 편안하던가?

그러나 지금 정세는 우리가 안주하고 있을 수는 없는 형편일세. 먼저 조정이 언제까지 우리를 방관하고 있을지는 알 수 없는 일일세.

그들이 호락호락 권력을 나눌 놈들이 아닐세. 틈만 나면 조만간 군대를 보내 우리를 모두 죽이려 할 걸세.

청국이나 왜국도 마찬가지일세. 지금은 두 나라가 서로 조선을 먹으려 전쟁을 벌이고 있으나 곧 승패가 결정 나면 이기는 놈이 바로 우리를 치려 할 것일세.

내가 보기에는 왜국이 이길 것 같네. 그러면 왜군과 관군이 합세해 우리를 칠 터이니 그런 상황이 되면 우리가 그들을 대적하기란 쉬운 일이 아닐

결세

개남이의 생각이 아주 잘못이라고 말하지 못할 이유가 여기에 있다네.

나야 뒤에서 자네를 돕겠다고 한 이상 끝까지 자네를 응원하겠네. 자네가 전체 상황을 잘 종합해 결단을 내린다면 역시 나는 자네 결정을 수용하겠네.

여보게, 정식이. 자네는 어떻게 생각하는가?"

손화중이 대답했다.

"저도 봉준 형님의 결정에 따르겠습니다."

김덕명이 옹이를 박았다.

"그러면 되었네. 보은에는 내가 올라가 도주를 만나 보겠네. 봉준이 자네가 신중하게 결정하시게."

봉준은 김덕명에게 절을 하고 삼례로 돌아왔다.

날이 어두워지자 별이 먼저 나왔다. 창문에 초승달이 걸렸다.

봉준은 다탁에 앉아 차를 마셨다.

다향이 다소곳이 방안에 퍼졌다.

'잘못된 세상을 바꾸려 대선생께서 동학을 세상에 편 지 벌써 수십 년이 지났다. 세상은 쉬이 바뀌지 않았다.

권력을 잡은 자들도 끈을 놓기 싫었고 백성들도 잘 깨어나지 못했다. 동학에 입도해 퍼렇게 눈을 뜬 도인들은 끊임없이 박해를 받았다.

해월 도주가 대선생의 뜻을 이어 포졸들의 추적을 피해 삼십 년 세월을 고군분투해 전국적인 조직을 이루어 냈다. 이제 동학은 예전의 동학이 아니다.

동학도인들은 예전의 우매한 백성들이 아니다.

전주에서 관민 간에 화약을 맺은 이후 남도에서 동학은 지상신선의 나라는 아니더라도 백성들이 염원하던 대동사회, 넉넉한 도인 공동체를 이루어 냈다.

모처럼 백성들이 웃었고 배가 고프지 않았고 가족과 함께 미래를 기약하는 소박한 희망을 가질 수 있었다.

조정은 권력이 나뉘는 것이 배가 아프고 외세는 침탈이 까탈스러워지는 것이 신경 쓰인다는 이유로 우리를 공격할 것이다.

그들은 백성들의 편안함이 도리어 거슬리는 못난 종자들일 뿐이다.

세상이 우리의 올곧은 삶을 방해한다면 우리는 마땅히 저항해야 한다. 그것이 사람으로서 사람답게 사는 길일 것이다.

사람이 각자 마음속에 한울님을 모시는 소중하고 자유로운 존재라면 그러한 아름다운 삶을 방해하는 사태는 목숨을 걸고 분연히 물리치는 것이 한울님의 뜻과도 부합할 것이다.

도주는 사람 섬기기를 하늘 모시듯 하라고 말씀하셨다.

사람 보기를 금수보다 천하게 보는 자들과는 맞붙어 싸워 각자 존재의 본질을 바로 세우는 것이야말로 대선생의 뜻이고 나아가 한울님의 진정한 뜻이라 하겠다.

하늘을 밝히는 저 가녀린 초승달은 이제 보름달이 되어 천하를 밝히리라.

나는 다시 일어나야겠다.'

56.

고종 31년, 갑오년, 1894년, 구월.

구월 삼 일.

봉준은 금구, 원평을 거쳐 전주 삼례에 도착해 대도소를 설치하고 동학군을 소집했다.

진안의 문계팔, 금구의 조준구, 전주의 최대봉, 정읍의 손여옥, 부안의 송희옥, 익산의 오지영이 가장 먼저 달려왔다.

봉준은 사자후를 토했다.

"우리 충의의 도인들은 마음과 힘을 합해 함께 일어나 왜를 물리치고 나라를 구하자."

봉준은 전라도와 충청도의 각 고을 동학 접주에게 군수품 조달에 협조해 달라는 통문을 띄웠다. 관청 창고에 보관했던 곡식을 접수하고 부호들에게도 경비를 염출했다.

수령들은 대부분 순순히 응했다. 응하지 않을 때는 현장에서 참했다.

마침 가을걷이가 시작되는 시기여서 백성들에게는 가을걷이에서 조정이 거두는 세미를 면제해 주는 대신 그 몫의 반을 동학군에게 군수미로 내게 했다.

갑오년 가을걷이는 풍년이라 할 정도로 수확이 좋았다.

군수미와 군수전·군목*은 전투에 필수품이다. 각 지역 집강소에서 충분히 마련해 공급했다.

원평 대도소에서 봉준에게 공급했고 남원 대도소에서는 김개남에게 공급했다. 김개남은 물건을 받을 때 표지를 발급해 주었다. 이것은 나중에 갚겠다는 어음과 같았다. 봉준은 각 지역 관아의 무기고에서 조총을 비롯해 창과 칼을 인수하게 했다.

동학군 중 쇠를 다룰 줄 아는 도인은 대장간에서 직접 무기를 만들었다. 봉준은 김학진과 협의해 전라 감영 군기고와 위봉 산성에 보관된 무기를 모두 건네받았다.

군기고에는 총 백오십여 자루, 창 열한 자루, 환도 사백사십여 자루와 철환 및 여러 가지 무기가 있었다. 위봉 산성에서 화포 칠십여 문, 탄환 사만여 개, 환도 삼백여 자루와 이외의 여러 가지 무기를 확보했다.

이 무기들은 바로 삼례 동학군 도소로 옮겨졌다.

봉준은 김학진을 운량관으로 삼아 각 고을의 양곡 운반의 책임을 맡겼다. 영악한 김학진은 봉준에게 협력하면서도 보신책으로 조정에 거짓 보고를 올렸다. 그는 군기고와 위봉 산성의 무기를 봉준에게 강제로 빼앗겼다고 보고했다. 머리에 먹물이 들어간 자들은 박쥐를 닮아 항상 조심해 살펴야 실수가 적다.

집강소 활동 동안 일부 호남 지역은 시형의 지시를 받았다. 따라서 봉준에게 협조할 수 없었다.

---

* 전투복을 짓는 옷감.

충청도와 경상도 동학군도 재봉기에는 주저하고 있는 곳이 있었다. 봉준은 재봉기 준비를 위해 동학군을 삼례로 모이게 해 무언중 시형의 결단을 압박했다.

57.

고종 31년, 갑오년, 1894년, 구월.

전라 동학군들은 집강소를 통해 개혁을 실천하고 있었다.

불량한 유림과 양반을 징벌하고 노비 문서를 불태우고 관리 채용에 지벌을 타파해 인재를 등용하고 토지는 균등하게 분작하도록 했다. 당시 유림이 수용하기 어려운 일들이었다.

하동 유생 조성기는 전라도 집강소 소식을 듣자 긴장하지 않을 수 없었다. 일부 동학군을 돕는 척하며 양다리를 걸치고 대세를 살피던 그는 결국 본색을 드러냈다.

그는 정학을 펼치면 이단은 자연히 없어질 것이라 흰 소리치며 남계서원 원장을 맡았다. 마을마다 향음주례를 실시해 유학 윤리를 지키라고 강요했다.

시대의 변화를 읽을 힘이 없었던 그는 기득권을 지키려 발버둥쳤다.

그는 또 오가작통법을 만들었다.

마을마다 다섯 가구를 일 통으로 묶고 통에 통수를 두었다. 다섯 통에 두령을, 열 통에 통장을 두었다.

한 마을에는 영수를 두고 각 마을에서 오고 가는 사람을 살펴 수상한 자가 발견되면 통수가 두령에게, 두령이 통장에게, 통장이 영수에게, 영수가 관아에, 관아가 감영에 보고하는 체계였다.

조성기가 사는 월횡리에서 가장 먼저 오가작통법을 실시했다.

병영 경비를 조달하는 조정이 촌놈 엿가락 빼듯 언구럭을 부리자 경상 우병영 영장이 지역 양반들에게 경비를 요구했다.

추녀 물은 항상 제자리에 떨어진다. 하동 부자였던 조성기는 아들 조종구를 시켜 오백 냥을 바쳤다. 각 마을에는 동학군을 방어하기 위한 보를 쌓았다.

진주 영장 박희병이 안을 내 마을마다 동학군을 방어하기 위한 보를 쌓았다. 박희병은 이전에 부평 부사로 있을 때 보를 쌓아본 경험이 있었다.

하동과 진주 지역에서 마을마다 사람을 동원해 부지런히 보를 쌓았다.

조성기는 월횡리 사림산에 보를 쌓았다. 마을 사람 백여 명을 동원해 성을 쌓고 성문을 축조했다.

조성기는 또 사비로 민포군 오십 명을 조직했다.

구월 일 일.

봉준이 삼례에서 재봉기를 고민하던 시기에 김인배는 만여 명의 동학군을 이끌고 섬진강을 건너 하동으로 들어갔다.

김인배는 부적을 하나 써 수탉의 가슴에 붙이고 백 보쯤 떨어져 있는 곳에 놓게 했다.

"총을 쏘아도 닭이 맞지 않을 것이오."

그런 후에 측근을 시켜 총을 세 발 쏘게 했다.

수탉은 한 발도 맞지 않았다.

"여러분은 내 부적의 효험을 보았으니 이제부터 굳게 믿어 의심하지 마시오."

동학군은 부적을 만들어 옷에 붙이고 전투에 나섰다.

구월 이 일.

동학군은 하동 관아 앞뒤 산에 포진하고 하동 관아를 공격했다. 관아를 지키던 민포군은 싸우는 흉내도 내지도 못하고 모두 도망갔다. 조성기는 도망가다 뒤통수에 총을 맞고 즉사했다.

김인배는 곧바로 민포군을 쫓아 화개동으로 들어가 그들의 근거지를 불사르고 민포군을 섬멸했다.

58.

고종 31년, 갑오년, 1894년, 구월.

하동에서 김인배의 승리 소식은 곧바로 진주로 전해졌다.

김인배가 하동 전투에서 승리하던 날, 진주에서는 각 마을 대표 열세 명 명의로 방문을 붙였다.

'오는 구월 팔 일 평리 광탄진에 모여 대소사를 의논하기를 바란다.'

동학군은 하동에서 조금 서그러져 오륙 일간 머물다 일부는 호남으로 돌아가고 나머지는 김인배를 따라 진주로 향했다.

김인배는 구월 초부터 전라도 흥양·순천·광양 지역 일부 병력과 하동 지역 동학군을 진주 쪽으로 이동시켰다. 드디어 김인배는 하동을 떠나 진주로 향했다.

그동안 진주 일대의 동학군은 지리산 밑 덕산을 중심으로 산발적인 활동을 벌이고 있었다. 그러나 이렇다 할 조직과 구심점이 없었는데 하동의 소식을 듣고 기세가 크게 올랐다.

진주 도인들은 김인배의 지휘를 받으며 진주 관아와 경상 우병영으로 쳐들어갔다. 진주 목사와 경상 우병영 병사는 김인배가 온다는 말을 듣자 맥이 빠져 아예 손을 놓고 있었다.

경상 우병영은 여수의 전라 좌병영과 함께 왜구를 막던 요새였다.

김인배는 병력을 몇 대로 나누어 먼저 사천·남해·고성 등지로 파견해 그곳 관아를 점령하고 거주하던 도인들을 규합하도록 했다.

김인배가 직접 지휘하는 주력 병력은 하동에서 곤양을 거쳐 진주로 향했다. 수천 명이 곤양 다솔사에서 집회하고 곤양 읍내로 들어갔다.

다솔사는 봉명산 중턱에 포근히 안긴 절이다. 절 입구부터 편백이 울창하고 홍송이 우거진 천년 대찰로 많은 민중 지도자를 배출한 곳이다.

불교의 무장 세력 당취를 지휘하던 김광화도 이곳에 자주 들렀다.

김인배는 쉬이 곤양 관아를 점령하고 진주 접경 완사에서 다시 진열을 정비했다.

주력부대에서 나뉘어 파견되었던 동학군에 사천에 거주하던 수백 명의 도인이 합류했다. 그들은 동헌을 점령하고 무기를 확보했다.

남해 고성 등지의 도인과 농민들도 동학군에 합류해 영호대도소를 지원했다. 고성에서는 육백여 명의 농민이 동학군에 지원했다.

세력이 커진 동학군은 단성·산청·진해를 공격해 관아를 점령했다.

이들은 다시 창원과 김해 쪽으로 진출하게 된다.

진주에서는 계획했던 군중대회가 구월 팔 일에 예정대로 열렸다. 칠십삼 개 면에서 나온 백성들이 읍내 장터에서 집회를 열었다.

이들은 충경대도소를 설치하고 폐정 개혁과 왜국 및 친왜 개화파 정권을 축출하자고 선언했다.

구월 십팔 일.

진주 주변 지역 점령을 마친 김인배가 천여 명의 동학군을 이끌고 진주로 입성했다.

경상 우병사 민준호는 영장을 김인배에게 보냈다.

"병사께서 무조건 항복하겠답니다. 병사께서는 병영 앞에서 장군을 영접하기 위해 기다리고 있습니다."

김인배는 항복을 받아들였다.

김인배가 경상 우병영에 도착하자 기다리던 민준호가 허리를 숙였다.

"장군, 지난날 제가 도인을 죽인 죄를 용서해 주시오."

김인배는 고개를 끄덕이고 병영 안으로 들어갔다.

목숨을 구한 민준호는 동학군에게 소를 잡아 술을 대접했다.

경상 우병영이 동학군 손에 들어온 일은 봉준이 재봉기해 한양으로 치고 들어갈 때 후방을 단단하게 지킨다는 의미가 있었다.

경상 우병영을 접수한 동학군은 진주 촉석루 옆 관아에 대도소를 설치했다. 대도소 앞에 보국안민이라 쓴 깃발이 남강을 지나가는 바람에 나부꼈다.

동학군은 소라를 불고 북을 울리며 포를 쏘아 기세를 올렸다.

부산에 있던 왜국 영사관과 병참부는 하동이 동학군에게 점령되자 신속하게 움직였다. 왜군은 진주 지역 동학군 토벌을 위해 구월 초에 부산에 주둔하던 왜군 일 개 중대를 이미 인근에 파견했었다.

부산 영사관은 정찰대를 하동으로 보내 현지를 점검했다. 동래 감리서 주사 이 모와 순사 넷을 차출하고 왜국 헌병 넷도 같이 파견했다.

그들은 신속하게 탐지 결과를 보고했다. 왜국 영사관은 출병을 지체할 수 없다고 판단했다.

진주 목사의 장계를 받은 조선 조정도 군국기무처 외무아문을 통해 부산에 주둔해 있던 왜군의 파병을 부산 감리서에 요청했다. 조정은 대구에 머무르던 경상 감영 판관 지석영을 토포사로 임명했다.

지석영은 구월 이십육 일, 대구에서 출발해 다음 날 부산에 도착했다. 그는 감리서를 찾은 후 왜국 영사를 만나고 이십구 일에 배편으로 통영에 도착했다.

여기서 포군 백 명과 군관 네 명을 인계받아 서어한 마음을 달래며 고성으로 향했다.

지석영은 고성 접주를 만나 동학군과 협상을 시도했다.

그러나 서낙한 왜군 첩자에게 의도가 탐지되어 부산 왜국 영사관에 끌려가 곤욕을 치렀다. 명색이 조선의 토포사인 지석영이 왜국의 일개 말단 관리에게 매를 맞았다.

왜군은 진주 동학군 조직을 농민과 천민을 중심으로 하고 구실아치와 몰락한 양반붙이가 지원하는 조직으로 분석했다. 그러므로 그들은 관아의 아전들도 동학군과 한통속이라 판단했다.

왜국 영사는 출병에 앞서 조선 조정에 각 지역의 지방관이 왜군 출동에 편의를 제공하도록 지시해 달라고 요청했다.

왜군은 길을 안내할 사람도 요청했다. 조정은 지석영더러 길을 인도하게 했다.

일전에 굴욕을 당했던 왜국 영사관 앞에서 지석영이 머뭇거리자 왜군은 석연치 않은 표정을 지었다. 그러나 조선 조정에서 보낸 관리인지라 미진한 대로 그에게 길 안내를 맡겼다.

구월 이십오 일.

부산포에 있던 왜군 부산 수비대 백오십 명과 감리서에 소속된 백여 명의 조선군이 함께 진주로 출동했다.

왜군 남부 병참감 엔다 중위가 이 개 소대를, 스즈끼 대위가 일 개 중대를 이끌고 나섰다. 왜군은 모두 스나이더 장총으로 무장했다.

왜군 병력이 진주로 출동하자 조정에서는 경상 우병사 민준호를 전투도 하지 않고 항복한 책임을 물어 파직했다,

김인배는 진주 인근 고을 도인들에게 동원령을 내리고 하동 금오산 아래 한재에 진을 치고 왜군을 기다렸다.

김인배는 민준호를 유임케 해 달라고 조정에 요청했다.

'진주는 경상도 서른세 고을 중에서 대절도사의 영문이며 삼남의 요충지가 되는 곳입니다.

지금 우리 병사인 민 공은 사심이 없는 분으로 온화하고 순량하며 청백하고 정직하여 지난 병사와 비교할 수 없습니다.

그러므로 이분은 대영문의 임무를 맡을 만한 사람으로 경상 우도 도민의 중망을 받고 있습니다.

그러나 부임한 지 일 년도 채 못 되었는데 지금 들은 바에 의하면 왜인과의 약조에 따라 선출된 새 병사가 부임한다고 하니 지금 우리가 왜병을 섬

멸하고 그 잔당을 깡그리 토벌한다면 새 병사가 어찌 이쪽 방면의 책임을 질 수 있겠습니까?'

조정은 김인배의 요청을 무시했다.

진주 동학군은 진주 백목리에 모였다.

그들은 두 갈래로 나뉘어 한 대는 수곡리 장터에 진을 치고 한 대는 고성 산성 아래에 머물렀다.

이때 모인 병력은 모두 십만 명에 달했다.

구월 이십구 일.

하동 남쪽 광평동에서 동학군 칠백 명이 부산에서 올라온 왜군과 접전했다.

왜군의 전력은 막강했다. 그들이 소지한 스나이더 소총은 심지가 없어도 계속 총알을 발사했다. 동학군이 화승총으로 한 발을 쏠 때 왜군은 여섯 발을 쏘았다. 화승총 사거리는 삼십 보였으나 스나이더 소총의 사거리는 백오십 보였다.

동학군은 섬진강 건너 전라도로 후퇴했다.

삼십 일에 섬거역에서 강을 건너 추적해 오는 왜군과 다시 접전이 있었다. 왜군은 밀려 진주로 후퇴했다.

왜군은 화풀이로 진주 해창에서 동학 접주 임석준을 체포했다. 임석준은 오후에 성내 북쪽 장터에서 총살당했다.

다음 날 왜군은 곤양으로 들어갔다.

59.

고종 31년, 갑오년, 1894년, 구월.

갑오년 구월.

왜국은 전 내무대신 이노우에 가오루를 신임 조선공사로 파견하여 내정 개혁안으로 이십 개조를 제시했다.

하나, 정권은 모름지기 하나로 나갈 것.

하나, 국왕의 만기를 친제할 권리는 한 가지로 법령을 지켜야 할 책임이 있음.

하나, 왕실의 서무와 정부의 서정은 확연히 구별할 것.

하나, 왕실의 법전을 제정할 것.

하나, 의정부의 각 아문과 직위와 권한을 확정할 것.

하나, 모든 조세 업무는 탁지아문에서 관장할 것.

하나, 국가 재정의 수입과 지출은 재정의 기반이므로 미리 왕실 예산과 각 아문의 경비를 정할 것.

하나, 군제를 제정할 것.

하나, 모든 예속의 허례를 폐지하고 번폐를 제거할 것.

하나, 경찰의 권한은 하나로 통일할 것.

하나, 관리의 복무 규정을 설정하여 영구히 시행할 것.

하나, 지방관의 권한을 제한하여 중앙정부가 수람할 것.

하나, 관리의 채용과 파면의 조례를 제정하여 정실로 관리의 진퇴를 시키지 말 것.

하나, 파벌 간의 시기하는 누습을 금지하고 공직의 자리에서 감정의 보복을 하지 말 것.

하나, 공무아문이 없으니 설치할 것.

하나, 군국기무처의 제도를 개정하여 정부의 긴요한 각 사항에 권한을 미치게 할 것.

하나, 각 아문은 정교하고 숙달한 고문관을 외국에서 초빙하여 채용할 것.

하나, 유학생을 선발해 일본에 파견할 것.

하나, 국가의 독립과 내정의 개혁을 종묘에 고하고 국민에 선포할 것.

하나, 형률을 다시 제정할 것.

남의 나라에 함부로 내정 개혁을 강요한다는 것은 참으로 어불성설이다. 그러나 조정의 벼슬아치치고 한 사람이라도 강단을 보여 항의하는 사람이 없었다.

대책 없는 왕은 내정 개혁을 시행하라고 전교를 내렸다.

영돈 김병시가 왕에게 말했다.

"오늘 전하는 신하도 없고 백성도 없습니다. 조정에 진실로 사람이 있다면 저들이 어찌 이토록 거리낌이 없으리오.

가사 우리나라가 군대를 이끌고 무단히 왜국의 황궁에 들어갔다고 하면

저 왜놈들이 말 한마디 없겠습니까. 지금 우리나라에는 말 한마디 하는 신하가 없으니 이는 곧 신하가 없는 것입니다.

그리고 호남의 백성*들을 살육함으로써 비단 전라도 백성들뿐만 아니라 팔도의 백성들이 모두 나라에 마음이 떠나 버렸습니다. 이는 임금부터 백성들을 어린 아들과 같이 여기지 않았으니 백성들이 어찌 임금을 부모같이 섬기려는 마음이 있으리오. 전하는 이미 백성이 없는 왕이 되고 말았습니다.

신하가 없고 백성이 없는 나라에 전하가 홀로 어찌 서리오? 자주란 신하**가 문자를 알지 못하더라도 그 뜻을 알아볼 때 생기고, 비록 청빈한 가정이라도 절도가 근엄하여 규모가 엄격히 서 있으면 다른 사람이 감히 업신여기지 못하는 법입니다. 어찌 다른 나라의 권으로 자립을 하리오.

또한 이번에 내정을 개혁하라는 그들의 말을 좇으면 저들은 이것을 스스로 자주라 할 것이니 전하가 어찌 이를 스스로 한 자주라 하리오.

책자***를 받아 온 것으로 이미 나라의 체면을 잃었는데 전하는 그 조항대로 좇으려 합니까. 혹 우리가 이에 좇지 않으면 그들은 또 무력으로 위협하겠다는 것입니까.

만일 우리가 저들의 말대로 좇는다면 청국은 또 어찌 말이 없으리오. 다른 나라의 말을 기다릴 것 없이 우리가 먼저 스스로 개혁해 폐정을 다스리는 것이 좋습니다."

매사 옳은 소리만 하는 김병시라 왕은 입이 열 개라도 할 말이 없었다.

---

* 동학군.
** 김병시 자신을 가리킴.
*** 내정개혁안.

60.

고종 31년, 갑오년, 1894년, 구월.

청·왜 전쟁에서 승기를 잡으면서 왜국의 내정 간섭이 노골화되자 조정은 갈팡질팡했다. 외국 군대를 빌려 동학군을 진압하자던 왕은 왜국 군대가 두려워 이제는 동학군을 한양으로 입성시켜 왜국의 침략을 막아보자는 의견을 냈다.

신하들은 왕이 자신도 무슨 말을 하는지 알지도 못하고 함부로 말을 내뱉는다고 웃었다.

홍선은 봉준에게 왜군을 구축하는 계책을 묻는 밀지를 보냈으나 봉준에게서 아무런 반응이 없자 이번에는 김개남을 선동하려 했다. 홍선은 손자 이준용에게 이 일을 맡겼다.

홍선은 김개남이 자기를 인정하지 않는다는 사실을 몰랐다.

이준용은 전 승지 이건영을 다시 비밀리에 불러 김개남에게 가 대원군의 명이라 속여 기병하여 한양으로 올라오라 전하라 했다.

이건영은 감히 김개남을 만날 엄두를 내지 못했다. 수하로 부리던 김태정과 고영근을 불러 대신 이 일을 시켰다.

두 사람은 홍선의 가짜 효유문을 가지고 전주로 내려갔다. 그러나 바로 김개남과 접촉할 수가 없어 일단 이준용이 만나 보라고 한 정성모를 만났다.

정성모는 이준용의 친구로 열여덟 먹은 소년이었다. 수려한 용모에 눈빛이 맑은 사내였다.

두 사람은 어이없어 하면서도 정성모에게 효유문을 보여주었다.

효유문에는 지금 창궐하는 동학을 효유하기 위해 충청도와 경상도에 이미 사람을 보냈으니 호남에는 그대가 나라를 위하여 수고해 달라고 적혀 있었다.

정성모는 홍선이 이준용을 시켜 자신에게 직접 글을 보냈다고 생각했다. 그는 일단 전라 감사 김학진을 만나자고 했다.

그리하여 이들 셋은 전라 감영으로 들어가 김학진을 만났다. 김학진은 전주 집강소 송덕인을 불러 홍선의 말을 전했다. 송덕인이 일리가 있다고 여겨 승복했다.

"동학군 가운데 남원의 김개남이 가장 대가 차니 먼저 김개남에게 이 글을 전해 그의 뜻을 물어보기로 하세."

김학진과 송덕인은 김태정·고영근·정성모 세 사람과 영교 송계운에게 사령 한 명을 딸려주었다.

구월 칠 일.

신시 중에 다섯 사람은 전주에서 출발했다.

임실에서 현감 민종식의 출영을 받아 저녁을 먹었다. 임실 관졸을 동원해 횃불을 밝혀 길을 재촉해 밤늦게 남원에 도착했다.

정성모는 김개남에게 면접을 청했다. 김개남은 성찰 집사를 보내 남문 밖에 그들의 처소를 정해 주었다.

다음 날 구월 팔 일.

조반 후 정성모는 김태정과 고영근을 데리고 김개남을 찾아갔다. 김개남은 정청에 앉아 그들을 날카롭게 쳐다보았다.

정성모가 앞에 나가 인사를 한 후 홍선의 효유문을 김개남에게 건넸다. 김개남은 묵묵히 글을 읽었다.

"당신들이 나에게 온 뜻은 내가 이제 알았으니 다시 시간을 내어 상의합시다."

김개남은 성찰을 시켜 세 사람을 각각 다른 곳에 처소를 배정했다.

세 사람은 서로 입을 맞출 수가 없어 사실상 감금 상태가 되고 말았다.

정성모는 보성 안 접주가 머무는 처소에 배정되었다. 안 접주는 보성 집강이었다.

안 접주는 나이 예순이 넘은 성격이 온후하고 근엄한 사람이었다. 그는 어린 정성모를 보더니 안타까워 눈썹을 찡그렸다.

점심때가 되자 밖에서 사람들이 떠드는 소리가 들리더니 포성이 네 번 울렸다. 그리고 조금 있더니 삼현육각 소리가 들렸다.

정성모가 까닭을 물으니 안 접주가 말했다.

"오방 기치 칠팔천 본을 새로 만들어 오늘 장대에서 기제를 올리게 된다. 그 자리에서 반드시 어떤 풍파가 있을 것이다."

이에 정성모는 오늘 자신이 기제에 희생되리라 짐작했다. 잠시 후 군졸 삼십여 명이 달려와 안 접주에게 말했다.

"대접주께서 장대에 좌정해 기제를 올리려 합니다. 이에 한양에서 내려온 정성모를 잡아들이랍니다."

안 접주는 손수 술상을 보아 정성모에게 술을 바리에 한 잔 가득 부어 권했다.

"이미 짐작은 했지만, 오늘 자네는 모진 일을 당할지 모르겠다. 부디 정신을 잘 차리길 바라네."

정성모는 바리를 들어 그득한 술을 단숨에 들이켰다. 술은 독했으나 젊은 몸이라 마시고 나니 오히려 정신이 맑아졌다.

안 접주는 자신이 거느리는 성찰과 동몽 삼사 인을 불러 군졸들 대신 정성모를 김개남에게 데려가라 했다.

정성모가 얼마 후 장대에 이르니 수만 병사가 모여 있었다. 같이 내려온 김태정과 고영근 양인과 영교 송계운과 사령은 이미 가쇄를 씌워 계하에 꿇려 있었다. 정성모도 그 옆에 같이 꿇어앉았다.

정성모가 소리를 질렀다.

"나는 국태공의 명을 받고 온 사람이오. 어찌 이토록 욕을 보이시오?"

김개남이 화가 나 손을 높이 들어 성찰을 불렀다. 성찰이 명령을 받으러 김개남 가까이 다가갔다.

김개남이 정성모를 바로 죽이려다 그의 수려한 용모를 보고 불쌍한 생각이 들어 잠시 마음을 가다듬고 말했다.

"너는 아직 어린 나이에 마땅히 집에서 글이나 읽을 일이지 어찌 공명심에 맹동하느냐. 개화당에 합세해 국태공을 꾀어 이 효유문을 가지고 온 것 같은데 어찌 이것을 국태공의 본뜻이라 하겠느냐?"

김개남은 수하를 시켜 정성모에게 곤장 오륙 도를 먹였다. 그리고 가쇄를 씌워 다른 이들 옆에 나란히 꿇려 놓았다.

61.

고종 31년, 갑오년, 1894년, 구월.

구월 십이 일.

전봉준은 삼례에서 다시 일어났다. 전라도 오십세 개 군현에 동학농민군의 봉기를 호소하는 격문을 보냈다.

'왜국이 개화라 일컬어 애초부터 일언반사도 없이 민간에 전포하고 한편으로 격서도 없이 솔병하고 도성으로 들어와 야반에 왕궁을 격파하여 주상을 경동케 하였다고 하기에 초야의 사민들이 충군애국 하는 마음으로 강개하지 않을 수 없어 의려를 규합하여 왜병과 접전을 하노라. 본년 유월 이래 왜군은 계속 조선에 상륙해 왔던바 이것은 반드시 아국을 병탄하려는 것이니 어찌 이 나라의 신민 된 자로 좌시할 수 있겠는가?'

삼례에 모여 날짜를 기다리던 동학군은 행군 기일이 정해지자 환호성을 지르며 기뻐서 펄쩍펄쩍 뛰었다.

봉준은 이어 전라도 창의대장소의 이름으로 충청도 지방에 전령을 보냈고 경상도 지방에도 사자를 보내 독려하는 글을 돌렸다.

격문을 받은 전라고 이십삼 개 군현의 도인과 농민이 각 지역 무기고를 열어 일제히 무장했다.

마침내 사천을 헤아리는 대군이 삼례에 모였다. 전라도 각지에서 대접주나 집강의 지휘를 받는 사람은 모두 십일만사천여 명이 되었다.

봉준 휘하의 동학군을 이끈 장수는 다음과 같다.

전주 최대봉·강수한, 태인 최경선, 금구 김봉득, 함열 유한필, 정읍 손여옥·차치구, 고부 정익서·김도삼, 순창 오동호, 장성 기우선, 함평 이화진, 순천 박낙양, 보성 문장형, 임실 이용거·이병용, 고창 임천서·박형노, 남원 김개남, 원평 송태섭, 무장 송경찬·송문수·강경중, 영광 오하영·오시영, 김제 김봉년, 삼례 송혜옥, 장흥 이방언, 무안 배규인, 나주 오권선, 홍덕 고영숙, 흥양 유희도, 광주 박성동, 담양 김중화 등이었다.

이들 중 금구의 김봉득은 재지가 비상하고 검술에 발군이었다. 정읍의 손여옥은 손화중의 족질이었다. 같은 정읍의 차치구의 아들 차경석은 후에 보천교 교주가 된다.

고부 김도삼은 이평면 산매리 출신으로 봉준 정익서와 함께 고부 삼 장두였다.

구월 십구 일.

노적가리가 논에 가득 쌓인 삼례는 흰옷을 입은 도인들로 언덕과 들판이 가득 메었다. 흰 들꽃이 만발했다.

전라·충청·경상 삼도 사투리가 뒤섞여 왁자하게 들판에 퍼졌다. 의기로 똘똘 뭉친 사람들이 분주하게 봉기 준비에 만전을 기했다.

삼례는 호남 입구에 자리 잡아 교통의 요지였다. 충청도를 거쳐 달려온 파발마들이 천안과 여산을 거쳐 삼례읍에서 휴식을 취하고 서쪽의 옥구나 군산, 남쪽의 전주·정읍·광주·나주로, 동쪽의 남원·구례·순천으로 달려갔다.

반대로 한양으로 올라가는 사람들이 이곳에서 발길을 멈추고 하룻밤을 묵었다. 그러던 삼례가 도인들로 더욱 복잡해져 고을이 마치 터질듯했다.

도인들이 활기에 넘쳐 움직였다. 어떤 이는 종이를 펼쳐놓고 통문을 베꼈고 어떤 이는 통문을 들고 뛰어나갔다. 되도록 많은 통문을 만들어 전국으로 보냈다.

전령들은 통문을 실은 말을 타고 각 지역으로 달려가 도인들은 삼례에 모이라고 알렸다. 다만 교통이 차단된 북쪽으로는 전달되지 못했다.

마소에 바리바리 실려 온 무기와 군수전과 군량미가 언덕과 들판에 산처럼 쌓였다. 여염에서는 밤낮을 가리지 않고 밥을 짓느라 굴뚝에서 연기가 그치지 않았다.

당시로는 너른 길이었던 삼례 도로는 마소가 다닐 수 없을 정도로 붐볐다. 도인들은 잠자고 밥 먹을 곳이 모자라 천막을 새로 치거나 고을 도인의 집을 빌려 숙식을 해결했다.

뒤늦게 들어온 도인들은 들판과 언덕에서 노숙했다. 각지 집강소에서 가지고 온 양곡과 무기와 화약을 실은 우마차들이 삼례로 꾸역꾸역 모여들었고 생활필수품을 꾸린 짐들도 마방이나 민가로 들어갔다.

동학군을 따라온 가족을 돌보느라 삼례 백성들은 눈코 뜰 새 없이 바쁘게 움직였다.

삼례에는 왕궁리에 왕대밭이 무성했고 그 아래쪽에는 왕골이 자라는 논이 많았다.

동학군 수가 점점 늘어나 무기가 부족해지자 왕대를 베어와 죽창을 만들었다. 왕대 한쪽을 비스듬히 깎고 불로 그슬린 후에 참기름을 발라 강도를 높였다.

또 화약을 조금이라도 더 장만하려 재료를 모았다.

오줌통에서 오줌이 말라붙은 허연 찌꺼기를 긁어모으면 화약의 원료*가 되었다.

또 횃불도 서둘러 만들었다. 횃불은 밤에 어둠을 밝히기도 했지만, 동학군의 의지를 드러내는 상징물이었다.

횃불을 만들려면 나무토막과 헝겊, 솜과 짚이 있어야 했고 무엇보다 송진과 콩기름·동백기름이 필요했다. 당시 양초와 석유는 수입품이어서 매우 비쌌다.

동학군은 손쉽게 구할 수 있는 송진과 간솔**을 채취하려고 온 산을 헤맸다.

이렇게 만든 군용물자를 수레마다 가득 실었다.

중요한 군수물자 중 하나는 동학군이 입을 군복이었다. 늦가을이라 날씨가 제법 쌀쌀했다.

적어도 몇 달 동안 전쟁을 치르려면 군복을 충분히 마련해야 했다. 부녀

---

* 질산칼륨.

** 불쏘시개.

자들은 옷을 짓느라 바빴다. 구월 말경에는 서리가 내리므로 천에 솜을 넣어 옷을 두툼하게 지었다.

동학군 전투복은 종아리 아래를 행전으로 묶어 움직이기 편하게 만들었다. 그러나 새로 지원한 도인에게까지 모두 지급하기는 모자랐다.

부녀자들이 수십·수백 명씩 모여 면포를 가득 쌓아 놓고 분주하게 군복을 지었다.

동학군 병졸은 상투머리에 수건을 동이고 한 손으로 조총을 잡고 허리에는 화승총을 찼다. 등에는 부적을 붙이고 종아리 자락은 끈으로 질끈 묶었다. 옷 색깔을 황색·옥색·청색으로 나누어 지휘관과 군졸을 구분했다.

동학군 지휘관은 말을 타고 오른손에 양산을 펼쳐 들고 모자를 썼다. 왼쪽 허리춤에는 긴 칼을 찼다. 화승총을 든 수종이 말고삐를 잡고 길을 앞서 나갔다.

봉준은 백마를 타고 수십 명의 호위를 받으며 행진했다. 화승총이 없는 동학군은 창칼만 들거나 그마저 없으면 죽창을 꼬나들었다. 봉준의 직속부대는 대략 사천 명 정도였다.

추운 겨울에 산과 들판을 누비려면 짚신과 버선 그리고 감발은 필수품이었다.

이들 물건을 만들려면 무명과 짚 외에도 왕골과 솜 종이가 필요했다. 짚신은 왕골과 삼줄을 섞은 미투리가 튼튼해 오래 갔다.

도인들은 때로 소를 잡아 원기를 보충하고 쇠가죽은 잘 간직해 두었다.

쇠가죽은 전투 시 취사도구로 쓸 수 있었다. 야외에서 쇠가죽을 펼쳐 네 나무다리에 걸고 씻은 쌀과 물을 부은 뒤 밑에서 불을 지피면 수십 명이 먹을 밥을 지을 수 있었다.

구월 이십 일.

마침내 진군을 알리는 나팔 소리가 울렸다.

삼례에서 은진으로 이어지는 도로는 곧게 뻗어 있어 걸릴 것이 없었다.

봉준은 자신이 직접 거느리는 동학군을 선발대로 내세워 나팔과 징 소리를 길게 울리면서 삼례를 출발했다.

은진으로 가는 길옆 너른 들판에는 노적가리가 높게 쌓여 있었다.

봉준은 잿빛으로 물든 들판과 여러 색이 섞인 행진 대열을 번갈아 바라보며 상념에 잠겼다.

봉준은 동학군을 삼열 종대로 편성했다. 전위는 논산과 연산 출신 동학군이 맡았다.

그는 높은 벼슬아치나 장수의 행차를 표시하는 의식용 수레에 올라 덮개로 홍개를 씌우고 행렬 가운데서 행군을 지휘했다.

봉준은 재봉기 때부터는 상복을 입지 않았다. 동학군 군복을 입었고 때로는 수레를 타고 때로는 백마를 탔다.

삼례에서 준비한 많은 군수물자를 실은 달구지가 길가에 꼬리를 물고 늘어섰다.

동학군은 깃발을 휘날리며 대포 네 문을 앞세우고 행군했다. 그 모습이 마치 용이 땅에 내려와 전진하는 듯했다.

동학군은 삼례 가도에서 여산을 거쳐 강경과 은진 방향으로 접어들었다.

군사와 깃발과 마소·달구지가 질서정연하게 행진했다. 수십 리에 이르는 행렬은 장관을 이루었다. 지나가는 고을 백성들이 길가에 나와 구경하고 손뼉을 쳤다.

새 세상이 왔다고 덩실덩실 춤을 추는 이도 있었다.

동학군은 여산에서 잠시 행군을 멈추고 휴식했다.

여산은 충청도와 전라도 경계에 있는 요충지였다. 이곳에서 여산 부사를 지낸 김원식이 농민군을 이끌고 합류했다. 김원식은 많은 재산을 가지고 강경에 거주하면서 무인으로도 세력을 떨치던 토호였다.

여산에서 논산으로 가는 길은 은진을 경유하는 길과 강경을 경유하는 길로 나뉜다.

봉준의 직속부대가 강경에 도착한 날짜는 시월 초순이었다. 그가 강경 쪽을 택한 이유는 강경의 부호와 상인들을 끌어들이기 위해서였다.

강경은 당시 조선 삼대 시장 중 하나여서 부호와 보부상들이 많이 모여들었다.

처음 청·왜 전쟁이 일어났을 때 강경과 강경 부근의 황산 상인들은 왜국 행상이 나타나면 장사를 방해하거나 물건을 빼앗고 폭행했다. 그래서 왜국 상인들은 이곳에 들어가기를 꺼렸다. 덕분에 지역 상인들의 상권이 보존된 곳이었다.

다른 이유는 백마강과 금강 입구를 잇는 강경포구에 각지로 팔려 나갈 해산물과 쌀을 운반하는 수십 척의 배가 모여들었다.

봉준은 이곳에서 앞으로 벌어질 왜군과의 전투에 필요한 물품을 조달하려 했다. 강경 부호와 상인들이 기꺼이 지원을 약속해 주었다.

강경에서 은진 지역으로 들어갈 때 봉준의 직속부대 수는 사천여 명에서 만여 명으로 늘어났다. 충청도 농민들이 연도에서 무리를 지어 합류했다.

봉준은 연산과 은진 관아 창고에 보관하던 쌀을 꺼내 군량으로 사용했다.

현지 출신 동학군은 연산·논산·강경 부호들이 숨겨 놓은 양곡을 찾아 군량에 보탰다.

봉준은 왜군이 바닷길로 나주 해안에 상륙한다는 첩보에 따라 손화중과 최경선에게 동학군 칠천 명으로 광주와 나주에 진을 치게 했다. 왜군의 해안 침투를 막고 호남 일대의 집강소 체제를 유지하며 봉준이 올라가는 보급로를 안전하게 확보하기 위해서였다.

62.

고종 31년, 갑오년, 1894년, 구월.

동학군 재봉기는 전국에 걸쳐 진행되었다.

신분제와 가렴주구 등 폐정 개혁과 청산을 추구하며 항왜 의식을 고양했다.

지역에 따라 열기는 조금씩 달랐다. 호남과 호서·영남 지역의 봉기가 가장 치열했고 나머지 지역은 조금 느슨했다.

하지만 평안도와 함경도는 더 느슨했다.

평안도는 청·왜 전쟁 당시 전 지역이 전쟁의 소용돌이에 들어가 동학군이 활동할 여지가 없었다.

함경도는 왕조에 대한 반감이 특히 높았으나 지역이 고립되어 백성의 성향이 분산적이어서 동학과 소통이 잘되지 않았다. 국경에 가까운 두 도에서 산발적인 소규모 봉기가 잠시 있었으나 수성군에게 밀려 산속으로 들어갔다.

평안도 상원에서 봉기했고 함경도에서는 원산에서 일어나 왜군과 싸웠다.

구월 십오 일.

예천에서 사오천 명이 봉기해 읍성을 점령하고 용궁을 거쳐 성주를 이어 점령했다.

이들이 상주에 이르렀을 때 왜군과의 전투가 벌어졌다. 이어 이들은 대구와 안산 사이에 설치한 왜군의 전선을 파괴했다.

경기도에서는 정경수·임명준·고재당·전규석·신재준이 안성·양지·이천·양근에서 봉기해 수원을 위협했다. 왜군은 병력을 급파해 수원을 방어했다.

강원도에서는 평창에서 처음 봉기했다.

이어 원주·영월·정선·횡성·홍천에서 봉기해 대관령을 넘어 강릉을 점령했다.

왜군은 급히 이 개 중대를 파견했고 양반과 유생들은 민보군을 조직해 대응했다.

구월 이십사 일.

충주 미산 동학 대접주 신재연이 이끄는 동학군 만여 명이 진천의 광혜원에 집결하여 자칭 의병 허문숙과 대치했다.

같은 날,

영동 청산 동학군이 청주 병영을 포위해 공격했다.

병사 이장회는 미리 문을 굳게 잠그고 방비하고 있다가 동학군이 몰려오자 갑자기 총포를 쏘아댔다.

삽시간에 몇 명이 쓰러지자 동학군은 일단 물러섰다.

충청 병영이 관리하는 상당 산성은 충청도 내륙의 방어 기지로 많은 무기가 보관되어 있었다. 그러나 산성에는 관군이 배치되어 있지 않았다.

동학군은 산성으로 올라가 무기고를 열어 무장을 보완했다.

구월 이십오 일.

호서의 서상철은 영남에 방문을 돌려 왜군의 궁성 난입을 통박하고 팔도의 충의지사는 구월 이십오 일 안동 명륜당으로 모이라 했다.

'호서 충의 서상철은 대의로써 우리 조선의 의로운 군자와 모든 국민에 고하노라. 산에 올라 부름에 모두 응함은 그 소리가 높고 커서가 아니라 들리는 바가 의롭기 때문이다.

엎드려 원하건대 집집마다 이 방문을 전하여 모두 살피기를 바란다.

요즈음 군친이 누란의 위기에 있으나 걱정함이 없이 돌아보지 않고 신하는 원수를 대하고 있으나 깨달음이 없다.

다만 이를 두려워 피할 줄만 알며 모두 행여 나에게 무슨 변고나 있을까 하여 달이 지나도록* 아무런 소식이 없으니 어찌 성조께서 오백 년 동안 휘황한 본의이랴. 이에 글을 지어 널리 호소하니 삼천리 강토 내 벼슬아치들에 돌려 보이고 원문은 이웃 고을에 전하고 이웃 고을은 또 이웃 고을에 전하면 듣지 못하고 모르는 이가 없을 것이다.

만일 중간에서 전하지 않는 자는 불충·불의의 사람이다.

부자가 있으면 아들이 나오고 형제가 있으면 동생이 나와 충성을 다할지니 함께하고자 하는 이는 창이나 검을 준비할지어다.'

---

* 6월 21일 일본군의 경복궁 난입.

63.

고종 31년, 갑오년, 1894년, 구월에서 시월.

구월 이십오 일.

왜국은 오토리 게이스케 왜국 공사를 이노우에 가오루로 교체했다.

구월 이십팔 일.

이노우에 가오루가 조선에 부임했다. 부임하자마자 이노우에 가오루는 오토리 게이스케가 조각한 개화파 김홍집 내각에게 관군을 동원해 동학군을 토벌하라고 압력을 가했다. 그러면서 한편으로는 왜군 대본영에 동학군을 토벌할 병력을 요청했다.

이에 왜국은 정규 복무를 마친 후비보병을 재소집해 편성한 제십구 대대를 조선으로 급파했다. 이들은 왜군 주력은 아니었으나 전투 경험은 풍부하기 이를 데 없었다. 무엇보다 신식 무기로 무장한 병력이었다. 대본영은 선손 걸어 동학군을 철저하게 살육하라 지시했다.

하나. 동학당의 근거지를 찾아서 박멸하라.

하나. 조선군과 협력해 동학당을 철저히 소멸시켜 다시 일어나는 후환을 남기지 마라.

하나. 괴수는 생포해 경성의 공사관으로 보내라.

하나. 동학당과 조선 조정의 왕복 문서를 압수하게 되면 공사관으로 보내라.

하나. 아군 사관이 조선군까지 지휘하라.

하나. 조선군도 일본 군법을 지키게 하고 위반자는 일본군 군율에 따라 처단하라.

왜군은 이미 병참로를 경부로와 인천·대동강로 두 선으로 구축하고 요새마다 병참 사령부를 설치해 한두 개 소대를 주둔시키고 있었다.

인천에 상륙한 왜군 제십구 대대는 서로·중로·동로 세 갈래로 나뉘어 진군했다. 동로 분진 중대를 먼저 출발시켜 이들은 광주와 장호원·충주로 남하했다.

강원·충청·경상 삼도 동학군을 전라도 지방으로 내몰아 살육하려는 작전이었다. 서로와 중로 분진 중대는 며칠 늦게 각각 출발했다.

왜군 병력은 오백팔십 명, 조선군은 경병 이천팔백 명, 관군을 지원하는 민보군과 감영의 영병을 합해 사천 명이 동원되었다. 모두 합해도 만 명 안팎의 병력이었다.

시월 십오 일.

용산을 출발한 왜군이 과천에서 설만하게 밤을 새우고 가는데 과천 현에서 접대가 소홀했다는 이유로 아전을 두들기고 현옥에 잡아 가두었다.

64.

고종 31년, 갑오년, 1894년, 구월에서 시월.

동학군도 발 빠르게 움직였다.

구월 이십육 일.

왜국은 거류민을 보호한다는 구실로 갑오년 팔월부터 부산에 일 개 대대 병력이 주둔하고 있었다. 밀양·대구·상주 등지에도 파견대를 주둔시키고 있었기 때문에 경상도 지역의 반왜 감정은 매우 고조되어 있었다.

경상도 동학군은 태봉의 왜군 병참부를 습격해 죽내 대위를 때려죽였다.

이날 새벽, 동학군 수천 명이 음죽현에 들어가 관아를 점령하고 군기고를 열어 무기를 꺼내 무장했다.

구월 이십팔 일.

동학군은 문경 동쪽 인근 석문에서 왜군과 접전했다.

적성·청풍·단양·용궁·예천 지역 도인들이 몇십 명씩 무리 지어 대구로 들어갔다. 경상도 서남 지역은 진주에서 손은석·박재화·백주응·김용기·김상정, 곤양에서 김성룡, 사천에서 윤치수, 함안에서 이재형, 단성에서 임말룡, 하동에서 여장협, 남해에서 정용태, 거창에서 이익우가 동학군을 지휘했다.

구월 이십구 일.

경기도 안성과 이천의 동학군 수만 명이 진천 관아를 포위하고 현감과 관속들을 결박한 후 군기고의 무기를 획득했다.

구월 삼십 일.

충청도 동학군은 청주성을 습격했으나 실패했다.

같은 날 천안의 김화성과 목천의 김용희 대접주가 이끄는 동학군 수천 명이 천안·목천·전의 세 고을을 공격해 무기와 재물과 곡식을 거두어 세성산으로 들어갔다.

65.

고종 31년, 갑오년, 1894년, 시월.

남원의 김개남은 '내가 북상할 터이니 후진이 되어 달라.'는 봉준의 말을 운수를 내세워 거절했다. 그는 남원에 사십구 일 동안 머물러 있어야 다가올 액운을 물리칠 수 있다는 비기를 믿었다.

팔월 이십오 일부터 계산해 사십구 일이 되는 시월 십사 일이 되어서야 전주로 나갔다.

김개남이 거느린 동학군이 전주로 나올 때 총통을 멘 자는 팔천여 명이었고 짐수레는 백 리에 걸쳐져 계속 이어졌다.

그는 봉준보다 먼저 이차 봉기를 서둘러 각종 군수품을 부단히 모아 왔다.

남원 대도소에 모인 김개남 휘하의 동학군은 대개 오륙 만 명 정도였다.

김개남의 혈족인 태인 도강 김씨들이 대거 참여했고 특히 백정이나 노비 같은 천민들이 많이 활동했다.

그들은 독자적으로 물자를 모아 남원 대도소에 보관했다.

홍선의 사자가 이건영이 김개남을 찾아 남원에 왔을 때 김개남은 이건영을 거의 죽을 지경에 이를 때까지 몽둥이로 두들기고 옥에 가두었다.

그러나 승지가 가서 임금의 분부라며 군사를 일으켜 힘을 합해 왜를 토벌하라고 하자 김개남은 그를 이건영이처럼 처벌하지는 않았다.

태인 동학군이 곡성 관아로 들어가 화약을 모아 놓고 잠시 휴식을 취하던 중 도인이 피우던 담배 불티가 화약에 붙어 폭발하는 통에 김개남의 조카 등 십여 명이 죽었다.

김개남이 전주로 출발할 때 장터의 장꾼과 점포의 주인이 제공한 물건이 돈으로 치면 수만 냥을 넘었다. 그만큼 지역 백성들의 신망을 받았다.

전주로 나온 김개남은 남원 부사이자 새로 소모사 직책을 맡은 이용헌을 만났다.

김개남이 나무랐다.

"네가 나를 죽이고 남원을 평정하러 내려온 자이냐?"

이용헌이 두려워 머뭇거리자 바로 칼로 베어 죽였다.

또 김개남은 전주 길가에서 우연히 순천 부사 이수홍과 고부 군수 양필환과 마주쳤다. 김개남을 보고도 이수홍과 양필환이 교자에서 내리지 않자 부하를 시켜 두 사람을 끌고 진영으로 들어갔다.

김개남은 이수홍이 군수전 오만 냥을 내지 않았다고 죄를 물어 큰 곤장 삼십 대를 때리고 옥에 가두었다.

순천 좌수인 장씨가 옥졸에게 뇌물을 써 밤을 틈타 이수홍을 면회했다.

이수홍은 좌수의 손을 붙들고 통사정했다.

"김개남에게 지금이라도 삼천 냥의 군수전을 바치면 내가 살아날 수 있을 것이다. 부디 도와주게나."

좌수가 급하게 돈 삼천 냥을 빌려와 김개남을 만났다. 김개남은 좌수와 이수홍을 함께 끌어내 목을 베었다.

양한필은 군수전을 내지 못해 곤장을 맞고 풀려났으나 장독으로 얼마 뒤에 죽었다.

66.

고종 31년, 갑오년, 1894년, 구월에서 시월.

왜군은 청·왜 전쟁을 수행하면서 예비 병력을 용산에 남겨 두었다.

왜국 공사관에서는 동학군 재봉기 준비 소식을 첩자들의 보고를 통해 미리 파악하고 있었다. 첩자들은 참새를 볶아 먹은 듯 정보를 쏟아냈다.

구월 십육 일.

왜국 공사 오토리 게이스케는 조선의 삼남 동학군이 왜군을 공격하리라는 구실을 빌미로 이를 제거하기 위해 왜군이 출동해야 한다는 의견을 개화 정권에 보냈고 본국 정부에도 알렸다.

그러자 왜국 내각은 오토리 게이스케가 복잡한 조선 정세를 제대로 수습할 수 없다고 판단했다. 이노우에 가오루를 새 공사로 임명해 오토리 게이스케를 본국으로 소환했다.

왜국은 독립후비보병 제십팔 대대를 한양 수비대로 보냈다. 이 부대의 이름인 독립과 후비는 청·왜 전쟁에 투입된 혼성여단에서 분리되어 후방의 방비를 맡았다는 뜻이다.

왜국은 이들을 정토군이라고도 불렀다.

이어 왜국은 독립후비보병 제십구 대대를 파견해 자칭 남조선 대토벌작전을 전개했다.

사이토 시게타가 정토군 지휘관으로 임명되었다. 사이토 시게타는 왜국 육군사관학교 출신 장교로 정규 군사교육을 받은 청기와 장수였다. 절대로 남에게 속을 보이지 않는 잔인한 성품을 가진 자였다.

시월 십삼 일.

사이토 시게타는 인천에서 출발해 용산 기지에 도착했다.

다음 날 그는 이노우에 가오루를 만나 동학군 토벌에 관한 특별 훈련을 받았다.

이노우에 가오루는 사이토 시게타에게 조선 조정이 지원할 군사와 관리, 그리고 탄약과 군량·인부·운송 따위를 설명해주었다.

그리고 정색하고 물었다.

“이것이 내가 해 줄 수 있는 전부이다. 자네는 자네의 임무를 다하기 위한 무슨 계책이 있는가?”

사이토 시게타는 차렷 자세로 말했다.

“보병 일 개 중대는 서로 분진대라 하여 수원·천안·공주를 거쳐 전주로 진격시키겠습니다.

보병 일 개 중대는 중로 분진대라 하여 용인과 청주를 거쳐 경상도의 성주 가도로 진격시키겠습니다.

보병 일 개 중대는 동로 분진대라 하여 가흥과 충주를 거쳐 대구 가도로 진격시키겠습니다.

저는 이 세 부대 뒤를 따라가며 삼남 가도를 비질하듯 쓸고 내려가 동학군을 바닷가로 밀어 넣겠습니다.

조선의 중앙군 곧 신식 훈련을 받고 신식 총으로 무장한 군사를 아군 각 중대와 소대에 몇 명씩 배속시켜 길 안내를 맡기겠습니다.

그리고 조선 중앙군의 나누어진 부대를 일 개 부대*로 편성해 교도 중대라 하여 아군 앞에 세워 총알받이로 만들겠습니다. 또한 교도 중대는 아군의 행로를 따라가며 중간에서 작은 규모로 봉기하는 동학군과 싸우게 하고 그들의 근거지를 불태우도록 하겠습니다.

정토군은 이 삼로군 외에 다른 지역에 파견되었던 부대도 있습니다.

황해도 해주 일대에 일 개 중대, 강원도 제천 일대에 일 개 중대가 있습니다. 이들은 진주와 하동으로 나가도록 하겠습니다.

부산에 주둔한 해군 육전대는 쓰쿠바 함으로 병력을 싣고 통영을 거쳐 나주로 상륙해 동학군 본진의 후방을 밀고 올라가도록 하겠습니다.

부산에서 한양까지 이르는 길가에 열네 개 병참부를 두고 공병을 주둔시켜 전선을 가설하거나 보호하는 동시에 이들도 소규모 지역 봉기에 출동시키겠습니다. 이렇게 조선의 요로를 완전히 장악해 전라도 동학군의 진로를 차단하고 지역에서 봉기하는 동학군과의 합류를 막겠습니다.

동학군이 강원도 산악지대로 진출하는 길을 막고, 황해도와 평안도 동학군이 연합하는 것을 막고, 부산과 대구의 통로를 차지해 동해안 동학군을 동해 쪽에 머물게 한 다음, 동학군 본진을 서남쪽 해안으로 몰아 섬멸한다는 작전입니다.

만약 이 작전이 성공해 동학군이 섬으로 흩어져 도망간다면 남해에 정

---

* 221명

박해 대기하는 쓰쿠바 함을 타고 해군 육전대가 각 섬을 포위해 독 안에 든 쥐처럼 동학군을 색출해 소탕하면 됩니다.

동학도를 모조리 섬멸하라는 대본영의 지시에 따라 육군과 해군이 소속과 임무를 가리지 않고 가능한 모든 병력을 총동원해 동학군을 삼면에서 포위해 섬멸하는 작전입니다."

이노우에 가오루는 만족한 미소를 보였다.

"서로 분진대를 수원·천안·공주를 거쳐 전주로 진격시키겠다고 했는데 호남 동학군 본진이 한양을 향해 올라간다면 필시 중간에서 대규모 전투가 벌어질 것이다. 여기에 대한 대책은 무엇인가?"

"저는 그 장소를 공주로 보고 있습니다. 정토군이 공주에 먼저 입성해 유리한 위치를 선점해 호남 동학군 본진과 대치하면 됩니다.

문제는 지금 보은에 있는 동학 수괴의 동정입니다. 동학 수괴가 지금은 호남 봉기에 호응하지 않고 있으나 저들도 움직이지 않으면 앉아서 우리의 공격을 당할 것을 알기에 결국은 가담할 것으로 판단됩니다.

그들이 연합전선을 짜 세력을 키우기 전에 정토군이 먼저 공주에 입성한다면 승산은 우리에게 있습니다."

이노우에 가오루는 자리에서 일어났다.

"좋다. 동학군 문제는 자네에게 일임하겠네. 예기치 못한 변수가 생기면 즉시 연락하게. 내가 책임지고 최대한 지원해 주겠네."

사이토 시게타는 경례를 붙이고 돌아서서 씩씩하게 걸어 나갔다.

처녑에 똥 싸인 사이토 시게타는 청어 굽는 데 된장 칠한 얼굴을 하고 천둥에 개 뛰어들 듯 세 부대를 급히 편성해 남쪽으로 내려갔다.

67.

고종 31년, 갑오년, 1894년, 시월.

칠선봉 산채 주위가 단풍이 들어 선경을 이루었다.

칠선봉 형제들과 필제 부부가 점심을 먹으러 대청에서 모였다.

간단한 식사를 마치고 셋째 처남 무쇠팔은 그간 모은 첩보 중 중요한 것을 추려 좌중에 보고했다.

"청과 왜의 싸움은 왜의 승리로 기울어지는 듯합니다. 왜는 이미 조선의 주인 행세를 하고 있습니다. 바뀐 왜국 공사 이노우에 가오루는 이전 공사보다 성품이 모질고 독한 놈입니다.

전라도에서 녹두가 왜놈을 몰아내자고 일어나자 이놈이 사이토 시게타에게 정토군을 맡겨 동학을 아예 궤멸시키려 하고 있습니다."

필제가 물었다.

"보은에 있는 도주는 움직일 생각이 없더이까?"

"아직은 없는 듯합니다. 오히려 녹두와는 일정한 거리를 두고 있습니다."

오십줄이 말했다. 그도 이제는 칠십줄이 되었다.

"선녀가 마귀에게 천상의 노래를 들려준들 마귀가 변하겠는가? 가만히 앉아 있다가 왜놈들에게 봉변을 당하면 그때 가서 누구에게 하소연한단 말인가? 도주가 이럴 때 힘을 모아주지 않고 방관만 하고 있다니 참으로 답답한 노릇일세."

필제가 말했다.

"도주인들 생각이 없겠습니까? 그분은 생각이 깊은 분입니다. 조만간 어떤 모양으로든 결론이 나올 겁니다. 그나저나 제가 보기에 이번 싸움은 형세가 공주 부근에서 결판이 날 듯합니다. 누가 먼저 공주를 선점하는가가 매우 중요하게 되었습니다.

사이토 시게타는 이미 용산을 떠나 남쪽으로 움직이기 시작했습니다.

동학은 아직 결집하지 못했습니다. 이 상황에서 우리가 녹두를 도와줄 방법은 없겠습니까?"

여옥이 조용히 말했다.

"정토군이 공주에 입성할 시기를 지연시키는 방법을 생각해 보시지요."

필제가 언뜻 눈치 채고 물었다.

"이노우에 가오루나 사이토 시게타 둘 중 하나를 죽이자는 말이오?"

여옥이 고개를 끄덕였다.

"둘 중 하나를 죽이면 지휘 체계가 흔들려 잠시 시간을 벌 수 있습니다. 그사이에 도주의 마음이 바뀐다면 전라도와 충청도 동학이 결집해 먼저 공주에 들어갈 수 있을 겁니다."

그러므로 지금 우리가 녹두를 돕는 방법은 왜놈 대가리를 쳐 그들을 혼란하게 하는 것입니다. 제가 보기에 이노우에 가오루를 치면 정국이 더 복잡해질 듯합니다. 독이 오른 왜놈들이 보복한답시고 무슨 짓을 할지 알 수 없습니다. 차라리 사이토 시게타를 치는 게 녹두를 돕는 길입니다."

필제가 처남들을 둘러보며 말했다.

"형님들 생각은 어떻습니까?"

칠십줄이 말했다.

"괜찮은 생각으로 보인다마는 그럼 누가 사이토 시게타를 죽이러 가겠는가?"

무쇠팔도 말했다.

"정토군 병력으로 겹겹이 둘러싸인 장벽을 뚫고 그놈을 죽일 방법이 있겠나?"

여러 처남도 이구동성이었다.

"섶을 안고 불로 뛰어드는 일이다. 열에 아홉은 실패할 것이다. 만에 하나 성공한다고 해도 살아서 돌아오기 어려운 일이다."

여옥이 조용히 일어났다.

"그러면 오라버니들은 사이토 시게타를 죽이는 의견에는 동조하시는 걸로 알겠습니다."

여옥은 필제를 쳐다보았다.

"당신이 허락해 주어야 제가 움직일 수 있습니다."

필제가 놀라서 물었다.

"설마 당신이 나서려는 것은 아니겠지요?"

여옥이 고개를 저었다. 그러더니 안쪽을 향해 소리쳤다.

"이제 나오거라."

기다렸다는 듯이 소사가 방긋 웃으며 발소리를 죽여 걸어 나왔다.

필제가 의아해서 물었다.

"그러면 소사를 보내자는 말이오?"

여옥이 대답하기 전에 소사가 앞질러 말했다.

"아버님, 그렇습니다. 이번 일은 제가 맡겠습니다. 부디 허락해 주십시오."

처남들의 놀란 눈이 소사에게서 이번에는 필제에게 쏠렸다.

필제는 단칼에 잘랐다.

"제 자식을 사지로 보내는 아비가 어디 있단 말이냐. 안 된다."

소사의 얼굴이 붉게 물들었다.

"아버님, 아버님은 나라를 바로잡아 백성을 살리겠다는 큰 뜻을 가지고 오랜 세월을 노심초사해 오셨습니다. 불행하게도 몸이 불편해진 이후 그 큰 뜻을 펴나가지 못하고 은거하면서도 항상 심고하는 모습을 저는 어릴 적부터 보아왔습니다.

그래서 저는 생각했습니다. 제가 어서 자라 아버님의 뜻을 이어야 하겠다고요.

어머님께는 미리 허락을 받았습니다. 어머님은 눈물을 흘리며 대견하다고 꼭 안아주셨습니다.

저는 그동안 아버님께 무예와 병법을 익혔고 어머님께는 의술과 주술을 배웠습니다.

이제 제가 아버님을 대신해 세상에 나갈 때가 되었습니다. 정토군 두목 사이토 시게타는 제가 처치하겠습니다. 그 일을 마치면 저는 녹두장군 휘하로 들어가 작은 역할이라도 맡아 분골쇄신하겠습니다.

아버님 제발 저를 보내주십시오. 제 목숨으로 부모님의 은혜에 보답하는 길을 허락해 주십시오."

필제는 문득 소사가 대견하다는 생각이 들었다.

'저 녀석이 언제 저렇게 자랐지?'

그러나 필제는 말을 더듬었다.

"이 녀석아, 그래도…. 아무리 그래도…. 내가 너를 어찌 사지로 보낸단 말이냐? 이제 막 꽃처럼 피어나는 너를 아비란 자가 제가 못 이룬 뜻을 이루겠다고 자식을 사지로 보낼 수는 없다. 안 된다."

여옥은 필제 옆에 선 채 입술을 악물고 소나기 같은 눈물을 쏟아냈다. 가녀린 두 다리가 후들거렸다.

그녀는 소사의 어미가 아닌가? 어미가 자식을 사지로 보내겠다고 작정한 심정을 무어라 형용할 수 있을까?

여옥은 앙가슴이 찢어지고 혼이 날아갈 지경이었다. 그러나 그녀는 그것이 진정으로 자신의 남편인 필제를 위하는 길이고 나아가 이 땅의 온 백성을 위하는 길이라고 믿었다.

소사는 대청 바닥에 엎드렸다.

"아버님, 제발 저를 보내주십시오."

필제는 분연히 일어나 안으로 들어가 버렸다. 여옥도 필제를 따라 총총히 방으로 들어갔다.

처남들은 어쩔 줄 모르고 망연하게 소사를 쳐다보기만 했다.

밤이 왔다. 소사는 대청 바닥에 엎드린 채 움직이지 않았다.

새벽에 늦가을 서리가 내렸다.

먼동이 트기 전 여옥이 대청으로 나왔다. 품에서 비단 주머니 한 개를 꺼냈다.

“아버지가 주신 것이니 잘 간직하거라. 이제 가서 네 일을 하거라.”

소사는 일어나 필제가 있는 방을 향에 절을 했다. 여옥에게도 절을 했다.

그리고 다소곳이 말했다.

“어머님. 그럼 다녀오겠습니다.”

68.

고종 31년, 갑오년, 1894년, 시월.

사이토 시게타는 용산을 출발해 청주 진남영 군사를 배속하고 나더니 초라니 대상 물리듯 회덕과 금산 등지에 머물렀다.

서로 분진대를 지휘하던 모리오 마사이치 대위를 앞세워 공주로 향하게 했다.

모리오 마사이치는 청주와 홍주 인근에서 동학군과 싸웠다.

왜군은 스나이더 소총과 무라타 소총을 사용했고 관군도 일부는 스나이더 소총을 소지했다.

스나이더 소총은 영국에서 개발했다. 왜국 명치 정부 찬반 세력 사이에 벌어졌던 내전 때 처음 수입해 사용하기 시작했다.

갑술년에 왜국이 대만을 침략할 때도 이 소총을 사용했다.

스나이더 소총은 영국의 엔필드 소총을 개량한 후발식 단발 소총이었다. 사이토 시게타는 시모노세키에 있던 병기창에서 스나이더 소총 천정과 탄약 십만 발을 실어와 왜군을 무장시켰다.

무라타 소총은 왜국이 자체 개발했다. 명치 정부는 왜국 열도를 통일한 후 신미년부터 각 번이 소유하고 있던 병기를 모두 중앙 정부에 이관토록 했다. 명치 정부는 이 무기를 각 지역에 골고루 나누어 주면서 총포류의 일원화를 시도했다.

그리고 무인년부터 무라타 소총 개발을 시작해 임오년에 왜군에 지급해 실전에 사용하게 했다.

두 소총은 방아쇠를 당기면 연발로 발사되고 비가 내려도 화약이 젖지 않았으며 유효 사거리도 백오십 보로 재래식 화승총과는 비교할 수 없도록 훨씬 길었다.

이 외에도 최신 무기인 독일제 크루프 야포를 실은 수레도 따라다녔다. 모리오 마사이치는 예정대로 공주 인근으로 서서히 진군했다.

사이토 시게타는 금산 원곡천 부근 벌판에 진을 쳤다.

공기가 제법 차가워졌다. 살이 없어 바짝 마른 몸이라 추위에 약한 그는 겨울옷을 꺼내 입었다. 길게 빠진 하관을 감추려 수염을 짧게 길렀으나 그것이 오히려 송곳 항렬처럼 잘고 잔인한 그의 품성을 그대로 드러내고 있었다.

그가 짠 작전대로 휘하 중대들은 무난하게 임무를 수행하고 있었다. 그는 느긋했다. 저녁밥과 함께 먹은 반주가 몸에 퍼지는 은근한 취기를 즐겼다.

침상에 누워 내일 일을 가늠했다. 갑자기 하초에 열기가 올라 그는 부관을 불렀다.

"낮에 잡아 온 여인 중에 얼굴이 반반하고 어린 여자를 골라 잘 씻겨 데려오도록."

부관이 서둘러 밖으로 나갔다.

사이토 시게타는 콧노래를 부르며 불뚝 일어선 하초를 어루만졌다.

금산은 기반암이 주로 화강암인데 하천 변에는 충적층이 형성되어 침식평야와 충적평야가 발달했다. 어두워지자 벼를 벤 논두렁에 까마귀 떼가 서성거렸다. 칠흑 같은 그믐밤이었다.

소사는 비수 한 자루를 품고 논바닥을 기어 왜군 진지로 다가갔다. 진지 둘레에 울타리를 치지 않아 숨어들기는 좋았다. 낮에 인근 산등성이에서 보아둔 대장소를 향해 조용히 스며들었다.

어두워지기 전에 대장인 듯한 바짝 마른 사내가 대장소로 들어가는 것을 등성이에서 확인했다. 진지는 긴장을 풀고 있어 경계가 살벌하지는 않았다. 왜군의 오만이 돋보였다.

대장소 입구는 횃불을 밝혀 놓았다. 입구를 소총을 든 병사 둘이 지키고 있었다. 그들은 지겨운지 연발 하품을 했다.

소사는 납작 엎드려 들어갈 기회를 기다렸다.

갑자기 안에서 장교인 듯한 자가 밖으로 나왔다.

"어디로 가십니까?"

초병이 묻자 그자가 말했다.

"대장이 여자를 데려오란다. 씻겨 오라고 하니 시간이 좀 걸리겠다. 내가 자리를 비우고 없는 동안 잘 지키고 있어라."

"하이."

초병은 경례를 붙였다.

까마귀 우는 소리가 허공을 휘저었다. 별도 나오지 않는 밤이었다. 멀리서 늑대 우는 소리가 들렸다. 미친바람이 대장소 주위를 돌다 사라졌다. 소사는 시간을 재어 보다 이윽고 천천히 일어나 조용히 옷에 묻은 흙을 털었다. 그리고 대장소 앞으로 갔다.

어둠 속에서 가녀린 여인이 나타나자 초병 한 사람이 말했다.

"부관은 어디 가고 여자만 왔구나."

다른 초병이 말했다.

"뻔하지 않나? 저도 이참에 재미나 보고 있겠지."

소사가 다가가도 초병들은 경계하지 않고 비죽비죽 웃었다.

소사가 가까이 가자 초병들은 눈이 사발만큼이나 커졌다.

"아닌 밤중에 웬 선녀가 나타났나? 어디서 저런 예쁜 여자를 잡아 왔을까?"

소사는 말없이 다가가 두 주먹으로 두 사람의 명문을 치고 이어 목을 찔렀다. 초병은 소리도 내지 못하고 쓰러졌다. 소사는 쓰러지는 초병의 몸을 부축해 조용히 땅에 눕혔다. 그리고 대장소로 들어갔다.

횃불이 일렁이는 대장소 한 곁 침상에 아랫도리를 벌거벗은 사이토 시게타가 누워 콧노래를 부르고 있었다. 소사를 보자 그는 입이 귀까지 찢어졌다. 벌떡 일어나 앉더니 소사더러 어서 오라고 손짓을 했다.

소사는 다가가 한 손으로 사이토 시게타의 입을 막으며 다른 손으로 비수를 꺼내 그의 가슴을 깊숙하게 찔렀다. 칼끝이 심장을 가르며 지나가는 느낌이 선명했다. 사이토 시게타가 버둥거리자 성을 내고 있던 하초의 양물도 제풀에 흔들렸다.

잠시 후 사이토 시게타의 목구멍에서 딸깍하는 소리가 들렸다.

소사는 장막 뒤쪽을 비수로 긋고 밖으로 나갔다.

그리고 어둠 속으로 환영처럼 조용히 사라졌다.

69.

고종 31년, 갑오년, 1894년, 구월에서 시월.

전봉준·김덕명·김개남·손화중이 고부에 이어 무장에서 봉기한 뒤 각지에 격문을 보내 봉기를 고무하고 이어 전주성에서 화약을 맺은 뒤 집강소 활동을 벌이자 이를 염려한 시형은 전국의 도인들에게 통유문을 여러 차례 돌렸다.

시형은 줄곧 도인들의 봉기 참여를 만류했다.

'근래에 들으니 도인이 본분에 안도하지 못하고 생업에 힘쓰지 아니하고 당여를 각각 세워서 서로 성원하면서 예전 원수를 눈을 흘기며 갚으려 함에 이르러 위로 군부의 연연한 근심을 끼치고 아래로 생령이 도탄에 빠지는 근심을 불러오니 말이 이에 미치매 어찌 한심치 않으리오.

이같이 널리 타이른 뒤에 잘 깨달아서 숨어 지내며 도를 지키지 아니하고 한결같이 미망에 잡혀 그들과 같은 악으로 서로 연결하면 하늘을 거스르고 스승을 배반함이라. 결단코 북을 울려 교에서 쫓아낼지니 이것을 모두 잘 알아서 한 점이라도 따라 어기지 말라.'

'첫 봉기 때 전라도가 스승의 지시를 따르지 않아 청일 양군이 조선에 들어오는 빌미가 되었다.

다시 봉기한다면 도인들을 어육으로 만드는 결과만 초래할 것이다.

전라도 도인들은 즉각 해산하기를 바란다.'

'지금 들으니 호남의 전봉준과 호서의 서인주가 문호를 별도로 세워서 창의를 빙자해 평민을 침해하고 도인을 끝 간 데 없을 지경으로 해친다고 한다.

이를 일찍 끊지 아니한다면 향내 나는 풀과 구린내 나는 풀을 구별할 수 없어서 옥과 돌을 모두 불태울 것이다.

원컨대 팔도의 포에 우리 동학을 신앙하는 자는 이 글이 도착하는 대로 따르는 성심을 분발하여 각 해당 접주들이 알려주고 단속할 때 한결같이 따라서 티끌만큼이라도 어긋남이 없게 해 사문난적 소리를 같이하여 성토함이 옳겠다.'

시형이 말한 옥과 돌을 모두 불태운다는 뜻은 옥은 진짜 동학을 돌은 가짜 동학을 지칭한다. 왜국 측에서도 조용히 관망하는 자를 진짜 동학도인, 봉기를 서두르는 자들을 가짜 동학도인이라 분류했다.

봉준이 조정에서 보낸 경군을 장성에서 격파하자 시형은 다시 경고문을 보냈다.

'아비의 원수를 갚고자 할진대 마땅히 효도할 것이요, 백성의 곤궁을 구하고자 할진대 마땅히 어질지라.

……

더구나 동경대전에 이르되 현기를 드러내지 말고 마음을 급하게 먹지 말라고 했으니 이는 선사의 유훈이다.

운이 아직 열리지 않고 시대 또한 이르지 아니했으니 망동하지 말고 진리를 더욱 궁구하여 천명을 어기지 말라.'

이에 호남에서도 시형의 지시를 따르는 도인들은 봉준의 봉기에 가담하지 않았다.

봉준 중심의 호남과 시형 중심의 충청이 서로 다투는 모양새가 되었다.

봉준이 남도에서 집강소를 설치하고 고리채 정리, 신분 타파, 부정한 수령의 처단을 이어갈 때도 이런 분쟁이 있었다. 시형의 말을 따르는 일부 남도 도소에서는 집강소 활동에 참여하지 않았다.

그러나 시형의 뜻에 벗어나 충청도에서 봉기하는 접소도 많았고 시형의 측근이던 서장옥이나 황하일은 적극적으로 봉기에 나설 것을 시형에게 권고했다.

사실 북접이라는 말은 수운 당시 우연히 생긴 말이었다.

수운이 사는 곳에서 보아 시형이 사는 곳이 북쪽이 되므로 그곳을 북접이라 불렀다. 이후 세가 확장된 동학을 북접이나 남접으로 명확하게 가리기는 어려웠다. 그것은 동학 조직의 특성 때문이었다.

동학 조직은 지역 구분으로 형성되지 않았다. 도를 전하는 사람을 따르는 사람들로 접이 만들어졌으므로 한 접주 아래 모이는 도인들은 지역을 넘어 전국에 포진했다.

조정은 시형을 따르는 접소를 북접, 봉준을 따르는 접소를 남접이라 제

멋대로 나누었다. 그리고 모두 한 무리로 간주해 탄압했다. 조정은 당시 충청도를 북접, 전라도를 남접이라 구분했다. 왜군도 이 구분에 따랐다.

당시 시형을 중심으로 하는 도인들은 순수한 학을 지향하는 데 치중했고 봉준을 중심으로 하는 도인들은 사회 정치에 적극적으로 참여해 탐관을 제거하고 권귀를 징치하는 행동에 나설 것을 주장했다.

전라도와 충청도에는 이렇게 생각이 서로 다른 도인들이 섞여 있었다. 전라도에서 시형을 지지하는 접주는 금구 김방서, 전주 서영도, 부안 김석윤·김낙철이 있었고 충청에서 봉준을 지지하는 접주로는 서장옥과 황하일이 있었다.

시형은 김연국·손병희·손천민·황하일을 주축으로 보은 장내리에 대도소를 두었다.

시형은 스승 수운을 신원하고 포교의 자유를 얻는 데 주된 관심을 쏟았다. 그러므로 지난번 봉준의 첫 봉기 때에는 알고도 참여하지 않았다.

전주성을 함락시키고 호남 일대에 집강소를 두어 농민 자치를 실행한 것은 전적으로 봉준의 노력이었다.

마음이 급한 봉준은 시형이 머뭇거리자 봉기를 독촉했다.

'우리가 처음 봉기한 것은 스승의 신원과 금폭에 있었습니다.

그런데 청·왜 양군이 이 땅에 들어온다고 하기에 이를 염려해 스스로 관군과 화약을 맺고 해산했습니다.

그러나 왜군은 철병하지 않고 오히려 궁궐을 습격해 주상을 경동하게 했습니다.

그뿐만 아니라 왜군은 조선 땅을 전쟁터로 만들어 조선의 백성을 무참하게 짓밟고 있습니다.

조선 백성인 자라면 어느 누가 분개하지 않겠습니까?

지금의 난국은 임진년 왜란과 결코 다르지 않습니다.

도주께서는 온건한 생각을 버리고 우리에게 힘을 실어 위기에 빠진 나라를 같이 구해야 합니다.'

그러나 시형은 완강했다.

남도와 달리 시형을 둘러싼 충청도 도인은 중농 이상으로 생활에 여유가 있는 편이어서 그만큼 개혁에 관심이 덜했다. 개혁에 관심이 덜한 만큼 급박하게 돌아가는 국제 정세에 어두울 수밖에 없었다. 그들은 왜국의 더러운 야심을 제대로 읽지 못하고 있었다.

시형은 이들의 속내도 읽어야 했다.

일단 시형은 마음에도 없는 말을 했다.

'전봉준은 국가의 적이며 사문의 적이다.

봉기를 철회하지 않으면 그를 정벌하겠다.'

왜국이란 강력한 적을 앞에 두고 동학 교단은 이다지도 급박한 시기에 이렇게나 마음을 모으지 못하고 있었다. 전 도인이 힘을 합해도 사실상 왜국은 이기기 어려운 상대였다.

왜군 주력은 청국과 전쟁에 투입되었다. 한양 이남 요소마다 주둔한 잔여 부대와 왜국에서 급히 편성되어 파견된 후비보병 제십구 대대가 동학군 진압에 투입되었다. 왜군이 청군과의 전쟁을 끝내기 전에 동학이 힘을 합쳐 싸웠으면 결과가 과연 어떠했을까?

그러나 시형은 고집을 부리고만 있었다.

부안 접주 김낙철은 지난 신묘년에 공주 신평리에서 시형을 만나 입도했다. 그도 시형의 입장을 지지해 도인들에게 말했다.

"해월 선생님의 분부 안에 '저 봉준은 도인의 행사가 아니다. 안으로 다른 사상을 가진 사람이다. 그대들은 결단코 그와 상관하지 말라. 비록 백 가지 어려운 가운데 있더라도 한결같이 상관함이 없게 하고 한결같이 내 지휘를 따르라.' 하셨다."

봉준은 시형의 호응을 끌어내려 애를 썼다.

봉준은 호남 동학군을 삼례에 집결시켜 세를 과시하고 있었지만 시형의 전적인 동의를 얻지 못해 병력 동원에 한계가 있었다. 충청도와 경상도 일부 지역 그리고 경기도 남부와 황해도는 시형의 지시 없이는 움직이지 않았다.

이때 조선 땅 곳곳에서 왜국 첩자들이 동학의 움직임을 정탐하러 설치고 다녔다.

그들은 쌀장수·약장수·방물장수로 위장했고 무사 출신 협객들이 자청해 정보를 수집하기도 했다. 첩자들은 개항 이후 동학의 보은 집회와 원평 집회를 세밀하게 정탐했다.

왜국 첩자들은 조선의 역사나 풍습을 어느 정도 익히고 있었다.

그들은 많은 조선인 친구를 사귀었다. 쌀장수로 위장한 자는 조선인 미곡상과 보부상과 교분을 텄다. 숙소로 정한 객주나 여각 상인들에게서도 정보를 수집했다.

이들은 늘 몸에 권총이나 칼을 차고 다녔다. 첩자 신분이 드러나면 가차 없이 사람을 죽여 숲속에 버렸다. 그러나 겉으로는 예절에 밝은 척하고 인사성도 좋아 백성들의 호감을 샀다. 때로는 어려운 조선 백성을 돈으로 돕기도 했다.

혼마 규스케는 협객 단체인 천우협 소속이었다. 천우협 기관지 니로쿠신보 기자로 활동하면서 계사년에 조선에 들어왔다. 그는 약장수로 위장하고 황해도·경기도·충청도 지방을 염탐했다.

다음 해 갑오년에 이 염탐기를 니로쿠신보에 연재한 뒤 『조선잡기』라는 이름으로 출간했다.

이 책에는 조정과 벼슬아치들의 부정부패와 양반의 횡포 그리고 조선의 풍속과 민심, 도로와 교량·시장의 모습들이 자세하게 그려져 있었다.

그는 책을 마무리하면서 조선 사람들은 불결하고 나태하며 순진하다고 썼다. 다만 동학 접주 서병학을 지사라고 칭송했다.

그러나 서병학은 초기에 스승의 신원 활동을 하다 관에서 나온 어윤중에게 붙어 중도 아니고 속환이도 아닌 짓을 하다 도를 배반한 자였다.

왜국 첩자 파계생은 쌀을 수집해 운송할 배를 이끌고 부안의 줄포에 들어왔다.

그는 고부 봉기와 황토현 전투의 정보를 모아 보고서 형식으로 쓴 「전라도고부민요일기」를 왜국 공사관에 보냈다.

파계생은 이 글에서 '예전 송도의 민란에 왜인 한 사람이 횡사한 소식을 얻어들은 이래 외로운 나그네가 속으로 한심하던 무렵에 한 번의 민란으로 그 목적을 달성하지 못해 다시 이번의 거사가 있음을 알았다.

또한 그들의 풍속에 외국인에 대한 모멸감이 치열한 것은 일본의 부랑인과 거의 같음이 있어서 그러함을 알게 되었다.

그러니 어찌 내심에 평안할 수 있겠는가?

하물며 내 종형이 갑신년 경성 사변에서 횡사해 비참하고 두려운 마음이 아직도 내 속마음을 떠나지 않음에랴.'

하고 심정을 토로했다.

이를 보면 첩자들의 정보에는 일정한 한계가 있었음이 드러난다.

이어 봉준의 재봉기가 일어나자 왜국은 이전보다 더 많은 수의 밀정을 약장수와 관광객으로 위장시켜 투입했다.

오사카 아사히신문에 게재된 「조선과 인근 나라」에도 이러한 인식이 잘 드러난다.

'마침내 조선에 난이 일어났다.

관군은 이를 평정할 수 없어 원군을 청국에 청했다.

청국 원군은 이미 인천에 들어왔고 우리도 병사를 파견해 제국 공서와 신민을 보호하려고 한다.

양국은 이미 행문지조를 거쳤다.

……

아라사의 야망은 조금이라도 틈을 보이면 남하의 뜻이 있다. 날카로운 손톱을 움직이면 무기가 되므로 조선은 실로 그 먹이가 된다.

조선이 망하면 청국이 어렵게 되며 그러므로 청국이 이를 비호하려는 뜻이 있다.

조선은 굽혀 청국에 속할 것이다.

조선은 청국과는 입술과 이 같은 사이이다.

어찌 다른 탄식 소리를 용납하겠는가?

조선은 작다고는 하지만 그 관계성을 볼 때 매우 크다.'

부안 접주 김낙철은 교단의 통합을 위한 방법을 모색하다가 함열의 김방서와 금구의 유한필, 익산의 오지영을 봉준에게 보냈다. 봉준은 이들을 반갑게 맞이했다.

이들은 봉준에게 먼저 시형에게 화해를 시도하라고 권했다.

봉준은 이를 받아들였다. 그동안 전라도 지역에서 시형의 뜻에 따르던 접주들에 대한 무언의 압박을 중지하고 세 사람을 시형에게 보내 소통을 시작했다.

세 사람은 바로 시형을 만나 봉준의 뜻을 전했다.

오지영이 시형에게 말했다.

"도주의 지시는 밝아서 난으로 도를 호소하는 것이 옳지 않다고 봉준도 알고 있습니다. 그러나 지금 왜국이 조선을 병탄하는 실정이니 우리가 마냥 도에만 안주하고 있을 수는 없습니다.

제가 만나 보니 봉준은 오로지 왜국을 물리치자는 뜻이 있을 뿐이었습니다. 이런 급박한 시기에 우리 교단이 왜적의 무리 앞에서 내분을 보이는 것은 옳지 않다고 생각합니다.

도인들이 하나로 단결해 사생을 같이해야 합니다."

시형은 김연국·손병희·손천민 등 측근과 이 문제를 상의했다. 특히 왜군의 동향에 대해 심각하게 논의했다.

시형이 말했다.

"지난 신미년에 필제가 영해에서 일어날 때 필제를 돕는 군관으로부터 대원위 대감에게 스승님의 신원에 대한 약속을 들었지. 당시 동학이 가담한 것을 숨기고 뒤에서 지원만 했으나 형제봉 아래 박영관의 집 농에서 나온 전대에서 청포와 흑건이 나오는 바람에 도인들이 지목되어 환난을 겪었네.

그 후로 대원위 대감은 거취가 불안해 여러 곡절을 겪었지. 그러나 지난 유월에 왜군이 경복궁에 난입한 후 어쨌든 대원위 대감이 다시 앞에 나서는 기회를 얻은 것은 사실일세.

더욱이나 지난 구월 초 대원위 대감은 서장옥을 내게 보내 다시 스승님의 신원을 약속했네.

그러니 지금은 우리가 무력으로 나서는 것보다 차라리 대원위 대감을 믿고 잠시 기다리는 편이 낫지 않겠는가?"

김연국이 말했다.

"권력을 가진 자의 말은 믿을 수도 없고 믿지 않을 수도 없다고 합니다. 그러나 지금의 나라의 정세를 살핀다면 믿지 않는 것이 더 현명합니다.

지금 남도에서 이미 재봉기가 일어났고 녹두는 척왜를 부르짖고 있습니다. 그들이 성급했던 것은 사실이지만 불가항력이라는 점도 수긍하지 않을 수 없습니다. 그러나 왕과 군국기무처가 왜놈들의 꼭두각시 노릇을 충실하게 하는 마당에 대원위 대감의 말이 들어설 자리는 없습니다."

시형이 한숨을 지었다.

"난들 왜 그것을 생각하지 않겠나? 하도 답답해서 하는 말일세. 얼마 전 남도에서 김덕명이 나를 찾아와 자네들과 같은 논리로 나를 설득하려 했네. 나는 완곡하게 거절해 돌려보냈네.

자네들과 김덕명의 말이 틀렸다는 것은 아닐세. 그러나 더 큰 일은 우리가 남도와 같이 힘을 합쳐 일어난다 한들 저 신무기로 무장한 왜군과 상대가 될 수 있겠는가?

필시 큰 희생을 치르고 물러날 수밖에 없을 것이네.

그러니 도주인 내가 도인들의 희생이 눈앞에 보이는 데도 어찌 동원령을 내릴 수 있단 말인가?"

손병희가 대답했다.

"이미 남도에서 재봉기가 일어났습니다. 조정은 남도나 보은이나 같은 동학으로 취급합니다. 조정이 우리만 그냥 놓아두겠습니까? 그럴 리는 없습니다.

지금은 일어서도 죽고 앉아 있어도 죽는 형편입니다. 차라리 일어나 싸우다 죽는 것이 더 떳떳하지 않겠습니까?"

그래도 시형은 망설였다. 그러나 점차 무장 봉기를 지원하는 쪽으로 마음이 기울어 갔다.

손병희의 말대로 이도 저도 못 하고 가만히 앉아 있다가 왜군과 조정이

선제공격에 나서면 제대로 대응도 못하고 궤멸할 것은 자명했다.

조정에서는 전라도 집강소 기간에 경기도와 충청도 지역에서 도인들을 가리지 않고 한통속으로 탄압했고 포졸을 풀어 마구잡이로 뒤쫓았다.

시형은 먼저 손천민을 봉준에게 보냈다, 손천민은 봉준을 만나 진실한 의기를 확인했다. 손천민은 이를 즉시 시형에게 알렸다.

"도주께서는 봉준과 함께 연합전선을 펴야 합니다."

손병희도 다시 대세를 거론하며 모든 도인이 힘을 합쳐야 한다고 강력하게 주장했다. 마지막까지 신중을 기하자던 김연국도 연합으로 기울었다.

시형이 담담하게 물었다.

"한 번 더 생각해 보세. 우리가 원하는 세상을 만들기 위해, 우리의 낙토를 만들기 위해 폭력이라는 수단을 동원하는 것이 과연 마땅한 일일까?

내가 그대들의 주장을 무시하는 말은 결코 아닐세.

그러나 나는 항상 가슴속으로 삭이는 생각이 있네. 스승님께서는 조정의 탄압에 대응해 충분히 도인을 규합해 무력으로 저항할 수도 있었음에도 불구하고 왜 스스로 천명을 받아들였을까?

그것은 스승님이 나약해서도 아닐 것이고 스승님의 도가 부족해서도 아닐 것일세. 그 행위 자체로 우리에게 남긴 교훈을 나는 오랜 세월 동안 항상 반추하고 궁구해 왔네.

나는 폭력에 의지해 낙토를 쟁취한다는 생각은 지금도 옳지 않다고 여기네.

그래도 그대들은 우리가 남도를 도와 나가 싸우는 것이 옳다고 생각하시는가?"

손병희가 말했다.

"도주의 말씀을 항상 염두에 두겠습니다. 그러나 지금은 우리가 외롭게 싸우는 남도를 저버릴 수는 없습니다."

시형은 한숨을 길게 내쉬었다. 고개를 숙이고 오래 심고했다.

김연국·손병희·손천민 세 사람은 묵묵히 도주의 결정을 기다렸다.

한참이 지난 뒤 시형이 얼굴을 들었다.

"사안이 그렇다면 내가 더 봉기를 미룰 수는 없는 일일세. 손천민과 손병희가 나에게 의거를 청하는 권고를 문서로 만드시게."

손천민과 손병희가 바로 의거를 청하는 문서를 시형에게 올렸다.

구월 십팔 일.

마침내 시형은 전국의 도인들에게 손을 잡고 항일 전선에 나서라는 총동원령을 내렸다.

시형은 오지영을 양호도찰에 임명했다.

그동안 시형의 뜻을 따르던 접주들이 벌남기를 찢어 버리고 총동원령이 적힌 통유문을 품속에 간직하고 우렁차게 일어났다.

'인심이 곧 천심이라, 이는 곧 천운의 소지이다.

군 등은 도중을 동원하여 전봉준과 협력하고 사원을 신하며 오도의 대원을 실현하라.'

시형은 휘하 여러 접주를 청산으로 불러 모아 봉준과 협력해 대선생을 신원하고 나라의 급박한 어려움을 풀기 위해 함께 나아가라고 명했다.

이어 충청 지역의 도소와 접소를 창의소라 이름을 바꾸고 군사와 군수품을 모아들였다.

총동원령이 내려지자 그동안 머뭇머뭇하던 충청도·경상도·경기도·황해도 지역에서 봉기가 들불처럼 일어났고 봉기에 소극적이던 호남의 일부 접주들도 명분을 가지고 합류했다.

경기 남부와 호서 지역의 도인 육만여 명이 무장하고 신속하게 청산에 집결했다.

이종훈과 이용구가 경기도 이천·안성·양근에서 동학군을 이끌고 보은으로 나왔고 보은과 청주 주변 고을에서는 손천민이 인솔했다.

강원도와 황해도 그리고 경기 북부와 경상도 농민군은 왜군에 의해 길이 막혀 청산으로 합류하지 못하고 현지에서 항쟁을 벌였다.

충청 서부 지역인 예산 홍주에서도 현지에서 투쟁했다.

각기 사는 고장에서 주변으로 이동하면서 활동을 전개했다.

70.

고종 31년, 갑오년, 1894년, 구월에서 시월.

무사히 사이토 시게타를 제거하고 잠적했던 소사는 뒤이어 일어나는 상황을 세심하게 살폈다.

왜국은 신속하게 움직였다. 이노우에 가오루는 미나미 고시로 소좌를 발탁해 정토군 사령관에 임명했다. 미나미 고시로는 바로 부임했다.

도주와 녹두는 아직 연합하지 못했다. 소사는 잠시나마 정토군을 지체시켰으나 동학은 이 소중한 시간을 허비했다. 시간은 애달프게 흘러갔다.

사이토 시게타를 죽여 시간을 벌겠다는 작전은 실패했다.

소사는 여옥이 준 비단 주머니를 풀었다.

비단 주머니 안에 하얀 종이가 정갈하게 접혀 있었다. 소사는 가슴을 두근거리며 종이를 폈다.

'월출산 산채에 팔도 행수들이 모여 너를 기다리고 있을 터이니 일을 마치면 그리로 가서 나를 대신해 그들을 지휘해 왜적을 물리쳐라.'

아버지 필제의 필적이었다.

소사는 월출산 산채로 올라갔다.

월출산은 영암과 강진의 경계를 이루는 산이다. 소백산계의 무등산 줄기에 속해 그리 높은 산은 아니지만 산체가 크고 수려하고 기이한 봉만과 계곡을 따라 많은 비폭·벽담·고적을 간직하고 있다. 그래서 사람들은 이 산을 남도의 소금강이라 불렀다.

입구부터 노송과 죽림이 울창했다. 만추라 단풍이 짙어 구절 폭포의 물소리와 함께 바깥세상의 풍상을 잠시나마 잊게 해 주었다.

중턱을 넘어 조금 더 오르자 황해를 바라보는 큰 암벽에 거대한 여래좌상 조각이 보였다. 방형의 감실 안에 사각 얼굴을 한 여래는 소사를 내려다보고 웃었다. 옆으로 길게 그어진 반개한 눈과 과장해 팽창한 뺨으로 인해 입매는 웃고 있었지만 얼굴 전체는 근엄했다.

소사는 가까이 다가갔다.

여래의 높은 육계에 나발이 흩날리고 커다란 귀는 어깨에 닿아 있었다. 짧은 목에 각이 진 어깨에 근육이 부풀었으나 허리는 가늘었다.

통견의가 몸의 굴곡을 따라 흘러내렸다. 오른손은 항마촉지인을 하고 왼손은 무릎 위에 얹고 손바닥을 위로 향했다. 장엄한 모습이었다.

여래도 한울님이 내신 분이라 열반 후에도 저렇게 덕을 펴고 있다고 소사는 생각했다. 여래의 이마에는 백호가 조각되어 있었다. 소사는 지리산 백호 가족이 떠올랐다.

아버지와 어머니가 그리웠다. 소박했지만 의기에 찼던 산 사람들도 보고 싶었다.

그러나 지금은 할 일이 있었다. 소사는 입술을 깨물었다.

북쪽 사면에서 위용을 과시하는 용추폭포를 뚫고 들어가자 긴 동굴이 나왔다.

컴컴한 동굴을 조금 들어가니 문득 넓은 공터가 보였다. 공터 끝에 마을이 있었다. 월출산 산채였다.

문득 몸이 바짝 마른 노인이 그림처럼 앞에 나타났다.

"행수님, 어서 오시오."

청수한 얼굴에서 눈빛이 화등처럼 번쩍거렸다.

"나는 월출산 지승이라 하오. 행수님이 오늘 오실 줄 알고 팔도의 두령들이 모여 아침부터 기다리고 있소이다."

소사가 송구해 허리를 깊이 숙였다.

"어찌 저더러 행수라 하십니까?"

"칠선봉 행수를 대신하는 분이니 우리의 행수가 맞소. 필제 행수님의 전갈을 받고 팔도 두령들이 모두 모여 행수님을 기다리고 있었소. 일단 나를 따라오시구려."

지승은 넓은 대청으로 소사를 이끌었다.

소사가 대청에 들어서니 웅성대며 기다리던 팔도의 두령들이 일제히 일어났다.

얼굴이 대추처럼 붉고 흰 수염을 길게 기른 노인이 말했다.

"나는 함경도 단천 두류산에서 온 김순대라 하오. 팔도 두령들의 맏형이오."

근육질에 땅달보 노인이 말했다.

"나는 경기도 양평 용문산에서 온 여길이라 하오, 호는 지월이라 하지요. 우리 형제 중 둘째요."

머리를 박박 밀고 코가 도낏자루처럼 긴 키 큰 노인이 말했다.

"나는 강원도 명주 오대산 비로봉에서 온 조천제라 하오. 셋째요."

소사를 데리고 온 지승이 말했다.

"나는 이곳 전라도 영암 월출산 두령 지승이요. 형제 중 넷째요."

황소 뿔을 양쪽에 붙인 모자를 쓴 우람한 노인이 걸걸한 목청으로 말했다.

"나는 황해도 신천 궐산에서 온 장상길이라 하오. 다섯째요."

가냘픈 몸에 눈이 길게 찢어져 날카로운 살기를 풍기는 노인이 말했다.

"나는 충청도 조령에서 온 메기라 하오. 형제 중 여섯째요."

이번에는 인물이 수려하고 풍채가 듬직한 청년이 이마에 땀을 흘리며 억지로 미소를 머금고 말했다.

"저는 평안도 백산 백호당 행수 김세현이라 하오. 재작년에 아버지가 돌아가셔서 제가 백호당 행수를 이어받았소. 제가 형제 중 막내라오."

소사는 두령들이 자신을 소개할 때마다 일일이 허리를 숙여 인사했다.

말을 마친 두령들이 멀끔한 눈길로 소사를 쳐다보았다. 소사가 그 눈길을 마주 보다가 얼굴을 붉혔다. 자기를 소개할 참이었다.

"어르신들 저는 경상도 지리산 칠선봉에서 아버님을 대신해 온 이소사라고 합니다. 절 받으십시오."

소사는 공손하게 엎드려 절을 했다. 날아갈 듯한 모습이 한 송이 수련 같았다.

팔도 두령들이 너털웃음을 지었다.

"우리 행수가 따님을 잘 키웠구만."

소사가 엎드린 채로 물었다.

"평안도 백산에서 오신 백호당 행수님은 모습을 보니 어디가 불편하신 듯합니다."

김순대가 웃었다.

"우리 막내가 평안도에서 월출산으로 내려오다가 금강산에서 백호 두 마리를 보았소. 저 녀석이 멍청해 보여도 평안도 호랑이를 수없이 잡은 포수라 화승총 다루는 데는 일가견이 있는 자라오.

욕심이 돌아 범을 잡으려 화승총을 드는 순간 낌새를 챈 범 두 마리가 한꺼번에 달려들었소. 화승총 심지에 불을 붙일 새도 없었던 모양이오. 저 녀석은 범에게 다리를 물리고 말았소.

야야, 다음 이야기는 막내가 마저 해라."

김세현이 억지로 얼굴을 펴고 말했다.

"아, 한 번만 더 하면 백번을 채우겠소. 그래도 형님이 하라니 하기는 하겠소. 아, 그래서 땅에 엎어진 내가 이제 세상을 하직하려 이빨을 악물고 눈을 감았는데 한참이 지나도 범이 무는 기척이 없었소.

이상한 일도 있다고 살짝 눈을 떠보니 아, 하얀 범 두 마리가 나를 잡아먹을 생각이 없는지 코앞에서 뻔히 나를 쳐다보고 있었소. 그러더니 저희끼리 고개를 끄덕이더니 범 한 마리가 나를 물어 등에 싣고 밤새 달려 월출산 용추폭포 입구까지 데려다주었지 뭐요. 뒤따라온 범이 입에 물었던 물건을 내 앞에 떨어뜨렸는데, 아, 그게 귀한 산삼이었소.

범에 물린 상처가 워낙 깊어 산삼을 고아 먹어도 아직 아물지 않아 조금 힘들 뿐이오. 그러니 행수님은 걱정하지 마시오."

소사가 김세현에게 다가갔다.

"범에게 물린 상처를 볼 수 있겠습니까?"

아름다운 여인이 다가가자 김세현은 정신이 아득해지고 숨을 쉴 수 없었다.

여길이 김세현의 등짝을 후려갈겼다.

"이 녀석아 얼른 바지를 벗지 않고 무얼 하고 있느냐?"

가까이 다가간 소사의 몸에서 풍기는 향내로 김세현은 등짝을 맞고도 제정신이 돌아오지 못했다.

조천제가 칼을 빼더니 소리 없이 휘둘렀다.

바지 가운데가 갈라지며 허벅지 상처가 드러났다. 곪지는 않았으나 이빨 자국이 깊었다. 소사가 가만히 손으로 문지르자 검은 피가 나오더니 살이 아물기 시작했다.

"다행히 뼈를 다치지는 않았어요."

소사가 말을 마치기도 전에 새살이 나와 상처가 말끔하게 아물었다.

김세현이 그제야 겨우 반정신을 차렸다. 손으로 다리를 만져보더니 놀라서 외쳤다.

"아, 이게 어떻게 된 일인가? 상처가 다 아물었구나."

그러더니 벌떡 일어서더니 속옷 차림으로 대청을 사슴처럼 뛰어다녔다.

메기가 날카롭게 웃었다.

"야, 이놈아 바지나 찾아 입고 뛰어라."

그때야 온정신이 돌아온 김세현이 번개처럼 뛰어나가더니 바지를 꿰어

입고 대청으로 다시 들어왔다.

지승이 그 모양을 보고 혀를 찼다. 그러더니 고개를 돌려 그윽한 눈으로 소사를 바라보았다.

"칠선봉 여 두령 자제이니 오죽하리오."

김세현이 그래도 사내랍시고 용기를 내어 소사에게 다가가더니 꾸벅 절을 했다. 그리고 성심을 다해 고맙다는 표시를 한다는 게 소사의 가녀린 손목을 꼭 잡고 말았다.

소사의 손바닥이 금방 하얗게 색이 변했다.

"행수님! 고맙소, 정말 고맙소."

잘생긴 사내의 얼굴이 상기되자 홍옥처럼 빛이 났다.

소사는 가볍게 김세현의 손목을 풀어내며 얼굴을 붉혔다.

김순대가 좌중을 정리했다.

"자 오늘 산채에 우리를 이끌 행수님이 도착했으니 앞으로 우리가 무엇을 어떻게 해 나가야 할지 행수님의 말씀을 들어봅시다."

소사가 다소곳이 말했다.

"저는 아버님의 명을 받고 정토군 사령관 사이토 시게타를 죽였습니다. 이후에 어머님이 주신 비단 주머니를 풀어 보니 아버님의 필체로 월출산 산채로 가 어르신들을 만나라고 씌어 있었습니다. 그래서 여기 오게 되었습니다.

아버님은 저더러 어르신들을 모시고 왜적을 무찌르라 했습니다.

그러나 아무런 능력도 없고 나이도 어린 제가 그런 일을 감당하기에는 너무도 부족합니다. 차라리 두류산 두령님께서 행수를 맡아 이끌어 주시는 것이 옳다고 생각합니다."

김순대가 소사의 말을 막았다.

"우리 팔도 두령들은 이미 필제 행수를 우리의 지도자로 맞은 지 오래되었소. 행수님이 몸이 불편하게 되어 따님을 대신 보내주었으니 아가씨가 우리의 행수가 되는 것은 당연하고도 옳소. 아우님들 그렇지 않소?"

"옳습니다."

팔도 두령들이 동의했다.

김순대가 옹이를 박았다.

"우리의 뜻이 이러하니 행수님이 이제부터 우리를 이끌어 주어야 하겠소이다. 어서 수락하시오."

소사가 조금 주저하다 마음을 정하고 결연히 말했다.

"여러 어르신의 뜻이 정이 그러시다면 제가 아버님의 뒤를 이어 행수를 맡도록 하겠습니다. 아버님의 뜻에 따라 어르신들을 모시고 왜적을 이 땅에서 쫓아내는 데 혼신을 모두 바치겠습니다.

어르신들도 저를 딸처럼 어여삐 보아주시어 제가 부족한 점이 있더라도 포용해 주시고 힘을 모아 주시기를 간절하게 부탁드립니다."

지승이 말했다.

"지금 우리 산채에 팔도 두령들이 데리고 온 병사 백여 명이 있소. 이들은 모두 화승총으로 무장한 일당백의 용사들이오. 이제부터 행수가 우리 모두를 이끌어 주시오."

71.

고종 31년, 갑오년, 1894년, 구월에서 시월.

시형은 손병희를 통령에 임명하고 통령기를 주었다.

"지금 도인이 앉으면 죽고 움직이면 살리니 힘써 용맹하게 전진하라."

손병희는 정경수 포를 선봉군으로, 전규석 포를 후군으로, 이종훈 포를 좌익으로, 이용구 포를 우익으로 삼아 놀뫼를 향해 행군을 시작했다.

정경수가 이끄는 선봉대는 돈론촌에서 보은 관군과 접전해 승리했다. .

손병희가 이끄는 동학 장수는 모두 쟁쟁한 인물들이었다.

함열의 김방서·오지영, 옥구의 장경화·허진, 부안의 김석윤·김낙철, 여산의 최난선·고덕삼, 임실의 이병춘, 전주의 서영두·허내원, 청주의 손천민· 이용구·권병덕, 옥천의 정원준·강채서, 신창의 김경삼, 당진의 박용태·김현구, 홍천의 김두열·한규하·심상현, 오천의 박희인, 익산의 오경도·고제정, 임피의 진관삼, 만경의 김공선, 고산의 박치경, 무주의 이응백, 보은의 김연국·황하일, 목천의 김복용·이희인, 서산의 박인호, 덕산의 김배, 태안의 김동두, 안면도의 주병도, 남포의 추용성, 공주의 김지택·배성천, 안성의 정경수·임명준, 양지의 고재당, 여주의 임학선·홍병기, 이천의 김규석·김창진, 양근의 신재준, 저평의 김태열, 원주의 이화경, 횡성의 윤면호가 손병희의 뒤를 따랐다.

손병희는 본진을 갑대와 을대로 나누었다.

갑대는 영동과 옥천을 거쳐 공주로, 을대는 회덕과 연산을 거쳐 놀뫼로 가도록 진로를 정했다.

손병희는 갑대를 이끌고 진격하면서 산발적으로 전투를 벌였다. 회덕 지명에서 관군을 격파했다.

놀뫼로 가던 을대는 청주의 충청 병영을 공격하고 병영 무기고 상당 산성을 비롯해 제천·단양·청안·영동·천안·회인·진천·목천·직산 관아로 들어가 무기를 확보했다.

시월 이 일.

동학군 한 부대가 은진 관아로 들어갔다. 이들은 관아 건물을 부수고 현감 권종억과 아전들을 묶어 호남으로 이송했다. 이것은 주변 고을 수령들에 대한 경고였다. 병영과는 대치에 들어갔다.

은진에도 인근 동학군이 속속 합류했다. 부여 건평 출신 유림 이유상은 공주의 농민군을 거느리고 합류했다.

시월 육 일.

봉준은 김복용을 선봉대로 임명해 은진을 도우라 명했다.

시월 칠 일.

김복용은 은진에 들어가 이유상을 만났다. 김복용은 이유상과 힘을 합쳐 대치하고 있던 충청도 병영 영병과 전투를 벌였다. 영병 팔십여 명을 붙잡고 영장 임도희를 잡아서 불에 태워 죽였다. 이것은 인근 관군에 대한 경고였다.

봉준은 놀뫼 초포에 이르러 일단 행군을 멈추었다.

초포는 계룡산에서 내려온 시냇가의 나루터였다. 이곳에서는 계룡산이 멀리서 어렴풋이 보였다.

봉준은 그동안 행군하며 확보한 양곡을 놀뫼 빈민들에게 나누어 주었다. 이 소문이 퍼지자 놀뫼 인근 빈민들이 초포로 몰려들었다. 그들은 바로 동학군에 들어왔다.

동학군 규모는 이제 십만을 헤아렸다. 새로 들어온 백성에게 지급할 군복이 모자랐다. 그들을 무장시킬 무기도 죽창뿐이었다.

그렇다고 백성들이 호응해 동학군에 지원하는 것을 막을 수는 없었다.

봉준은 경군과 충청도 영병에 거병하는 뜻을 알리고 백성에게 고시문을 발표했다.

고시

'경군과 영병 그리고 도가 다른 백성에게 보여 알린다.

일본과 조선이 개국 이후 비록 가까운 땅이지만 누대 적국이더니 성상의 인후하심으로 삼항을 허개하여 통상한 이후, 갑신년 시월의 사흉이 협적해 군부의 위태함이 조석에 있더니 종사의 홍복으로 간당을 소멸했다.

금년 시월의 개화 간당이 왜국을 체결해 밤을 타 한양에 들어가 군부를 핍박하고 국권을 오로지 빙자해 방백 수령이 백성을 어루만지고 근심하지 않고 살육을 좋아하고 생령을 도탄에 빠뜨렸다.

이제 우리 동도가 의병을 들어 왜적을 소탕하고 개화를 제어하며 조정을 청평하고 사직을 안보할 새, 매양 의병 이르는 곳의 병정과 군교가 의리를 생각하지 않고 나와 싸우니 비록 승패는 없으나 인명이 피차에 상하니 어찌 불쌍하지 않겠는가?

기실은 조선 사람끼리 서로 싸우자고 하는 바가 아니나 언제나 골육끼리 서로 싸우니 애달픈 일이다.

가만히 생각하니 조선 사람끼리야 도는 다르나 왜적을 무찌르고 중국을 치자는 의도는 같다고 하겠다.

두어 자 글로 의혹을 풀어 알게 하니 각기 돌려 보고 충국우국지심이 있으면 곧 의리로 돌아와 상의하여 조선이 왜국이 되지 않도록 같은 마음으로 협력하여 대사를 이루게 하자.'

동도창의소

72.

고종 31년, 갑오년, 1894년, 시월.

시월 구 일.

놀뫼 초포에서 봉준은 손병희와 만났다.

충청도 접주와 전라도 접주들이 서로 인사를 나누었다. 병사들도 서로 얼싸안았다.

이들이 빙 둘러싼 가운데 두 사람이 서로 손을 잡았다.

"장군님 저는 손병희입니다."

"반갑소, 나는 전봉준이라 하오."

"늦게 와 송구합니다."

"무슨 말씀이오. 와 주어서 고맙소, 도주는 무강하시오?"

"예, 이번에 도주께서도 심려가 깊었습니다. 도주의 입장을 이해해 주셔야 합니다."

"물론이오. 이전 보은과 원평 집회 때부터 나는 도주를 따르고 모시며 깊이 존경했소. 이번에도 도주께서 어려운 결정을 해주시어 장군이 여기까지 와 주었으니 무어라 더 말이 필요하겠소? 오직 장군과 더불어 충심을 다해 백성과 도를 위해 적과 싸울 뿐이오."

처음 만났으니 예전부터 친했던 사이처럼 간담을 서로 비추고 지기가 부합되었다.

손병희가 말했다.

"제가 오늘 이 자리에서 장군님과 형제의 의를 맺으려 합니다. 어리석은 사람이지만 거두어 주실 수 있겠습니까?"

"고마운 말씀이오."

"저는 신유년에 태어나 올해 서른셋입니다."

"나는 을묘년 생이니 올해 서른아홉이오."

"그러면 저보다 여섯이 위이니 제가 형님으로 모시겠습니다."

손병희가 엎드려 절을 올렸다.

봉준이 맞절을 했다. 두 사람을 일어서서 다시 두 손을 굳게 잡았다.

봉준이 말했다.

"이로써 우리는 형제가 되었다. 나는 아우와 더불어 사생과 고락을 같이 하겠다."

손병희도 말했다.

"저도 형님과 더불어 우리의 의로운 거사에 목숨을 바치겠습니다."

최경선과 손병흠이 제단을 만들고 청수를 봉전했다.

두 사람은 제단에 절을 하고 형제의 의를 변치 않을 것을 맹세했다.

접주들과 병사들이 박수를 치고 환호성을 울렸다.

이날부터 같은 식탁에서 밥을 먹고 같은 장막에서 잠을 잤다. 모든 일을 똑같이 보조를 취해 의논하고 실행했다.

손병희는 봉준을 양호창의 영수로 추대했다.

양호는 충청도와 전라도를 가리킨다. 손병희의 추대로 봉준은 충청도와 전라도의 총지휘관을 맡았다.

이제 동학군에게는 충청감영이 있는 요새 공주를 점령하고 이어 한양으로 진격한다는 목표가 선명해졌다.

봉준은 놀뫼 초포에 본부를 세우자고 제의했다. 손병희가 동의했다.

시월 십일 일.

보은에서 시형이 내려와 초포 진중에 모셨다.

시형은 모든 동학군이 의기를 뭉치는 대회를 개최하라고 일렀다.

시월 십이 일.

온 동학군이 놀뫼 초포에 모여 개혁을 이룰 의기를 하나로 뭉치는 대회를 치렀다.

마침내 동학도인들이 힘을 합했으나 봉준이 재봉기를 결정하고 한 달이라는 귀중한 시간을 헛되이 보냈다.

그 바람에 관군과 왜군은 공주에 먼저 입성하고 말았다.

순무영이 정보를 포착해 조정에 보고했다. 조정은 강화 진무영 병사 이백 명을 선발해 동학군 토벌을 지시했다.

73.

고종 31년, 갑오년, 1894년, 시월.

동학군 재봉기는 놀뫼 대회 이후 전국으로 번졌다.

시월 초.

황해도 재령 출신 대접주 원용일은 재령에서 기포해 신천 송화 장연 해주에서 관군과 싸웠다. 같은 고을 출신 최서옥도 해주 감영을 공격해 점령하고 죽천 지역으로 나아갔다. 박종현 강성일은 장연에서 봉기해 금천까지 진출했다.

이들은 관군을 물리치는 한편 청·왜 전쟁에 필요한 군수품을 민가 백성들에게 징발하던 왜군을 습격해 쫓아냈다. 재령에 들어가 왜국 상인들을 붙잡아 처형했다.

해주 서쪽 취야 장터에 동학군이 모여 민폐 개혁과 포교의 자유를 요구하며 시위를 벌였다. 감영에서 호막 이면선이 수교와 영리를 데리고 와 감사의 말이라 전했다.

당시 감사는 정현석이었는데 그도 하잘것없는 소인배였다.

"감사께서 민폐는 즉시 시정하겠으나 동학을 금지하는 일은 조정의 명이므로 자기의 권한에서 벗어난다고 했소."

동학군이 옹이를 박았다.

"그렇다면 포덕을 막는 일은 시간이 걸리겠으나 감사가 이제까지 저지른 민폐는 즉시 시정하겠다는 말이오?"

이면선이 식은땀을 흘리며 대답했다.

"감사께서 그렇게 말했으니 곧 무슨 지시가 있지 않겠소?"

"정 그렇다면 우리는 해산하고 감사의 일 처리를 지켜보고 있겠소. 잘못된 일들은 바로 처리하도록 하시오."

동학군은 일단 해산하고 후속 조치를 기다렸다.

그러나 며칠이 지나도 감사가 약속대로 움직이려는 기색이 없었다.

동학군은 다시 봉기해 먼저 강령을 공격해 현감을 감금하고 감영으로 쳐들어갔다. 감사의 입에 발린 거짓말에 질린 이면선이 영리를 데리고 감영 안에서 문을 열어주었다.

동학군은 대포를 쏘아 감영 건물을 파괴했다. 감사 정현석과 판관 이동화는 관속을 데리고 나와 무릎을 꿇고 살려달라고 빌었다.

동학군은 약속을 지키지 않아 백성을 기만한 죄를 물어 관리들에게 태장을 먹였다.

생전 처음 맞아보는 매에 정현석은 허리뼈에 금이 가고 이동하는 엉덩이 살이 흩어져 뼈가 나왔다.

동학군은 관리들을 징치한 후 감영 옥에 가두었다.

서산에서는 수천 명의 동학군이 자시에 관아를 공격해 점령하고 저항하던 군수 박정기의 인부를 압수하고 횡포가 심했던 아전들을 징치했다. 특히 백성들 사이에 악명이 높았던 이방 송봉훈은 때려죽였다. 빼앗은 인부는 마산면 사장리에 거주하던 좌수 유선일의 집 후원에 감추어 두었다.
수탈하기 위해 거짓으로 작성한 문서를 모두 불태우고 창고를 열어 미곡을 꺼내 백성들에게 나누어 주었다. 박정기는 율장촌으로 끌고 가 백성들이 보는 앞에서 참수했다.
한 달 가까이 서산 관아에서 폐정을 바로잡고 노지면 수현에 집결해 인근 지역 동학군을 규합해 홍주 쪽으로 이동했다.

태안에서도 동학군이 관아를 공격해 군수 신백희와 한양에서 외상 벼슬값 잔금을 받으러 내려온 차사 김경제를 장터로 끌고 가서 목을 잘랐다.

시월 오 일.
새벽에 동학군 수천 명이 덕산포에 모였다. 이어 아산 읍으로 들어가 관아를 공격하자 현감 양재건은 뒤도 돌아보지 않고 도망쳤다. 그는 이미 벼슬을 산 본전을 건졌기에 지금 도망가는 것이 조금 아쉽기는 했으나 이번 장사로 손해는 보지 않았다고 중을 잡아먹는 놈처럼 중얼거렸다.
괴산 동학군은 지난 팔월에 홍선이 보낸 효유문을 받자 스스로 해산한 후 정세가 돌아가는 귀추를 주시해 왔다. 그러나 중놈 장에 가서 성낸다더니 홍선도 말뿐이지 조정이 백성을 위한 아무런 현실적 조치를 취하지 않자 구월 이십육 일에 괴산 관아를 공격했다.
그러나 관군에게 밀려 도인 백창수와 우현관이 전사했다. 동학군은 충주 무극 방면으로 후퇴해 전열을 다듬었다.

시월 육 일.

동학군은 남북으로 군사를 나누어 관아를 공격했다.

북쪽에서 들어오던 동학군은 마침 이곳을 통과하던 남부병참감 엔다 중위가 이끄는 왜군 이십오 명과 부딪쳤다.

엔다 중위는 쥐구멍에 홍살문을 세우겠다고 소대를 둘로 나누어 자신은 정면에서, 전도 군조는 좌측에서 공격하게 했다. 그러나 중과부적으로 삽시간에 모두 전멸했다. 중상을 입고 간신히 홀로 도망한 엔다 중위는 돼지처럼 네 굽질을 하며 굴현 오리동을 거쳐 다음날 새벽 충주에 도착했으나 과다 출혈로 곧 죽어 버렸다.

동학군 두 부대는 오후 신시 중까지 싸워 괴산 관아를 점령했다. 동학군은 괴산 관아에 불을 질러 노비문서를 포함해 모든 문적을 태워 버렸다.

74.

고종 31년, 갑오년, 1894년, 구월에서 시월.

구월 이십일 일.

동학군이 곧 공주를 공격하리라는 정황은 청·왜 전쟁을 치르는 왜국을 긴장시켰다. 조정의 벼슬아치와 양반들에게도 커다란 걱정거리였다.

봉준은 밀정을 한양에 보내 동학군이 금강을 넘었다거나 이미 공주를 함락하고 수원으로 올라갔다는 등 거짓 첩보를 퍼뜨렸다.

조정의 벼슬아치와 양반붙이 그리고 도성 부자들은 단봇짐을 싸 들고 사대문을 벗어나 피란 가느라 바빴다. 상황이 유리할 때는 사자처럼 군림하던 자들이 불리해지자 책임지지 않으려 쥐새끼처럼 제 살길을 찾는다고 분주해 마치 임오군란 때 목숨을 구하려 십승지로 도망치던 작태를 재연했다.

김홍집은 동학도인들이 놀뫼에 모여 조만간 공주를 공격한다는 소식을 접한 후부터 간이 쪼그라져 안색에 황달이 들어 누렇게 변했다.

그가 예상했던 최악의 경우가 현실로 다가왔다.

매사 왜국의 눈치만 살피는 허수아비 조정이라 해도 이런 위급한 사태를 두 손 놓고 구경만 할 수는 없었다. 몇 안 되는 관군을 몇 차례 보내 해결될 문제가 아니라는 것을 그도 잘 알고 있었다.

조정은 해일처럼 밀려오는 동학군 공세에 대처하려 다시 양호도순무영을 설치하고 진날 나막신 찾듯 서둘러 호위 부장 신정희를 도순무사에 임명하여 충청 전라의 동학군을 진압하라고 명령했다.

양호도순무영은 비상시를 맞아 임시로 설치한 군사 기구였다.

이름 그대로 모든 군사 조직을 망라해 지휘권을 행사할 수 있는 강력한 권한이 주어졌다.

양호도순무영을 발족할 때 필요한 형식과 절차를 겉으로는 공식기구를 거쳤으나 이는 사실상 김홍집과 이노우에 가오루가 둘이서 찰떡궁합을 맞춘 합작품이었다.

당시 군사 조직은 통위영과 장위영·심영 등 아홉 부대가 있었다.

이들 부대는 한양과 강화도 등 여러 지역의 방위 임무를 맡고 있었으나 양호도순무영이 발족되면서 모두 충청도·전라도 동학군 토벌에 투입되었다. 궁궐 호위병인 총어영 병사들마저 동원되었다.

도성의 방위를 맡았던 장위영 군사들이 차출되면서 한양과 도성 방위는 무방비 상태가 되었다.

전체 병력을 모으니 수가 이천오백한 명이었다. 찢어졌으니 언청이이지, 짚그물로 고기가 잡히겠는가? 한 나라가 비상시에 동원할 수 있는 군사가 고작 이 정도였으니 참으로 한심한 일이었다.

그러나 짝사랑에 외기러기라, 그렇게 해도 병력이 부족해 영남·관동·경기·해서의 동학군 토벌 임무는 현지 수령과 수성군에게 맡길 수밖에 없었다.

더 심각한 문제가 있었다.

원정 준비가 부족해 군사들의 식량을 현지 수령이나 고을 백성들이 공급해야 했다.

게다가 말꼴이나 땔나무와 옷감 따위도 현지 백성들이 제공해야 했다. 그뿐이 아니었다. 공궤라는 이름으로 군사들에게 잔치를 베풀 때 백성들은 가축으로 기르던 돼지나 소를 잡고 술을 빚어야 했다.

강화도 수비병 심영 군사가 출동할 때는 좌찬성 이유원·학무대신 박정양·공무대신 서정순·별장 홍계훈이 군자금으로 백 환씩 냈다. 이 돈이 어디에서 거둔 돈이었겠는가? 포목전과 종이전 등 한양 시전 상인들도 이천 냥을 거두어 냈다. 지주와 부호들도 예외가 아니었다.

더군다나 양호도순무영 군사들은 왜국 정토군 사령관의 지휘를 받아야 했다. 작전지휘권 일체를 왜군 장교에게 넘겨준 것이다.

도대체 이런 작태를 벌이는 나라가 독립국이라 할 수 있단 말인가? 이런 작태를 용인하는 왕이 백성의 부모랍시고 왕의 자리에 앉아 있어도 된단 말인가?

독립국 왕의 전권인 군국대사가 찐 붕어가 되어 일개 왜군 장교에게 넘어갔으니 이것은 이미 나라도 아니었다.

어쨌거나 이들 관군은 한양으로 올라오는 통로인 안성과 죽산 인근에서 동학도인을 색출한답시고 법석을 떨었다.

신정희는 장위영의 이규태를 좌 선봉장으로 죽산 부사 이두황을 우 선봉장으로 임명하고 왜군과 협력해 동학군 토벌에 나서게 했다. 이두황은 군사 삼백사십여 명을 거느리고 용인 인근의 백성 집을 휩쓸어 난장판을 만들었다. 이두황의 포학은 차 치고 포 치며 거칠 바가 없었다.

이어 신정희는 경상·전라·충청 삼도에 소모사를 파견했다. 소모영 군사는 일반 백성으로 충당한 수성군과 민보군을 조직해 관군을 옆에서 보조했다. 그러나 민보군은 찬물에 기름 돌 듯해 찰찰이 불찰이었다.

조정에서는 필요에 따라 현지에서 감영군이나 향군을 관군에 편입시킬 수 있도록 조치해 두었다.

일부 지역 수령들은 작통법을 시행했다.

과천의 경우 열 명을 묶어서 한 통으로 삼고 한 통마다 통장 한 명을 두고 마을에는 통수 한 명을 두어 백성을 동원했다. 이들 통수는 총과 칼 창 같은 무기를 관리했다.

강원도 강릉에서는 이와 달리 다섯 집을 중심으로 오가작통을 조직해 백성들을 징집했다.

그러나 이 모든 병력의 작전 지휘권은 왜군 일개 장교가 행사했다.

조선 정규군은 물론이고 민간 부대인 수성군과 민보군도 그때그때 왜군의 필요에 따라 지시를 받으면서 전투를 보조했다.

시월 이 일.

신정희는 장위영 영관 이규태를 선봉장으로 임명하고 통위영 병정 이개 중대와 교도대 병정을 거느리고 청주와 공주로 출동하게 했다.

구월 봉기 후 관군의 출동 병력은 이규태의 본진 선발대 팔십구 명, 통위영 장위영 교도대 칠백칠십이 명, 경리청 칠백구 명, 순무영 백팔 명, 통위영 삼백일 명, 장위영 팔백사십팔 명 기타 오백칠십오 명 등 약 삼사 천 명이었다.

판치에 주둔하던 경리청 참령관 구상조가 이규태에게 보고했다.

"시월 팔 일 미시 중에 동학군 몇만 명이 경천에서 판치로 올라오고 또 다른 한 부대는 노성 뒷봉을 타고 올라오는데 포성이 진동하고 오색기를 휘날리며 돌진해 오고 있습니다."

또 이인에 주둔하고 있던 서산 군수 성하영도 이규태에게 보고했다.

"동학군 몇만 명이 논산에서 재를 넘어 몰려오고 또 몇만 명은 오실산 쪽으로부터 관군의 후방을 포위하려 합니다."

이에 이규태는 판치의 구상조는 효포 능치로 후퇴시키고 이인의 성하영은 동학군과 맞서 싸우라고 명했다. 성하영은 시월 팔 일 밤에 동학군과 싸우다 밀려 우금치까지 물러나 겨우 부대를 수습했다.

시월 구 일.

이규태는 마지막 방어선을 동남쪽의 금학동에 설치하고 통위영 대관 오창성에게 맡겼다. 이어 능치에 경리청 영관 홍운섭과 구상조, 대관 조병완에게 맡기고 효포 봉수에는 통위영 영관 장용지와 대관 신창의를 각각 배치해 수비를 보완했다.

성하영과 홍운섭의 경리청군을 공주 동남쪽 봉황산의 효포봉과 연미봉에 배치하고 이인과 판치에 경리청군과 통위영군을 교대로 배치했다.

공주 영내에서 왜군 영목창 소위가 신병을 훈련시켰다.

이규태가 평명에 나가 건너편을 바라보았다. 동학군은 산 위에 깃발을 꽂고 동쪽의 판치 뒷봉에서 서쪽의 봉황산 후록에 이르는 삼사십 리에 걸쳐 진을 치고 있는데 온 산에 병풍을 두른 것처럼 그 기세가 높았다.

이날, 공주목 관할에 속하는 한밭에서 동학군과 관군 사이에 전투가 있었다.

충청병영 영관 염도희는 부하를 이끌고 관내를 순시하다가 한밭에서 동학군과 마주쳤다. 양쪽이 잠시 전투를 벌이다 소강상태에 들어갔다. 염도희는 포로로 잡힌 동학군 한 명을 불에 태워 죽였다.

날이 어두워지자 염도희는 부근 마을에 들어가 약탈을 시작했다. 어느 부잣집에서 대청에 술상을 차리고 염도희를 대접했다.

그러나 치고 보니 삼촌이었다. 술을 좋아하는 염도희는 칠월 송아지가 되어 잠깐 사이에 몇 잔을 연거푸 마셨다. 그러나 술에 수면제가 섞여 있어 염도희는 잠시 후 꾸벅꾸벅 졸기 시작했다.

칼도 날이 서야 쓰지, 이때를 기다리던 동학군이 공격해 염도희를 비롯한 관군은 모두 포로가 되었다. 동학군은 본보기로 염도희의 목을 베고 나머지 관군은 감금했다.

시월 십일 일.

보은에서 청산으로 남하했던 손병희는 공주 동쪽 삼십 리 거리의 대교에서 호남군의 북상을 기다리고 있었다.

안성 군수 홍운섭이 거느리는 경리청군이 기습해 와 접전을 벌였다.

손병희는 대교 뒷산의 고지를 관군에게 빼앗기고 앞 벌판에서 서로 반나절을 대치했다.

시월 십이 일.

이두황은 청주에서 상당 산성을 지나 미원을 거쳐 길곡 중치를 넘어 보은 장내로 향했다.

그런데 조정에서는 이두황이 출병한 지 여러 날이 되도록 전과를 거두지 못하자 이를 힐책하고 왜군 보병 중위 백목성태랑과 소위 궁본죽태랑을 보내 이두황으로 하여금 이들의 지휘를 받게 하였다.

이들은 십사 일에 보은 장내리에 도착했다.

장내리는 시형이 머물러 있던 곳이었다.

이곳에 집결했던 동학군 수만 명은 십일 일에 장내를 떠나 청산으로 이동해 북상하는 봉준의 본대와 호응하기 위해 공주를 향해 남하했다.

이두황이 지형을 살펴보니 산천이 험악하나 국이 넓어 인가가 즐비하고 새로 커다란 집 한 채가 주산 아래 있는데 이것이 바로 시형이 살던 곳이었다. 마을 앞 넓은 공터에는 사백여 개의 초막이 있어 수색하니 징과 창극이 나왔다. 이두황은 초막과 인가를 모두 불태워 버렸다.

시월 십육 일.

봉준은 충청 감사 박제순에게 서찰을 보냈다.

'하늘과 땅 사이에 있는 사람은 기강이 있어 만물의 영장이라고 일컫는다.

거짓말하고 마음을 속이는 자는 사람이라고 할 수 없다.

왜국의 도둑들이 군대를 움직여 우리 임금을 핍박하고 우리 백성을 걱정스럽게 하니 어찌 참는단 말인가?

임진왜란의 원수를 초야에 있는 필부나 어린애까지도 그 울분을 참지 못하고 기억하고 있는데 하물며 각하는 조정의 녹을 먹는 충신이니 우리 무지렁이들보다 몇 배는 더 하지 않겠는가?

지금 조정의 대신들은 망령되고 구차하게 자기에 안전에만 빠져서 위로는 군부를 협박하고 아래로는 인민을 속여 일본 군대와 손을 잡고 삼남의 인민들에게 원한을 불러오고 임금의 군사를 움직여 옛 임금의 힘없는 백성을 해치려 하니 도대체 무슨 의도이며 무슨 짓을 하려는 것인가?

지금 내가 하려는 일은 지극히 어렵겠지만 일편단심 죽음을 무릅쓰고 나라의 신하로서 두 마음을 품는 자들은 쓸어 조선 오백 년의 은혜를 갚으려 한다.

각하는 크게 뉘우쳐서 대의를 위해 함께 죽는다면 얼마나 다행이겠는가?'

갑오 시월 십육 일. 재 놀뫼 근정

봉준은 대왜 항전을 관과 같이 치르자고 타일렀으나 박제순은 아무런 대책이 없었다.

박제순은 뒷날 고관이 되어 매관매직을 일삼다 을사오적이 된 바로 그 자이다.

이때 봉준의 뜻을 받아 동학군에 협력하거나 자신의 거취를 반성하고 은퇴했다면 역사에 남아 대대손손 욕을 먹는 오적의 오명을 벗을 수도 있지 않았을까?

전투를 앞두고 동학군 내부에서 작은 사건이 일어났다.

봉준은 뒤늦게 합류한 양주 출신 김원식의 행동을 주의 깊게 살피면서 경계했다.

김원식은 어처구니없는 야심을 가지고 있었다.

'총대장은 다 좋은데 결단력이 부족하다. 큰 전투를 앞두고 그의 이런 약점은 아군의 사기를 떨어뜨릴 우려가 있다. 차라리 내가 봉준을 몰아내고 총대장이 되어야겠다.'

이런 사정을 첩자를 통해 입수한 박제순은 반간계를 썼다.

마음에도 없는 글을 적어 은밀하게 김원식에게 보냈다.

'당신이 봉준을 죽이면 나도 동학군에 합류하겠다.'

김원식이 여기에 넘어갔다.

시월 이십 일.

삼경에 김원식이 작전을 논의한다는 핑계로 봉준의 처소로 들어갔다. 봉준은 자는 척 하고 있었다. 김원식이 좋은 기회를 잡았다고 목침을 들어 봉준을 내리치려는 순간 봉준이 눈을 번쩍 떴다.

김원식이 깜짝 놀라 이러지도 못하고 저러지도 못해 어정쩡하게 목침을 들고 진땀을 흘렸다. 봉준이 천천히 일어나 앉았다. 그리고 침착하게 온화한 어조로 타일렀다.

"내가 지금 잠자다가 당신과 손을 잡고 노성 진두에 있는 꿈을 꾸었소.

우리 곧바로 노성을 공략하고 공주의 북동쪽을 단번에 차지해 버립시다."

김원식은 목침을 놓고 사과하며 봉준에게 승복하는 척했다.

봉준의 방을 나온 김원식은 자괴감이 들어 코가 비뚤어지게 술을 먹고 애먼 부하들에게 행패를 부렸다.

보다 못한 이유상이 봉준을 찾아갔다.

"김원식을 죽여야 합니다."

봉준이 말렸다.

"중요한 싸움을 앞두고 안에서 갈등이 일어나는 것을 보이면 좋지 않습니다."

이유상은 봉준에게 승복하고 대장소를 나왔다.

그러나 곰곰이 생각해 보니 이것은 작은 일이 아니었다.

'나중에 총대장에게 징벌을 받는 한이 있더라도 이 일은 내가 처리해야 하겠다.'

이유상은 자신의 처소에 술상을 차리고 김원식을 불렀다.

만취한 김원식은 비틀거리며 들어왔다.

이유상은 김원식을 위로하는 말을 하다 틈을 엿보아 비수로 가슴을 찔러 죽였다.

75.

고종 31년, 갑오년, 1894년, 구월부터 시월.

하동 접주 여장협이 이끄는 하동 동학군과 손은석이 이끄는 진주 동학군은 전라도 순천 영호대접주 김인배의 지원을 받아 전라도와 인접한 하동을 점령하고 이어 사천·남해·고성·곤양·곤명 지역을 점령했다.

손은석은 남원포와 구례포의 도움을 받아 삼가·산청·진주 일대를 완전히 장악했다.

여장협이 이끄는 동학군 사백여 명은 곤양 금오산 정상 시루봉에 진을 쳤다. 왜군은 이날 새벽 부대를 둘로 나누어 공격했다.

여장협은 진다리 서쪽 십 리 지점인 안심리와 고하리 일대에 동학군 수백 명을 배치해 두었다. 안심리는 호수가 칠십 호 정도였는데 이 마을에 살던 동학도인도 죽창을 들고 전투에 참여했다.

동학군은 이 외에도 진교·양보·고전면 일대에 두루 퍼져 있었다. 양보면에서 나온 도인이 가장 많았다. 양보는 백로 군락지가 있어 풍광이 맑은 곳이었다. 이들은 정안봉 언저리에 숨었다가 왜군의 배후를 치기로 했다.

시루봉에는 이백 명이 진을 치고 있었다. 돌로 성을 쌓고 나팔을 불고 징과 북을 쳤다. 깃발이 바람에 날렸다.

동학군이 소지한 무기는 죽창과 화승총 그리고 돌뿐이었다.

왜군은 산을 포위하고 신안 성평리와 시루봉 동쪽에서 공격해 올라갔다. 한나절이 못되어 동학군은 무너져 고전면 배들이 쪽으로 후퇴했다. 여기서 저항을 시도했으나 역시 무너져 하동 방면으로 물러섰다.

같은 날 진주 남강 변 상평에서도 전투가 벌어졌다.

손은석은 왜군 출동에 대비해 시천·백곡·송촌·집현산·정정·월본정·수곡·상평 지역에 병력을 분산시켜 놓았다. 진주성을 가운데 놓고 주력부대는 북서쪽에 나머지는 동쪽과 서쪽에 각각 배치했다.

왜군이 남강을 건널 때 상평에 대기하던 동학군이 먼저 공격했다. 왜군은 견디지 못하고 물러났다.

김인배는 여장협과 손은석과 힘을 합쳐 고승당산으로 들어갔다.

진주 열여덟 개 포에서 모인 십만여 명의 동학군은 백곡평에서 삼 일 머문 뒤 손은석을 따라 수곡촌 고승당산에 성을 쌓았다.

이들은 단성현으로 들어가 무기를 노획한 뒤 일시 단성현 동북면 후천리에 진을 치고 있다가 왜군이 온다는 정보에 따라 고승당산으로 이동하여 전투 태세를 갖추고 있었다.

집현산과 송촌 등 진주 인근에 집결했던 동학군이 단성으로 이동해 이곳의 동학군과 합세해 사오천 명으로 늘어났다. 이들도 고승당산으로 들어갔다.

김인배는 고승당산 정상에 있던 넓은 바위에서 측근과 작전회의를 열었다. 바위 옆에는 산 정상인데도 물이 솟는 약수암이 있었다. 동학군들은 이 물로 목을 축였다.

고승당산을 휘돌아 흐르는 강이 덕천강이다.

지리산 천왕봉 동남부 산지에서 발원해 산청군 시천면 덕산을 지나 옥종면 청룡과 대곡·북방 일원에 기름진 평야를 이루며 진주로 흐르는 강이다.

산청 덕산에서 초기에 기포한 백낙도가 이끌던 동학군이 움직이는 장소가 덕천강 수계였다. 이 강을 이용해 집결하고 퇴각했다.

지석영이 경상 감영의 병력을 데리고 왜군에 합세했다.

시월 십이 일.

스즈끼 대위가 이끄는 왜군은 전대를 거느리고 이동을 시작했다.

시월 십삼 일.

이문호를 선봉으로 한 각 포 두령들이 고승당산 아래에 진을 쳤다.

시월 십사 일.

새벽, 인시 중에 스즈끼는 진주를 출발했다.

진주 수곡면을 넘어 진시 중에 덕천강 동쪽에 도착했다. 동학군 오천여 명이 산 위에 진을 치고 기다리고 있었다.

소한을 앞둔 시기여서 밤 기온은 매우 차가웠다.

고승당산은 낮은 야산이지만 삼면이 들판이고 서쪽만 낮은 능선과 연결된 요새였다. 정상에는 자연 암석이 성곽처럼 둘러싸고 있었다.

왜군이 강을 건너자 북방들에 유진했던 동학군이 먼저 총을 발사했다.

날씨는 청명했다.

왜군이 응사하자 동학군은 산정에 쌓아 올린 석루에 의지하여 방어하며 조금도 동요하지 않았다.

그러나 이 사격이 왜군이 자신감을 가지고 싸우게 된 빌미를 제공했다.

동학군이 사용한 화승총은 왜군이 가지고 있던 스나이더 소총에 비해 사정거리와 조작에 크게 미치지 못했다. 대개 동학군의 화승총 사정거리는 삼십 보 정도에 불과했다. 그러나 왜군 소총의 사정거리는 백오십 보도 더 되었다.

왜군은 산 밑에서 불을 질렀다. 매캐한 연기가 고승당산을 에워쌌다.

사시 중에 산의 북쪽을 돌던 동학군이 왜군의 우익을 공격했다. 산정의 동학군은 첩루에 기대어 완강하게 저항했다. 첩루의 바위를 굴리며 총을 쏘았다.

후지사카 조장이 거느리는 소대는 우익을 공격하는 동학군을 방어했다.

여기에서 왜군 몇 명이 동학군이 쏜 총에 맞아 죽었다.

토다 소위가 지휘하는 소대가 함성을 지르며 산 위의 석루를 공격했다.

엔다 중위의 소대는 우회하여 동학군의 좌측을 향해 돌격했다. 전투가 벌어지자 산정의 동학군은 왜군의 총격에 사상자가 생기면서 밀렸다.

결국 단지골까지 밀리자 덕산 방면으로 후퇴했다.

왜군과 관군은 김인배가 후퇴하자 하동 지역을 누비며 동학군을 찾아다녔다.

진주 접주 전희순은 이 전투에서 왜군 총에 맞아 피투성이가 되어 폭포가 떨어지는 절벽 사이에 몸을 숨겼다.

그를 보좌하던 소년 동학군 김옥룡이 전희순을 발견하고 업어 마을로 내려가 친구 서홍무의 집으로 피신했다.

서홍무의 늙은 할머니가 홀로 집을 보다가 전희순을 치료해 겨우 살렸다.

여장협은 고하와 갈록치에서도 왜군에 밀려 섬진강을 건너 광양으로 후퇴했다.

76.

고종 31년, 갑오년, 1894년, 시월에서 십일월.

시월 이십이 일.

순천까지 물러났다가 하동 동학군의 지원을 요청받은 김인배는 광양에서 동학군을 규합해 섬진강을 건넜다.

이 정보를 입수한 왜군은 섬진 나루 상류를 건너 산골짜기에 매복해 동학군이 섬진강 부근에 나타나기를 기다렸다. 지석영이 이끄는 감영 군사는 망덕 앞바다로 가는 퇴로를 차단했고 왜군 한 부대는 하동 관아를 지켰다.

김인배는 하동 관아를 공격했으나 왜군의 저항이 심해 물러났다. 퇴로에 섬진 나루 건너편에 매복해 있던 왜군의 공격을 받아 피해를 보았다.

지석영이 왜군에게 말했다.

"적이 물러나면서 믿는 곳은 지리산 골짜기뿐이오. 우리가 지금 저들을 섬멸하지 못하면 저들은 곧 산에서 내려와 우리를 공격할 것이오."

날이 어두워지자 비가 억수 같이 내렸다.

김인배는 산속으로 들어가 소나무 가지를 꺾어 얼굴을 가리고 후미진 곳에 숨어 새벽을 기다렸다. 이윽고 날이 밝자 동학군은 빗속을 뚫고 광양으로 물러났다.

김인배로서는 최초의 패전이었다.

경상 감영의 군사들은 전라도 경계를 넘지 않는다는 지침을 지켜 물러갔다.

김인배는 사천과 남해·단성·적량을 공격해 군량과 무기를 확보했다.

왜군은 김인배의 반격에 대비해 하동과 진주·곤양·단성에 병력을 나누어 주둔시켰다.

김인배와 유하덕은 순천으로 돌아가 동학군을 수습해 여수에 있는 전라좌수영 공격을 준비했다.

전라좌수사 이봉호는 동학군이 순천에 집강소를 설치했을 때 적극 협조했다.

그런데 조정에서 갑오년 칠월에 이봉호를 대신해 김철규를 좌수사로 내려 보냈다. 김철규는 부임지로 내려오는 도중에 동학군에게 잡혀 죽을 고비를 겨우 넘기고 가까스로 여수로 내려왔다. 김철규는 악에 받쳐 있었다. 동학군이라는 말만 들어도 이를 박박 갈았다. 일부러 여수 백성들을 괴롭히려 세미를 배로 받았다.

동학군 윤경삼과 황종래는 병력을 이끌고 전라좌수영 남문을 통해 몰래 안으로 들어가 좌수영 본채 진남관을 공격했다. 김철규는 수군을 동원해 대응했다. 동학군은 날이 어두워지자 살며시 물러났다.

놀란 김철규는 이풍영을 도영장으로 임명해 동학군을 막게 했다. 이풍영은 갑신정변에 참여했다가 왜국으로 망명해 왜국 여자를 아내로 맞이해 살다가 갑오 개화 정권이 들어서면서 사면을 받은 자였다.

사면 이후 돌산 앞에 있는 금오도에 들어와 개간 사업을 벌이다 김철규에게 발탁되었다. 이풍영이 여수 고을을 돌면서 동학군을 몇 명 잡아 전라 교련장에서 참수했다.

김인배는 이를 빌미로 삼았다. 그러나 이것은 겉으로 보이는 이유였다. 김인배는 왜군이 하동과 광양 지역에 분산 주둔했다는 첩보를 들었다. 이들과 싸우려면 전라좌수영을 점령해 근거지로 삼아 장기전을 대비해야 했다.

또는 장기전이 여의치 않으면 병력을 이끌고 바닷길로 인근 섬으로 들어가겠다는 생각이 있었다.

전라좌수영은 깊은 바다가 둘러싼 언덕에 자리 잡고 있었다.

시월 말.

김인배는 바다를 틀어막아 뱃길을 끊고 쌀장수의 통행을 막아 좌수영을 곤궁에 몰아넣었다.

김인배는 진남관 뒷산 종고산에 진을 쳤다.

꼼짝없이 포위된 김철규는 제 성질을 못 이겨 꼴뚜기처럼 팔딱팔딱 뛰었다. 자신이 지휘하는 수군 삼백여 명으로는 도저히 김인배를 막을 수 없다고 판단하자 이풍영을 통영 수군통제영으로 보내 지원 요청을 했다.

이어 부산 왜국영사관에도 사람을 보내 지원을 호소했다.

당시 해군 수송선인 쓰쿠바 함은 왜군을 가득 태우고 남해 언저리를 돌아다녔는데 이때는 통영에 정박해 있었다.

달이 바뀌어 동짓달 초순이 되었다. 날씨가 매우 추웠다.

김철규와 좌수영 병사들은 하루 한 끼를 먹으며 버티었다.

이번에는 동학군 쪽에 양식이 떨어졌다. 주린 동학군이 밥을 얻으러 민가로 내려왔다. 그러나 여수 백성들이 모두 피란을 가는 바람에 민가에서는 밥을 얻을 수가 없었다.

어쩌다 요행히 밥을 얻어 오더라도 밥알이 꽁꽁 얼어 씹을 수가 없었다.

십일월 십 일.

김인배는 포위를 풀고 유하덕에게 일부 병력을 이끌고 순천으로 돌아가는 척하게 했다. 그러고 나서 주 병력을 종고산에 매복시켰다. 유하덕은 순천으로 내려가는 척 흉내만 내다 다시 돌아와 김인배와 합류했다.

동짓달 추위를 견디면서 동학군은 종고산 숲에서 김철규를 기다렸다.

엿새가 지났다.

십일월 십육 일.

동학군이 포위를 풀고 물러났다는 첩보를 받은 김철규는 동학군 후미를 공격하기 위해 군사를 끌고 진남관을 나섰다. 여수 고을로 들어가려면 종고산을 지나야 했다.

김철규는 좌수영 서문을 나와 가파른 산비탈을 올라갔다. 산비탈에도 가난한 백성들의 집이 여러 채 있었다. 백성들이 이미 피란을 가 그 집들은 텅텅 비어 있었다.

김철규가 종고산 중턱쯤 올라갔을 때 김인배가 사격 명령을 내렸다.

놀란 김철규는 군사들과 산비탈 백성의 민가로 숨었다. 그러나 민가에는 불에 타기 쉬운 마른 나뭇가지들이 곳곳에 잔뜩 쌓여 있었다.

민가 부근에서 잠복해 기다리던 동학군이 민가에 불을 지르자 김철규는 어마뜨거라 하고 다시 좌수영으로 도망갔다. 이 싸움에서 전라좌수영 수병 태반이 불에 타 죽었다.

통영 수군 통제영으로 지원을 요청하러 갔던 이풍영이 쓰쿠바 함에 왜군 백여 명을 태우고 여수로 들어왔다. 왜군 병력은 진남관으로 갔다가 이곳이 좁아 인근 홍국사로 거처를 옮겼다.

그들은 김인배와 여수 동학군들을 김철규와 합세해 협공하려 했다. 그러나 이미 김철규의 병력은 별 쓸모가 없이 궤멸된 후였다.

왜군은 할 수 없이 자기들 병력만으로 작전을 꾸몄다.

십일월 이십이 일.

김인배는 다시 전라좌수영을 공격했다.

덕양역에 모인 동학군은 몇 개의 부대로 나뉘어 둔덕마다 배치되었다. 김인배는 서문을 맡고 유하덕은 종고산으로 가 진을 쳤다.

김철규는 몇 명 남지 않은 수병을 왜군과 같은 검은 옷을 입혔다.

어두워지자 전투가 시작되었다. 종고산에 진을 친 유하덕이 좌수영 내로 포를 쏘았다.

왜군 본진에 포탄이 떨어져 지휘하던 장교가 어육이 되어 죽었다. 지휘부가 아수라장이 되자 왜군 병사는 어쩔 줄 모르고 이리 뛰고 저리 뛰었다.

이때 김인배가 서문을 부수고 영내로 들어갔다. 왜군은 바다 쪽으로 달아나 쓰쿠바 배에 올랐다. 김철규도 그들을 따라갔다.

김인배가 전라좌수영을 공격하고 있을 때 여수 상인들이 백성의 이름으로 왜국 쓰쿠바 함장에게 물러가지 않으면 배를 불태우겠다고 경고하는 글을 보냈다.

쓰쿠바 함장은 이래저래 두려워 김철규과 왜군을 태우고 장흥·강진·영암 쪽으로 물러갔다.

김인배는 좌수영을 점령해 병사들을 머물게 했다.

김인배가 전라좌수영을 공격하는 사이 그동안 고분고분했던 순천의 구실아치와 수성군이 들고일어나 순천의 집강소와 접주들을 핍박했다. 순천 도인들의 구조 요청에 김인배는 순천으로 돌아갔다.

그러나 순천 수성군이 보기보다 완강하게 저항해 김인배는 일단 광양으로 들어가 자리를 잡았다.

대오를 정비한 김인배는 낙안과 홍양을 공격했다.

77.

고종 31년, 갑오년, 1894년, 시월.

부산에 주둔했던 왜국 해군 육전대는 부산진에서 쓰쿠바 함을 타고 출발해 통영을 거쳐 나주를 향했다.

나주에 상륙해 당시 북상하고 있던 동학군 본대의 후방을 치려는 포위작전이었다.

봉준은 이를 대비해 손화중과 최경선을 나주에 남겨 놓았다.

손화중은 내륙으로 들어가 장성과 담양 일대를 장악해 광주까지 드나들면서 지역 관군과 민포군을 무찔렀다. 최경선은 바다가 훤히 내다보이는 운남 성내리에 진을 쳤다.

나주는 북쪽에 노령산맥의 지맥인 금성산지가 길게 뻗고 남동단에 구룡성 산지가 나주호를 안고 있다. 남류하는 지석천과 북류하는 만봉천을 영산강이 안아 넓은 범람원이 형성되어 광활한 나주평야를 이룬다.

왜군 육전대는 쓰치다 겐지로 대위가 지휘했다. 병력은 삼백여 명이었다. 그는 나주에 상륙해 동학군 본대 후방을 교란하면서 동시에 정토군이 소비할 군량 일부를 확보해야 했다.

상당히 중요한 임무를 맡았다고 쓰치다 겐지로는 우쭐했다.

쓰쿠바 함은 남해를 돌아 진도를 거쳐 신안 장산도와 해남 충평리 사이 바다를 빠져 목포를 지나 무안 지산리 앞바다로 들어가 상륙했다.

첩보를 입수한 최경선은 묘상사 야산 골짜기 양편에 동학군을 매복시키고 이들이 지나가기를 기다렸다.

시월 십오 일,

도림리와 평산에 들어가 분탕을 친 육전대는 무안을 향해 이동하기 시작했다.

남안리에 나가 있던 척후가 급히 돌아와 왜군의 이동을 즉각 보고했다.

최경선은 골짜기가 끝나는 곳에 나무를 잘라 길을 막아 놓았다.

동학군은 잎에 나뭇가지를 물고 침착하게 왜군을 기다렸다. 모두가 화승총으로 무장하지 못하고 일부는 활과 죽창으로 무장했다.

신시가 되자 왜군 선발대가 골짜기 입구로 들어오는 것이 보였다. 왜군은 야포를 앞세우고 그 뒤를 이어 조심스럽게 골짜기로 들어왔다.

왜군이 골짜기 입구를 한참 지나자 뒤에서 대기하고 있던 동학군이 나무를 베어 길을 차단했다.

겨울 스산한 바람이 얼굴을 스쳐도 긴장한 동학군 이마에 땀이 배었다.

이윽고 왜군 육전대 전 병력이 긴 줄을 지어 골짜기에 중간 지점에 들어왔다.

최경선이 고함을 질렀다.

"공격하라."

공격 명령과 동시에 양편 산기슭에서 총알과 화살이 날아갔다. 왜군 수십 명이 순식간에 쓰러졌다.

"포를 쏘아라."

깜짝 놀란 쓰치다 겐지로가 황급하게 명령했다.

포병들이 황급하게 양 산록을 향해 포를 쏘았다. 왜병은 포대를 의지하고 숲을 향해 무조건 소총을 발사했다.

시간이 지날수록 동학군이 불리해졌다. 스나이더 소총의 사정거리 안으로 들어갈 수 없어 멀리서 쏘는 화승총과 화살은 점점 위력이 약해졌다. 거기다가 야포에서 발사되는 포탄이 가파른 기슭 곳곳에 산사태를 일으키면서 동학군의 움직이는 모습이 왜군에게 선명하게 드러났다.

기세를 장악한 왜병이 소총을 앞세우고 양편 기슭으로 기어 올라가기 시작했다.

상황이 좋지 않았다.

이때 포탄이 날아와 최경선의 지휘소 부근에서 터졌다. 최경선 후두부에 파편이 여러 개 박혀 피가 분수처럼 솟았다. 최경선은 의식이 가물가물해졌다. 흔들리는 몸을 겨우 가누고 일단 여기서 물러나야겠다고 생각했다. 그러나 입에서 말이 나오지 못했다.

그는 정신을 잃고 쓰러졌다.

이때 어라차, 하는 우렁찬 기합 소리가 나더니 허공에서 바람이 갈라지는 소리가 났다.

골짜기 정상에서 집채보다 큰 바위가 날아가 왜군의 야포를 부숴버렸다. 어라차 하는 소리가 날 때마다 바위가 계속 날아가 다섯 대의 야포를 차례차례 모두 엿가락으로 만들어 버렸다.

갑자기 골짜기에 안개가 끼기 시작하더니 금세 자욱해졌다. 왜병들은 한 치 앞을 분간할 수 없었다. 그러더니 하늘에서 주먹 크기의 우박이 유성처럼 쏟아졌다.

왜병들은 갑자기 변한 상황에 정신을 차릴 수 없었다.

와 하는 고함과 함께 골짜기 위에서 사람들이 뛰어 내려갔다.

온몸이 근육으로 뭉친 땅달한 사람이 맨손으로 왜군들을 무찔렀다. 그가 손과 발을 움직일 때마다 왜군들은 가을바람에 낙엽 지듯이 쓰러졌다.

머리가 훌랑 까진 사람이 긴 칼을 휘두를 때마다 왜군들의 목이 우수수 땅에 떨어졌다.

젊은 사내가 뛰어다니며 화승총을 쏘아대는데 쏠 때마다 정확하게 왜군 한 명이 땅에 꼬꾸라졌다. 정신을 못 차리고 허둥대던 스치다 겐지로는 젊은 사내가 쏜 총탄이 이마를 뚫자 지리산 고사목처럼 넘어갔다.

몸이 바짝 마르고 눈매가 날카로운 사내가 비수를 겨누고 번개처럼 왜군 사이를 스쳐 지나갔다. 그 사내가 지나가는 곳마다 왜군은 피가 뿜어져 나오는 목을 두 손으로 잡고 바둥거렸다.

어떤 노인이 흰 수염을 날리며 소리를 지르자 그 부근에 있던 왜군 수십 명이 바람에 날리듯 허공에 날려 몸이 조각났다.

동학군은 무슨 일인지 알 수 없어 구경만 하고 있었다.

안개 속에서 고함과 총소리와 비명만 울려 나왔다.

흰옷을 입은 아리따운 여인이 백호를 타고 홀연히 나타나더니 쓰러진 최경선의 곁에 내려 최경선의 머리를 잠시 쓰다듬었다.

그리고 주변에 다친 병사들을 찾아 일일이 어루만지더니 다시 백호 등에 올라 안개 속으로 그림처럼 사라졌다.

신시 말이 되자 안개가 서서히 걷혔다.

왜군 육전대는 전멸했다. 그들이 흘린 피가 내를 이루고 흘러갔다.

골짜기에는 왜군들의 시체만 산을 이루고 있을 뿐 그들을 궤멸시킨 사람들은 어느새 사라져 흔적이 없었다.

문득 정신을 차린 최경선은 먼저 두 손으로 머리를 만져보았다. 멀쩡했다. 최경선은 길게 숨을 내쉬며 손을 내려서 가슴을 쓰다듬었다.

78.

고종 31년, 갑오년, 1894년, 시월.

양호도순무사 신정희는 이두황에게 공주로 가지 말고 예산 동학군을 먼저 토벌하라고 지시했다.

충청도 해안 동학군 병력이 공주로 진출하려는 것을 막으려는 속셈이었다.

예산 대접주 박인호는 그동안 자신의 고장 예산을 중심으로 대도소를 차리고 활동해 왔다. 시형의 총동원령이 내려지자 신창·해미·홍성·서산·태안·안면도의 도인이 이곳에 집결했다.

이들은 곧 주변 지역 관아를 공격해 점령했다.

왜군 장교 아카나쓰 고쿠호가 왜군 팔십구 명을 거느리고 장위영 총위영 군사와 합세에 이 지역으로 진출했다.

박인호가 왜군과 부딪친 곳은 당진군 면천의 승전곡이었다. 승전곡은 깊은 골짜기가 이어져 있었고 어귀에는 넓은 들판이 자리 잡고 있었다.

왜군은 승전곡 골짜기로 들어갔다. 이때 박인호는 양쪽 비탈에 매복해 있다가 일제히 사격했다. 서풍을 이용해 골짜기에 불을 질렀다.

꼼짝할 수 없게 골짜기에 갇힌 왜군과 관군은 궤멸했다. 겨우 포위망을 뚫고 살아남은 몇 명이 바람과 학의 울음소리에도 놀라며 기어가듯 도망쳐 새벽에 홍주성으로 들어갔다.

서산과 태안 동학군도 예산에 와 박인호와 합류했다. 예산 신례원에 오만여 명의 병력이 진을 쳤다.

신정희는 홍주 목사 이승우를 호연초토사로 임명했다. 이승우가 이두황과 힘을 합쳐 예산 동학군을 공격했다. 그러나 동학군에게 밀려 금방 대오가 무너지면서 홍주성 영관을 비롯해 수십 명이 죽었다.

박인호는 홍주성을 공격하기 위해 나아갔다. 이승우는 청야법을 쓰라고 명해 성안에서 군사들이 불화살을 쏘아 성 아래 집들을 모두 불태웠다.

홍주성을 포위한 동학군은 동쪽과 서쪽 산에서 날개 같은 진을 치고 박인호가 중앙에서 깃발을 날리고 북을 치며 말을 몰아 공격했다. 총칼이 부족한 동학군은 죽창과 몽둥이를 손에 들었다.

이승우는 왜군과 같이 성 위에서 총을 쏘았다.

이윽고 어두워지자 박인호는 동문 앞으로 대포 두 문을 끌고 가 발사했다.

대포를 쏘자 동문이 부숴지고 동학군은 성내로 밀물처럼 들어갔다. 이승우와 이두황은 서문을 열고 도망쳤다. 이들은 해미 쪽으로 퇴각했다.

박인호는 그들을 계속 추격했다. 그러나 그들을 추격하느라 공주로 가는 봉준에게 합류하지 못했다.

전투에는 지면서도 각지의 동학군이 공주에 집결하지 못하게 막으려던 왜군의 전술은 어느 정도 먹히고 있었다.

79.

고종 31년, 갑오년, 1894년, 시월에서 십일월.

시월 십삼 일 새벽.

김개남이 청주성 밖 삼 리 지경에 진격해 영병과 왜군과 접전했다. 그러나 백여 명의 사상자를 내고 퇴각했다.

청주 싸움에 진 김개남은 다시 진잠을 거쳐 남하했다. 잠시 세를 규합한 그는 다시 청주성을 공격했다.

왜군과 청주 영병은 남문 밖에서 방어진을 구축하고 정면으로 맞섰다. 왜군 일 개 소대와 청주 병영 육십 명이 방어했다.

김개남은 한식경을 버티지 못하고 퇴각해 신탄진 부근에서 다시 대오를 정비했다.

왜군이 추격해 와 김개남은 한 시각 넘게 혈전을 벌였다. 그러나 여기에서도 패해 다시 후퇴할 수밖에 없었다.

시월 십오 일.

김개남은 한밤중에 연기 관아를 공격해 군기를 모두 접수했다.

현감 김광현은 연산의 부호로 본제에 있다가 김개남에게 잡혀 죽었다.

김개남은 이어 전주를 떠나 금산을 점령하고 현감 이용덕을 축출했다.

동짓달 십 일.

김개남은 진잠을 점령하고 십일 일. 회덕과 신탄진을 점령하고 노천에서 시위잠을 자며 다시 청주를 향해 나아갔다.

김개남이 북상하자 남원과 운봉 민보군이 그 틈을 타 이천여 명을 거느리고 남원 공략에 나섰다.

운봉 민보군에게는 경상감사 조병호가 총통 삼백 정과 화약 수천 근을 보내 성원했는데 이 전투 이후 진주 병영에서 이백 명의 원병이 와 민보군에 합세했다.

십일월 이십팔 일.

운봉 민보군이 남원의 네 성문을 포위하고 공격을 개시했다.

남원을 지키던 동학군은 성에서 나오지 않고 응전했다.

민보군이 성 주변에 섶을 쌓고 불을 질러 성문이 불타자 동학군은 북문을 열고 달아났다.

박봉양이 이끄는 민보군은 성안으로 들어가 죄 없는 백성 수백 명을 베어 죽이는 포악성을 드러냈다.

김개남은 오랫동안 공을 들인 근거지를 잃어버리고 말았다.

80.

고종 31년, 갑오년, 1894년, 시월에서 십일월.

시월 십오 일.

봉준이 놀뫼 노성에 이르렀다.

공주 진격을 앞두고 봉준은 십육 일 충청 감사에게 최후통첩을 보냈다.

'양호창의영수 전봉준은 삼가 호서순상각하에게 글을 올리노라.

천지간에 사람은 강기가 있어 만물의 영장이라고 하는바 거짓말하고 마음을 속이는 자는 사람이라 할 수 없는 것이니 항차 국란에 즈음하여 어찌 외칙내유를 하여 백일 아래 살아갈 수가 있다는 말인가.

일본 도적이 군대를 움직여 우리의 군부를 협박하고 우리 백성을 요란케 하니 어찌 참을 수가 있겠는가.

옛날 임진란에 오랑캐가 침략해 궐묘를 소각하고 군친을 욕보이고 백성을 죽였으니 백성들이 모두 분개하여 천고에 잊을 수 없는 한이라 초야에 있는 필부나 어린아이까지 아직도 그 울분을 감추지 못하고 있는데 항차 각하는 세록 충훈으로 우리 평민보다 몇 배가 더 하지 않겠는가.

지금 조정 대신들은 구차히 생명만을 보전하려 위로는 군부를 협박하고 아래로는 백성을 속여 왜국과 상통하여 남민에게 원한을 이루고 친병을 움직여 선왕의 적자를 해치고자 하니 참으로 어떠한 뜻이며 필경 어떻게 하려는 것인가.

내가 하려는 일이 물론 어려운 일인 줄 알고 있으나 일편단심 죽음을 각오하고 천하에 인신으로 두 마음을 품고 있는 자들을 소제하여 선왕 오백년의 은혜에 보답코자 하니 원컨대 각하는 크게 반성하여 의로써 같이 죽으면 천만다행일까 하노라.'

갑오년 시월 열엿새. 재논산 근정

충청감영에서는 충청감사 박제순이 잔뜩 겁을 집어먹고 떨고 있었다.

박제순은 동학군이 진격해 온다는 소식을 듣고 일찍이 충청감영의 구실아치와 백성들은 모조리 쌍수 산성으로 들여보냈다. 오래된 산성 성벽이 곳곳이 무너져 방어가 약하다는 허점을 보여 봉준을 유인하려 했다.

본디 충청감영은 자체 성이 없어서 쌍수 산성을 방어 진지로 삼았다.

박제순은 충청감영의 군사를 동원해 키 큰 암소 똥 누듯 산성 입구에 대포를 숨겨두었다.

충청감영의 중군이 동학군 동정을 살피려 어슬렁거리다가 동학군에게 붙잡혔다.

봉준 앞에 끌려 온 그는 박제순이 산성 입구로 봉준을 유인해 죽이려는 계획을 낱낱이 실토했다.

봉준은 회심의 미소를 띠고 그를 풀어주었다. 그는 풀려나자마자 한달음에 박제순에게 달려갔다.

그러나 가을 꿩이 제 방귀에 놀란다더니 박제순은 그를 터진 꽈리 보듯 진영을 이탈한 죄를 물어 다짜고짜로 죽여 버리고 말았다. 그는 자기 휘하의 중군이 봉준에게 매복 작전을 실토한 사실을 확인도 하지 못하고 성급하게 죽였으니 매우 경솔했다.

봉준은 처음에는 관군에게 여유를 주지 않고 충청감영을 치려 계획했으나 이 일로 경천에 좀 더 머물면서 신중하게 움직이기로 마음을 바꾸었다.

결국 봉준을 쌍수 산성으로 유인하려던 박제순의 작전은 미수에 끝나고 말았다.

충청도 내포에 상륙한 왜군과 관군은 바로 천안을 공격하지 않고 홍수·예산·덕산의 동학군을 습격해 천안 세성산 방향으로 몰았다.

서해 방면에서 봉기한 동학군들이 세성산으로 집결했다. 세성산은 김복용이 지키고 있었다. 김복용은 이희인과 함께 이들을 규합하여 대오를 새로 편성했다.

김복용과 이희인은 목천에서 기포했다.

둘은 목천·천안·전의 관아를 습격해 무기를 확보하고 양곡을 거두어 세성산과 작성산에 들어가 곳곳에 진지를 구축했다.

마주 보는 두 산 사이에 협곡처럼 생긴 길이 있어 이 길로 들어오는 적을 공격하기에 유리했다. 이들은 겨울을 대비해 작성산에 초막을 짓고 세성산에는 토성을 쌓아 장기전에 들어갔다.

목천 지역은 동학군의 자치행정이 이루어지고 있었다.

봉준이 이끄는 본대는 시월 이십일 일에 놀뫼를 출발해 공주로 진격할 것이다.

놀뫼에서 세성산까지는 걸어서 하루나 이틀 걸리는 거리였다. 하루나 이틀을 견디면 봉준의 본대가 공주를 거쳐 천안으로 밀려들어 올 것이다. 그때까지만 왜군과 관군을 저지하면 된다고 김복용은 생각했다.

이노우에 가오루는 죽은 사이토 시게루와 인상이 비슷한 자를 구해 정토군을 이끌라고 보냈다. 이 자의 이름은 미나미 고시로였다.

급하게 구하다 보니 인상은 비슷했으나 몸집은 살이 찌고 배가 나와 뒤뚱거리며 걷는 자였다.

그는 세성산에 진을 친 동학군을 공격하고자 은진으로 들어가 공주와 노성에 있던 통의영군과 장위영군, 경리청군에게 급히 출동하라는 지시를 보냈다.

놀뫼에는 미나미 고시로가 거느린 왜군과 장위영군 일개 대대 통위영군 이백여 명이 모여들었다.

또 이두황이 지휘하는 장위영군도 합류했다.

미나미 고시로는 이들 관군 지휘관에게 지시했다.

'원래 군인은 독실하게 부하를 통제하고 양민을 더욱 어루만져야 하니 그중에서 적도라 해도 함부로 살해하거나 인민의 물품을 약탈하는 따위의 행동은 엄금한다.

앞뒤로 잘 주의해 내 말을 따르라.'

그러나 말은 아름다우나 실제로 그렇게 한 지휘관은 아무도 없었다.

민가를 약탈하고 부녀자를 욕보이는 짓은 미나미가 더 악랄했다. 이것은 양두구육의 수법이었다.

미나미 고시로는 이규태를 개 잡듯 몰아세웠다. 보리 가시랭이나 괭이 가시랭이보다 더 까다롭게 굴었다.

전 사령관 사이토 시게타가 군중에서 원인도 모르게 죽었다는 소식을 들은 이후부터 그는 조선 사람이라면 비록 금 잘 치는 서순동이라 해도 절대로 믿지 않았다.

부서진 갓모자가 된 이규태는 한마디 대꾸도 못 했다.

관군은 일부가 무라타 소총을 소지했으나 군기가 엄하지 않아 동학군에게 상대가 되지 못했다. 이에 왜군에게 많이 의지했다.

왜군은 군기가 엄하고 무기가 정교해 명령을 내리면 무조건 앞으로 나아갔다. 그리고 탄약이 풍부했다. 그러다 보니 왜군은 관군을 콧구멍에 낀 대추씨보다 못하게 여겼다.

병자년 까마귀 빈 뒷간 들여다보듯 조정도 왜군에 의지했다. 그런 사정이라 조선 관군을 대표하는 사람이 왜군 일개 소좌에게 부하 취급을 받으며 노예와 같은 굴욕을 감수할 수밖에 없었다.

보기 싫은 반찬이 끼마다 올라온다더니 미나미 고시로는 이규태만 보면 눈알을 뒤집었다.

이규태는 이러한 사정을 직속상관 순무사 신정희에게 호소했으나 아무 소용도 없었다.

어쨌든 이들은 견원처럼 이를 갈며 같이 밤을 새웠다.

이십일 일.

이들은 행군하여 세성산에서 십 리 거리에 있는 장명동에 도착했다.

세성산 지형은 주위가 약 십 리 정도이고, 정상에는 토성이 있다. 넓은 누첨에 동학군의 깃발이 무수히 펄럭였다.

산의 모양은 삼 면이 급경사로 되어 있고 한 면만 좀 평평했다.

왜군은 중화기 부대를 세성산 정면에 배치했다. 일 개 소대는 세성산 동남쪽 기슭에 이 개 소대를 세성산 북쪽에 매복시켰다. 이곳은 산세가 험해 접근하기가 어려웠다. 왜군은 야밤을 이용해 매복에 성공했다.

시월 이십일 일.

충청도 천안 남쪽 세성산에는 추색이 깊었다. 날이 샜다.

세성산 동북쪽에 만리산과 흑성산이 서 있는데 이 중앙의 목성산으로 왜군과 관군이 몰려왔다.

김복용은 세성산 동쪽 남쪽 북쪽은 산세가 험하므로 적이 공격하지 못하리라 판단하고 서쪽에 대군을 배치했다.

왜군은 지세가 낮은 서쪽으로 중화기를 쏘았다. 세성산 토성은 금세 포연이 자욱했다.

징과 꽹과리가 계속 울었다.

반나절이 흐르자 포격으로 기선을 제압한 왜군이 산정으로 밀고 올라왔다. 이와 동시에 세성산 동남쪽에 매복하고 있던 왜군이 총을 쏘며 협공했다.

김복용은 협공을 피해 중군 김영우와 화포장 원금옥을 이끌고 북쪽 기슭으로 철수했다. 그러나 그쪽에는 어젯밤 이미 왜군 이 개 소대가 매복하고 있었다.

김복용은 서쪽 성남면 신사리 방면으로 후퇴할 수밖에 없었다.

동남쪽 관군이 먼저 성지를 점령했다. 북쪽의 매복군이 후퇴하는 동학군을 수십 리 추격했다.

북접군 효장 김복용과 중군 김영우 그리고 화포대장 원금옥은 신사리 벌판에서 장렬하게 싸우다 죽었다.

세성산의 패전은 동학군에게 타격이 컸다. 세성산을 지탱해야 관군의 남하를 제지하고 동학군의 한양 진격로를 확보할 수 있었다.

이희인은 전투 중에 가래톳이 생겨 통증이 심했다. 그는 신사리에서 겨우 피신해 개목 마을 집으로 돌아갔으나 집은 이미 관군이 불태워 재만 남아 있었다.

이웃 마을 사돈집에 숨었으나 동네 사람이 밀고해 곧 잡히고 말았다. 그는 북면 사기실에서 총살당했다. 개목마을은 동학도인 집단 거주지로 지목되어 왜군이 불을 놓았다. 마을 전체가 불에 타 폐허가 되고 말았다.

이곳 목천 용두동에는 한양 조씨가 집성촌을 이루고 살았다.

갑오년 봄에 이 마을에서 조병옥이란 아이가 태어났다. 그의 부모는 갓난아기를 업고 이곳저곳을 피란 다녀 살아남았다.

목천에는 동학 삼로라 일컬어지는 준걸이 있었는데 천안 남소거리 전도사 김화성, 목천 복구정 대접주 김용희, 그리고 김성지를 말한다.

이중 김화성은 차력을 해 기운이 장사였다.

지난 계미년에 시형에게 입도하여 김용희·김성지와 함께 동서포를 설립하고 포 중에서 거둔 육천 냥으로 『동경대전』 백 권을 간행하여 서른 권은 시형에게 보내고 서른다섯 권은 김화성을 주어 관내에, 서른다섯 권은 아들 중칠을 시켜 팔도의 대접주에게 두루 배포했다.

갑오년에 사위 홍치엽을 교장으로 하여 나채익과 이선일이 장정을 모집했다. 김화성은 직접 장창과 화포를 만들어 기포했다.

천안·목천·전의 세 고을에서 군기와 많은 재곡을 거두어 세성산에서 김복용을 보좌했다.

김화성도 신사리에서 아들 삼 형제와 왜군에게 잡혀 천안 의병소에 감금되고 말았다.

81.

고종 31년, 갑오년, 1894년, 시월에서 십일월.

공주에 들어간 왜군은 일차로 이백여 명이었는데 스즈키 아키라 소위와 아카마쓰 고쿠호 대위가 지휘했다.

두 사람은 망조경과 대포의 각도를 정하는 측량 기구를 들고 다니며 지형을 살피고 거리를 잴 줄 알았다.

이두황은 장위영 군사를 거느리고 시월 이십칠 일 공주에 도착했다. 같은 날 이규태가 통위영 군사를 거느리고 공주로 내려왔다.

짙은 안개가 가득 차서 열 걸음 떨어진 사람의 모습을 알 수 없었다.

연기 봉암에서 출발해 남쪽으로 삼십여 리 내려가 금강 나루에 이르렀다.

충청감사 박제순은 왜군과 관군이 도착하자 드디어 살길이 열렸다며 몸소 마중을 나가 봉사 씻나락 까먹는 소리로 환영했다.

이노우에 가오루와 박제순은 궁합이 맞아 늘 같이 붙어 다녔다.

박제순이 이노우에 가오루와 같이 명첩을 보내 이규태를 환영했다. 왜국 영관은 직접 금강 나루로 나가 이규태를 맞이했다.

은진 땅 놀뫼 들판에서 초포를 건너면 계룡산에서 흘러오는 노성천과 만난다.

초포와 공주 중간에 노성현 관아가 있었다.

노성에서 계룡산 아래 경천에 이르면 아랫길로는 이인, 윗길로는 공주 성내로 이어졌다.

공주는 동·서·남 삼면이 산으로 둘러싸여 있고 북쪽은 금강이 가로지르는 분지이다.

동남쪽으로 형천과 효포·무너미·널티, 서남쪽으로는 이인과 탄천·부여, 북쪽으로는 차령산맥을 거쳐 천안, 서북쪽으로는 곰나루를 거쳐 마곡사와 예산으로 향하는 길이 놓여 있다.

노성에서 효포와 널티를 지나 천안으로 가고, 이인에서 우금치를 넘거나 곰나루를 건너 하고개를 넘으면 곧바로 충청감영으로 이어지는 길이 뚫려 있었다.

좁은 분지에 갇혀 있는 공주 성내는 금강 쪽의 장기 나루를 막으면 빠져나갈 길이 없었다.

공주의 지형은 동쪽으로는 곰티가 가로막고 우금치 옆에는 새재와 견준봉이 솟아 있다. 견준봉은 개 발꿈치라는 뜻이지만 마을 사람들이 워낙 험하여 개좃배기라 불렀다.

우금치라는 이름은 도둑이 들끓어 날이 저물면 소를 몰고 가는 것을 금지한 데서 유래했다.

장꾼들은 남쪽 통로인 우금치를 가장 많이 이용했다.

노성에서 공주로 들어오는 길은 경천으로 판치를 넘어 효포 능치를 경유하는 길과 이인을 거쳐 우금치로 들어오는 두 길이 있다.

봉준은 놀뫼 노성에서 두 대로 나누어 한 부대는 판치·효포·능치로 올라가 공주를 동쪽으로 들어가고 다른 한 부대는 노성에서 이인으로 진출해 공주의 남쪽으로 들어가려 했다.

공주는 북서쪽에는 금강이 기역 자 형으로 흐르고 있어서 동남쪽에서 들어가는 길밖에 없었다.

이인으로 진출한 동학군은 이십삼 일 서산 군수 성하영과 경리청 대관 윤영성이 거느리는 관군과 왜군 백 명과 접전을 벌였다. 동학군은 회선포를 쏘며 공격했다.

왜군 진영에 탄환이 비 오듯 쏟아졌다. 관군과 왜군은 산상으로 밀리더니 결국 산의로 퇴각했다.

시월 이십삼 일.

아침에 논산 포에서 출발한 봉준은 노성과 경천에 주둔했다.

경천은 공주 입구인 계룡산 아래 위치한 큰 마을이었다.

동학군은 산 아래 삽작골에 주둔했는데 충청감영과는 삼십 리 거리를 둔 곳이었다.

손병희가 이끄는 동학군은 노성에서 동쪽의 대교와 널티 아랫길로, 봉준은 우금치와 봉황산으로 가는 길로 행군했다.

봉준은 두 군사가 위아래로 협공할 형세를 만들었다. 공주 출신 동학군이 두 부대의 길을 안내했다.

봉준과 손병희는 경천점에 모여 군영을 설치했다.

놀뫼와 경천점에 이르는 수십 리 길에 동학군의 흰옷이 덮여 가을에 때

이른 눈이 내린 것 같았다. 봉준은 공주를 삼면에서 협공하기로 했다.

일대는 봉준이 이끌고 이인역으로, 이대는 무너미를 넘어 효포로 갔다. 삼 대는 손병희가 이끌고 대교로 진출했다.

봉준은 이인역을 공격하여 순식간에 점령했다.

왜군 일 개 중대와 관군 팔백 명, 그리고 영병과 민보군은 패주해 백이십여 명이 죽고 삼백여 명이 부상해 공주로 도망갔다. 봉준은 공주 감영을 내려다보는 봉황산을 포위했다.

시월 이십사 일.

손병희는 효포를 공격해 점령했다.

동학군이 공격하자 기세에 눌려 관군이 도망갔고, 왜군도 따라 달아났다. 손병희도 삼대를 이끌고 대교를 점령한 후 봉준과 합류했다.

시월 이십사 일 밤.

동학군이 밝힌 횃불이 수십 리에 이어져 큰 강의 모래 수와 같았다.

경천에서 판치를 넘어 공주 남쪽 십 리에 있는 효포로 진출한 동학군은 이십오 일 선봉장 이규태가 거느리는 통위영군과 접전했다.

이규태는 동학군이 공주 십 리 지경에 육박해 왔다는 급보를 받고 광정에서 출발해 당일 이십사 일 오후 신시 중에 금강 장기진을 거쳐 공주에 입성해 영부에 들를 틈도 없이 납교 뒷산에 올라 보니 동학군이 건너편 산봉에 기를 꽂고 병풍처럼 둘러 있는데 수십 리에 걸쳐 뻗어 있었다.

해가 저물어 진격하지 못하고 우선 우금치·금학동·효포봉·납교후봉·

동변 산성 등 요처에 병력을 배치하여 수비했다.

초겨울인 시월 말인데도 한파가 일찍 닥쳐 몹시 추웠고 큰 눈이 잇따라 내려 공주 주변 산에 눈이 한 자씩 쌓였다.

관군과 동학군은 차가운 바람에 몸이 얼고 두터이 쌓인 눈에 발이 빠져 동상에 걸렸다. 그러나 왜군은 끄떡도 하지 않았다.

그들은 가죽 장화를 신고 가죽장갑을 끼고 가죽가방을 메고 다녔다. 이 군용품은 조선에서 수입해 간 쇠가죽으로 만든 것이었다.

왜군은 눈이 쌓여 무릎까지 빠지는 공주의 산야를 가죽 장화를 신고 마음대로 누볐다.

시월 이십오 일.

새벽, 동이 트기 전에 동학군은 곰티의 산마루를 마주보며 공격을 개시했다.

봉준은 늘 타고 다니던 백마 대신 붉은 덮개를 씌운 대교에 앉아 의연하게 동학군을 지휘했다. 길이 험한 곰티 골짜기에서 백마를 타고 지휘하는 것은 무리였다.

봉준이 어떻게 팔을 흔드는지 또 어느 쪽으로 칼을 겨누는지에 따라 군사들이 일사불란하게 움직였다.

곰티 주변에는 오색 깃발을 날리며 북을 울리고 피리를 부는 독전대들이 동학군의 사기를 북돋웠다.

관군 쪽은 파수를 보는 군사를 곰티 아래 몇 곳에 배치한 뒤 동학군의 동태를 살피고 있었다. 관군은 동쪽을 제외한 삼면에서 동학군을 공격하는 작전을 짰고 왜군은 남쪽 공격에 가담하기로 했었다.

왜군은 자신들의 희생을 최소화하기 위해 먼저 관군을 앞세우고 나중에 나서는 얄팍한 술수를 썼다. 희생은 줄이고 전공은 챙기겠다는 속셈이었다.

왜군은 공격해 올라오는 동학군의 왼쪽에서 화력을 가했고 관군은 오른편에서 협공했다.

동학군은 가운데를 뚫으며 동시에 좌우 공격에 맞섰다. 새벽에 시작한 전투는 한낮이 지나도록 계속되었다. 엄폐물이 없는 언덕을 인원수만 믿고 무작정 돌파하는 작전은 무리가 있었다. 봉준은 전사자가 늘어나자 병력을 후퇴시켜 대오를 다시 정돈했다.

한편 곰나루를 넘어온 손병희가 이끄는 동학군은 장꾼처럼 꾸미고 봉황산 아래쪽 하고개를 넘으려 했다.

하고개를 넘으면 바로 충청감영이었다.

그러나 이곳도 여의치 않았다. 고개 위에서 고개 좌우에서 매복해 있던 적들이 공격하자 물러날 수밖에 없었다.

손병희는 병사를 수습해 봉준과 합쳐 다음 작전을 논의했다. 두 사람은 일단 병력을 효포로 이동시키고 다시 진용과 장비를 수습해 경천으로 물러났다.

저녁에 통위영군 대관 신창희와 오창성이 납다리 뒷산과 효포봉에서 공격해 왔다. 동학군은 곧 이들을 물리쳤다. 통위영군은 산봉으로 후퇴하고 해가 저물었다.

82.

고종 31년, 갑오년, 1894년, 시월에서 십일월.

이인은 공주 입구인 우금치에서 이십오 리쯤 떨어져 있었다.

손병희가 인솔하는 동학군이 이인역에 이르러 짐을 채 풀기도 전에 스즈키 아키라 소위가 이끄는 왜군 오십여 명과 성하영이 거느린 경리청병 일개 소대 그리고 공주 영장 이기동이 끌고 온 감영 병사 네 개 분대 군사들이 몰려와 총을 쏘았다.

동학군은 이인역 뒷산인 취병산으로 물러나 진을 쳤다. 왜군은 이인역을 사이에 두고 마주 보이는 산에 진을 쳤다.

왜군과 관군은 동학군을 삼면으로 포위해 포를 쏘았다. 동학군도 맞받아 포와 총을 쏘았다.

해가 저물 무렵 공주 영장 이기동이 봉충다리를 절면서 물러섰다. 감사의 영기가 후퇴하는 모습이 보이자 왜군과 관군도 뒤를 따라 후퇴했다.

감영 군사를 지휘하던 박제순이 봉준이 곰나루를 건너서 감영 뒷산인 하고개를 넘어온다는 정보를 입수하고 그쪽 방어를 위해 급하게 이기동을 불렀던 것이다.

공주 인근에 주둔하던 동학군은 가마솥 대신 쇠가죽으로 밥을 지었다.

고을 백성들이 모두 달아나 마을은 텅 비어 있었고, 무거운 무쇠솥을 진영으로 운반해 올 수도 없어 쇠가죽을 이용했다.

출동 준비로 바쁠 때는 소금 섞은 주먹밥을 만들어 돌렸다.

한 손에는 주먹밥을 들고 다른 손에는 조총이나 죽창을 들고 전투했다.

그들은 극심한 추위에 몸을 떨며 행군했고 해진 짚신을 신고도 씩씩하게 눈구덩이를 달렸다.

짚신이 벗겨져도 그대로 내달렸다. 허리에 여분으로 몇 켤레씩 준비해 두었기 때문이었다. 칼과 창을 쥔 손이 얼고 곱으면 입김을 불어 풀었다.

솜옷을 준비할 새가 없어 홑바지를 입은 병사도 있었다.

용맹스러운 의기 하나로 모든 악조건을 이겨냈다.

동학군 수만 명은 경천에서 충청감영 쪽으로 더 다가와 효포에 주둔했다.

밤이 되면 공주 주변 능선이나 들판에 동학군이 밝힌 수많은 횃불이 불타올랐다. 횃불은 사람답게 살아보려는 뭇 백성들의 염원을 하늘에 고하려는 듯 맹렬하게 타올라 밤이 새도록 꺼지지 않았다.

동학군은 밤에는 마을과 들판에서 야영하면서 횃불을 밝히고 낮에는 산 정상에 올라 함성을 지르며 시위했다. 함성은 드높아 산을 무너뜨리고 땅을 뒤엎는 듯했다.

모리오 마사이치 대위가 인솔하는 왜군 백여 명과 이규태가 이끄는 장위영 군사들은 충청감영 주변과 장기 나루 등 요지에 군사를 배치해 경비했다.

밤이 되자 이규태는 장기 나루 뒷산에 올라 동학군 동정을 살폈다.

동학군의 진세는 장관이었다. 동학군이 모여 있는 높은 봉우리마다 오방색 깃발이 수십 리에 걸쳐 무수히 꽂혀 있었다. 바람이 불 때마다 깃발은 수리가 되어 산등성이에서 날았다.

횃불이 타올라 동학군 진지는 대낮처럼 밝았다. 그곳에 동학군은 인산인해를 이루어 마치 바닷가의 모래 언덕을 보는 듯했다.

결전을 앞둔 전날 밤의 풍경은 장엄했다. 이규태는 간이 콩알만 해져 산에서 내려왔다. 내일 저녁까지 자신이 살아 있을 자신을 잃자 몸에 경련이 일어났다.

공주감영에 집결한 병사는 관군 천오백여 명, 왜군 이백여 명, 그리고 감영병과 민보군이 모두였다.

83.

고종 31년, 갑오년, 1894년, 시월에서 십일월.

시월 이십육 일.

신정희는 예산 신례원에서 홍주와 예산 관군이 동학군에 참패했다는 군관 이창식의 급보를 받았다.

이십구 일.

신정희는 이두황에게 장위영군을 이끌고 홍성 서산 방면으로 출동하라 지시했다.

봉준은 경천에서 다시 노성과 풋개로 물러나 측근들과 작전을 논의했다. 푸석돌에 불을 내야 한다. 계속 몰려오는 지방의 동학군을 진영에 나누어 편재하고 화약과 무기를 점검했다.

부대를 삼 대로 나누었다. 일대는 웅치에 주둔한 관군을 공격하고 이 대는 능암산의 왜군을 치고 삼 대는 월성산에 있는 관군을 공격했다.

봉준은 붉은 깃발이 날리는 큰 가마를 타고 뿔 나팔을 불면서 지휘했다. 서로 포를 쏘아 포성이 산골짜기를 진동했다. 이 전투는 미시까지 지속되었다.

그러나 전날 밤부터 왜군과 관군의 증원되었기에 서로 간에 백중세가 지속되었다.

양편 모두 피해가 가중되자 동학군은 뒷산으로 철수했고 왜군도 공주로 물러섰다.

봉준은 웅치에서 삼십 리 떨어진 경천점까지 철수해 전력을 보강했다.

손병희는 공주를 방어하는 세력이 만만하지 않다고 염려했다. 봉준은 동학군의 사활을 걸고 싸우자고 손병희를 격려했다.

봉준은 전주로 향하는 김개남에게 전령을 보내 공주 전투에 합류하자고 권했으나 김개남은 거절하고 금산으로 가 버리고 말았다.

그러나 왜군과 관군은 전력을 더욱 강화했다.

제십구 대대가 가진 모든 병력과 화력을 공주로 집결시켰다. 왜군 천 명을 이끌고 지방을 전전하던 미나미 고시로도 공주에 집결했다.

충청도 각 군의 관군도 소수 합세했다.

십일월 삼 일.

미나미 고시로는 병력을 세 진으로 나누었다. 일 진은 경리청 영관 구상조가 이끌고 무너미에, 이 진은 이 개 소대로 경리청 영관 출신 서산 군수 성하영이 이끌고 이인에, 삼진은 자신이 지휘하며 공주감영에 주둔했다.

이외에도 판치에 통위영군 이 개 소대를 배치해 윤번으로 지키게 했다. 판치는 놀뫼에서 공주로 통하는 관문으로 외곽 방어선을 쳐 둔 것이다.

십일월 사 일.

예산에 도착한 이두황은 지역을 둘러보았다. 홍주 사람들은 도랑가에 시체로 널려 있고 지나는 길가에 보이는 민가는 불타고 있었다. 동학군의 집은 관군이 태우고 민가는 동학군이 태웠다. 그러면서도 서로가 신풍스러워했다.

십일월 오 일.

이두황은 예산에서 동학군을 추적해 해미성으로 향하다 선봉장 이규태로부터 공주 이인으로 회군하라는 전령을 받았다.

하지 지낸 뜸부기 신세가 된 이규태는 충청도에서 봉기한 동학군보다 공주에 가까이 와 있는 봉준을 방어하는 것이 더 급했다. 그러나 이두황은 가까이 있는 적을 놓아두고 멀리 있는 적을 잡으려는 것은 둘 다 잃어버릴 염려가 있어 실사귀가 없으니 홍주로 진격하는 것이 마땅하다며 진언하고 해미로 향했다.

예산에서 덕산을 거쳐 육 일 밤 가야산의 일락치에서 밤을 지내고 칠 일 새벽 해미성의 북쪽으로 공격하여 거의 두 시간 이상 접전해 해미성에 입성했다.

이두황은 수 산성과 저성지 싸움에서도 전과를 거두고 밤에 서산까지 진출해 매현에서 다시 전과를 거두었다.

그런데 미나미 고시로에게서 공주가 위급하니 회군하라는 연락이 왔다.

이두황은 실찍해 십일월 구 일 해미에서 공주를 향해 한태령을 넘어 홍주에 도착했다.

대홍을 거쳐 동점현을 넘어 십일 일 유구에 도착하니 충청도와 경상도 동학군 사오 천 명이 집결해 있었다. 이들은 관군이 이날 밤 유구에 머물 것을 짐작하고 한밤중에 관군을 습격하여 무기를 노획한 후 봉준의 배후를 지키려 했다.

이를 탐지한 이두황은 기습작전을 벌여 동학군 몇 명을 포로로 잡았다.

유구는 호서에서도 유명한 동학의 고장이었다. 이날 밤 포로로 잡힌 사람 가운데는 도집 전 용담 현령 오정선이 있었다.

오정선은 갑오년 삼월 용담 현령으로 재직할 때 이웃 고을 금산에서 동학군이 일어나자 보부상을 이끌고 출전한 적이 있었다. 이 공으로 승진해 진산 군수로 부임하였으나 삼 개월 만에 심계가 바삐 뛰는 병으로 그만두고 유구 본제에 돌아와 있었다.

그런데 지난 팔월 이십육 일에 동학에 들어가 도집이라는 직책을 맡고 있었다. 오정선은 일본 군진으로 이송되었다가 이규태 선봉장의 별군관으로 다시 기용되었다가 다음 해 을미년에 전라도 금구 현감으로 부임하게 된다.

공주에서 한양으로 통하는 세 갈래의 길이 있었다. 동쪽으로 대교가 있고 동서의 중간에 광정이 있으며 유구는 서쪽에 위치한 교통의 요충지였다.

대관 이겸제가 거느리는 교도대는 십일월 오 일 청산 석성리에서, 팔 일 옥천 양산장에서 전과를 올리고 금산으로 진출했다.

십일월 칠 일.

봉준은 노성 뒷산을 넘어 이인으로 달려갔다. 손병희는 경천 들판을 치달려 무너미로 들어갔다.

두 부대가 공주 성내를 양쪽에서 포위하는 형국이었다.

동학군은 진격하면서 대포를 쏘았고 깃발을 흔들며 함성을 질렀다.

관군 쪽에서는 주력을 이인 방향으로 나가게 했다.

왜군과 관군은 이인의 길목과 우금치에 병력을 집중시켜 배치했다. 우금치가 뚫리면 바로 충청감영이 함락될 것을 두려워했기 때문이었다.

모리오 마사이치 대위는 우금치 옆 견준봉 정상에 왜군을 배치하고 동학군의 동정을 엿보았다. 이인 쪽을 지키던 관군은 원조경을 이용해 동학군의 동정을 낱낱이 살폈다.

봉준이 이끄는 동학군은 일제히 이인으로 몰려가 관군을 기습했다. 관군은 후퇴할 겨를도 없이 포위되었다.

날이 어두워지자 동학군은 이인 주변 산 위에 올라 일제히 횃불을 밝혔다. 수많은 횃불이 타오르자 산의 모습은 마치 불로 이루어진 성곽이었다. 밤이 깊도록 동학군이 지르는 함성과 쏘아대는 포성이 요란했다.

관군은 더 견디지 못하고 어둠을 틈 타 부상자들을 수습해 담가에 싣고 도망쳤다.

관군은 배후 전선인 우금치로 물러나 왜군과 합쳤다.

기세가 오른 동학군은 우금치 방향으로 조금씩 조금씩 조심스럽게 전진했다.

이십여 리에 불과한 거리였으나 왜군의 막강한 화력을 경계하지 않을 수 없었다.

십일월 팔 일.

초겨울 날씨는 흐렸다. 곧 눈이 내릴 것만 같았다. 나뭇잎이 모두 진 공주 일대의 산과 들은 자태를 그대로 드러냈다.

공주 봉황산에서 판치까지 삼십 리 거리이고 태백산맥에서 갈라진 차령 산맥이 마지막 위세를 부린 백운봉 만례봉 계룡봉이 그사이에 솟아 있다.

동학군은 점심을 먹고 미시 중에 공격을 개시했다.

북소리가 울리자 동학군은 함성을 지르며 달려갔다. 봉준은 무너미에서 구상조가 지휘하는 관군과 맞붙었다. 구상조는 들고 있던 소총을 오뉴월 두룽다리처럼 버리고 공주로 도망갔다. 봉준은 도망가는 구상조를 추격했다.

손병희는 이인을 공격했다.

정면에서 공격하면서 기습부대를 편성해 오실을 돌아 성하영의 경군을 포위했다. 성하영은 도망갈 길이 없어 악전고투했다.

밤이 왔다. 차가운 비가 내렸다. 비에 심지가 젖어 화승총을 쏠 수 없었다. 성하영은 그 틈을 타 공주로 도망갔다.

봉준은 기세를 몰아 향봉산까지 진출해 공주를 공격할 준비를 갖추었다.

왜군은 모리오 대위가 지휘하는 일 개 중대를 우금치에 주둔시켰다. 통위영 영관 오창성을 금학동에, 통위영 영관 장용진을 봉수대에 배치했다.

이인에서 탈출한 성하영은 한더위에 털 감투가 되어, 모리오 대위가 지휘하는 부대의 총알받이로 편성되었다. 공주감영 영장 이기동은 봉황산에 배치되었다.

드디어 동짓달 구 일.

눈이 그치자 날씨가 매섭게 찼다.

동학군은 동쪽으로는 판치 뒷산에서부터 서쪽으로는 봉황산 기슭까지 이어 삼사십 리에 걸쳐 산상에 진을 쳤다. 깃발을 길게 꽂고 사납게 북을 쳤다. 마치 사람으로 병풍을 친 듯했다. 관군을 완전히 포위해 관군 측보다 반경이 훨씬 넓었다.

쌍수 산성과 장기 나루 등 금강 쪽만 비워 두었다. 온통 동학군 천지였다.

봉준은 동쪽 효포 능치에서 공주감영으로 육박해 가면서 실은 남쪽의 우금치를 목표로 했다. 우금치의 방어가 공고하자 이번에는 서쪽 주봉을 공격하는 척했으나 역시 속으로는 우금치를 노렸다.

효포와 쌍수 산성, 금강 나루 주변에는 경리청과 공주목 군사들이 곳곳에 포진해 있었다.

공주로 들어오는 동학군 통로를 모조리 봉쇄하려는 속셈이었다.

봉준은 이른 아침부터 하루 내내 이곳저곳을 공격했다.

관군 쪽 방비가 조금 느슨하다 싶으면 산골짜기를 올라가다가 대포를 몇 방 쏘며 반응을 보다가 재빨리 물러갔다. 동선 범위가 매우 넓었다.

우금치를 방어하는 관군과 왜군 주의를 분산시키려는 의도였다. 며칠을 잠도 자지 못하고 밥도 제대로 먹지 못해 병사들은 지쳐 있었다. 안간힘을 쓰며 걸음을 옮겼다.

묘시가 되자 주먹밥이 나왔다. 얼어붙은 주먹밥을 이를 악물고 씹어 삼켰다.

동학군은 우금치 서남쪽에서 육박해 들어왔다.

우금치 아래 진을 치고 있는 동학군은 왜군을 올려다보고 있었다. 동학군은 쉴 새 없이 연달아 함성을 지르고 풍물을 울리며 진격했다가 후퇴하곤 했다.

위세를 과시하고 겁을 주려는 움직임이었다.

고개 밑에 진을 쳤던 관군은 아침나절에 이미 무너져 흩어졌다.

구 일 진시.

성하영 군도 왜군과 함께 공격을 개시했다. 왜군은 산마루에 포대를 설치하고 대포를 쏘아 동학군이 접근하는 것을 방해했다. 왜군은 포대를 솔가지와 가랑잎으로 위장했다.

접전은 미시 중까지 치열하게 전개되었다.

우금치의 동쪽 치고봉을 점령하려던 동학군은 이곳을 방어하고 있던 윤영성·백낙완의 완강한 저항으로 실패했다.

참모관 권종석과 별군관 이달영·전오위장 황범가 등이 돌격대를 편성해 고지로 오르려 했으나 여의치 못해 돌아갔다. 그들은 왜군과 함께 봉황산 뒤쪽 기슭인 원봉을 지키고 있던 공주 영장 이기동과 합류했다.

이기동은 북쪽으로부터 동학군 우익을 공격했다. 능치 최고봉을 파수하고 있던 경리 대관 조병완과 이상덕은 동쪽으로부터 동학군 좌익을 공격했다.

왜군의 스나이더 소총의 위력에 희생자를 낸 동학군은 조금 물러났다.

동학군은 공주 동·서·남 삼면을 둘러쌌는데 수미가 동에서 서까지 삼십 리 지경에 뻗쳐 서로 호응했다.

동학군은 일부만 화승총으로 무장했다. 화력은 열세였으나 기상은 출중했다. 동학군은 왜군의 포 사격을 피하며 전투를 시작한 지 한 시각이 못 되어 우금치 정상 가까이 올라갔다.

왜군은 급히 병력을 보강했으나 동학군은 왜군과 서로 백병전을 치를 정도의 거리까지 다가갔다. 동학군은 앞 사람이 쓰러지면 뒷사람이 이어 꽹과리와 징을 치며 전진했다.

우금치를 지키는 성하영 군이 홀로 봉준을 감당하기 어렵게 되자 왜국 병관은 우금치와 견준봉 사이 능선에 왜군을 배치했다. 봉우리 위쪽의 왜군이 사정거리에 들어온 동학군에게 조준 사격을 시작했다. 우금치 정상과 옆 견준봉에서 한꺼번에 총알이 날아왔다.

동학군은 한꺼번에 밀고 올라가다가 총을 쏘면 물러나고 잠시 총소리가 멈추면 또 돌격하곤 했다.

봉준은 손병희에게 견준봉 허리에 매복해 있는 관군을 공격하라 했다. 손병희는 견준봉의 관군을 순식간에 궤멸시키고 돌아왔다.

왜군은 우금치 마루에 나란히 서서 총을 쏘고 시벌시벌거리며 산속으로 도망갔다가 동학군이 고개를 넘고자 하면 다시 나타나 일제히 시악하게 총을 발사했다. 왜군이 사용하는 장총은 자연발화하고 유효 거리가 오백 보나 되었다.

그러나 동학군이 소지한 화승총은 도화선에 불을 붙여 발사해야 하므로 조준이 잘 되지 않았다. 유효 거리도 백 보에 미치지 못했다.

소총 집중 사격을 받은 동학군은 공격을 멈추었다. 그러나 다시 산마루를 넘으려 다가가면 왜군이 능선에 나타나 소총을 쏘아대고는 자취를 감추었다.

이렇게 반복하기를 십여 차례 하자 동학군의 희생이 컸다.

오후 내내 우금치를 뚫으려 공격했으나 여의치 않았다.

관군은 왜군 사이에 끼어 시룽시룽 사격을 했다.

봉준은 우금치에서 조금 떨어진 건너편 언덕으로 후퇴했다. 관군이 언덕 아래로 기어 내려가며 사격했다. 그러나 관군의 공격은 그다지 위험하지 않았다.

그 뒤에 모리오 마시이치 대위와 경리영병 오십여 명이 따라왔으나 곧 물러갔다.

봉준이 일 차 접전 후 남은 군병을 점고해 보니 희생자가 오백 명이 넘었다. 부상자는 더 많았다.

미나미 고시로는 왜군 일 개 소대와 분대를 차출해 특공대를 편성해 정면으로 돌격해 왔다.

동학군은 일단 이인 쪽으로 물러섰다. 미나미 고시로는 산 중턱에 불을 지르고 공주로 철수했다.

손병희는 오실에서 패해 봉준과 합류했다.

봉준은 정전을 요구하는 고시문을 관군과 영병에게 보냈다.

'양차의 교전은 후회막급하다. 당초의 거의는 척사원왜하는 것이었다.

경군이 왜를 돕는 것은 실로 본심이 아닐 것이고 영병이 왜를 돕는 것 역시 자의가 아닐 것이다.

필경 천리에 함께 돌아오리니 지금 이후로는 절대로 서로 싸우지 말자. 부질없이 인명을 살상하지 말며 민가를 불태우지 말자.

서로 함께 대의를 도와 위로는 국가를 보존하고 아래로는 백성을 편안하게 할 뿐이다.

우리가 만약 서로 기만하면 반드시 하늘의 죄를 받을 것이고 임금이 마음을 속이면 반드시 스스로 멸망할 것이다.

원하건대 하늘을 가리키고 해에 맹세하여 다시는 서로 상해가 없기를 바란다.

며칠 전의 쟁진은 길을 빌리려 한 것뿐이다.'

갑오 동짓달 십이 일. 창의소

왜군에 종속된 관군은 이 고시문을 무시했다.

봉준이 가슴을 치고 눈물을 삼켰으나 통분이 삭을 리 없었다.

84.

고종 31년, 갑오년, 1894년, 십일월.

동짓달 십이 일.

노성으로 후퇴한 봉준은 소수의 잔여 동학군을 이끌고 노성 봉화산에 머물면서 대오를 정비했다.

노성의 윤씨 종가에서 잠시 몸을 쉬었다.

윤씨 종가는 대대로 많은 종을 거느린 양반 지주였다. 그러나 다른 양반 지주와는 달리 후덕하여 백성들에게 덕을 베풀고 살았다.

동학군이 이 집에 불을 질러 태우려 했으나 다른 동학군이 불을 끄고 방화를 만류했다.

봉준이 여기서 밥을 얻어먹고 '이것밖에 드릴 것이 없다.' 하며 놋쇠 담배통을 놓고 갔다.

그 무렵 봉준은 십일월 사 일 자로 왕이 전국에 포고한 칙유문을 읽었다.

'왜국이 우의를 중하게 여겨 몸과 힘을 다해 작은 혐의를 피하지 않고 우리나라에 자주 자강의 길을 권고해 천하에 분명하게 밝혔다.

우리 국가가 그 뜻을 아름답게 여겨 바야흐로 크게 기강을 떨쳐 그들과 더불어 번갈아 일어나서 동양 여러 나라의 국민을 온전히 하려 하니 이는 진실로 어려움을 이겨 나라를 일으킬 기회이며 위험을 안전으로 삼을 때다.

어찌 할꼬. 민심이 안정되지 못하고 서로 뜬말을 퍼뜨려 심지어 의거를 핑계대고 감히 난을 일으키는 행동에까지 이르니 이것은 이웃 나라를 원수로 볼 뿐 아니라 곧 우리 국가를 원수로 보는 것이다.

그 해가 장차 동양의 큰 국면에 관계가 있으니 이 어찌 천지 사이에 용납할 수 있겠는가?

지난번 조정이 일본 군사의 도움을 청해 세 길로 나아가 모조리 없애려 하니 모든 군사는 몸을 돌보지 말고 적은 수로라도 많은 무리를 쳐 없애라.'

이는 조선 군대에게 왜군에 협조해 자국민인 동학군을 쓸어버리라고 지시한 것이 아닌가? 홍시 먹다 이 빠질 소리였다. 왕이 이노우에 가오루 일본 공사와 개화 정권의 강요에 따라 이런 글을 포고했다는 것은 보지 않고도 뻔한 일이었다.

봉준은 이 글을 보고 비감스럽기 짝이 없었다.

왕과 조정이 제 백성 돌보기를 포기했다.

봉준은 벌떡 일어나 분연히 붓을 잡고 피를 토하듯이 글을 썼다.

그는 경군·영병·이교·상인과 백성에게 애국심을 호소하는 고시를 썼다.

노성으로 후퇴한 전봉준은 경병과 영병 및 백성들에게 보내는 국한문 호소문을 관군에게 보냈다.

'다름이 아니라 왜국과 조선이 개국한 이래 비록 이웃 나라이나 여러 대에 걸쳐 적국이 되었더니 성상의 인후하심을 힘입어 세 개의 항구를 열어 주어 통상을 허락했다.

이후 갑신년 시월에 네 흉적이 적에 협력해 군부의 위태함이 아침저녁에 달려 있더니 종사의 홍복으로 간당을 소멸하고 금년 시월에 들어 개화파의 간사스러운 무리가 왜국과 손을 잡고 결탁하여 밤을 틈 타 서울로 들어와 군부를 핍박하고 국권을 멋대로 휘두른다.

또 하물며 방백과 수령이 모두 개화의 무리로 인민을 어루만져 구제하지 아니하고 살육을 좋아하며 생령을 도탄에 빠뜨리매 이제 우리 동학의 교도가 의병을 들어 왜적을 소멸하고 개화를 제어하여 조정을 청평하고 사직을 안보할 새 매양 의병이 이르는 곳에서 병정과 군교가 의리를 생각지 아니하고 나와서 접전하매 비록 승패는 없으나 인명이 피차에 상하니 어찌 불쌍하지 아니하리오.

실제로는 조선끼리 서로 싸우고자 하는 바 아니거늘 이처럼 골육이 서로 싸우니 어찌 애달프지 아니하리오.

또한 공주 한밭의 일로 따져보아도 비록 봄 사이의 원수를 갚은 것이라 하나 일이 참혹하고 후회가 막급하며, 방금 대군이 한양을 압박하고 있어 팔방이 흉흉한 데 편벽되어, 서로 싸우기만 하면 가위 골육이 서로 싸우는 것이라. 일변 생각건대 조선 사람끼리라도 도는 다르나 척왜와 척양은 뜻은 같은지라, 두어 글자로 의혹을 풀어 알게 하노니 각기 들어보고 충군 우국의 마음이 있거든 곧 의리로 돌아오면 상의하여 같이 척왜 척화하여 조선이 왜국이 되지 아니하게 하고 같은 마음으로 힘을 합해 대사를 이루게

하올세라.'

고시경군여영병이교시민

봉준은 고시문 글머리에 경군 영병 이교 시민에게 고시한다고 했다.

그들은 황새 논두렁 넘겨보듯 일본 침략에 협조하거나 방관하는 자들이 아니던가?

중앙과 감영의 군대는 지휘 계통에 따라 친왜 개화 정권의 하수인이 될 수밖에 없었다.

더욱이 전통적 상인들은 쌀과 콩 쇠가죽을 왜국에 팔아먹으면서 많은 이익을 남겼고 때로 이권을 위해서는 민씨 정권과도 부전조개 이 맞듯이 결탁했다.

또 한양의 시전 상인도 군자금을 거두어 순무영에 헌납했다.

그들은 부엉이 곳간을 지키려 기회주의자가 되어 눈치만 살폈다.

보부상은 소외당하는 계층이었으나 자신들의 상행위를 보장받는 대신 부정한 세도가에 빌붙어 하수인이 되어 동학군 탄압에 나서기도 했다.

봉준은 고시문 앞부분에서 개항 이후 개화 정권이 왜국의 꼭두각시 노릇을 한 것과 왜군의 경복궁 점령 그리고 동족인 동학군과 관군이 서로 전투를 벌인 일의 과오를 말하고 서로 뜻을 합해 왜국의 침략에 맞서자고 호소했다.

또 동족상잔의 예로 한밭에서 충청병영의 군사들이 몰살당한 사건을 들었다.

봉준은 이런 여러 일을 언급하고 끝으로 같은 겨레로서 함께 행동할 것을 제의했다.

동도창의소 이름으로 발표한 고시는 왕의 칙유문을 정면으로 반박한 것이나 다름없었다.

그러나 흉년에 윤달이 끼었다. 봉준의 의지와는 상관없이 기층민의 결집과 행동은 쉽게 이루어지지 않았으며 방관자들은 움직이지 않았다.

85.

고종 31년, 갑오년, 1894년, 십일월.

우금치에서 패배하고 노성으로 후퇴한 봉준은 노성에서 전력을 재정비하여 충청 감영을 공략할 계획이었으나 다시 진격할 여력이 없었다.

지금까지는 이인 효포 능치 싸움에서 경천과 노성으로 후퇴했다가 다시 공격하는 전법을 썼다. 그런데 이번에는 소강상태가 계속되자 동학군의 상태를 탐지한 왜군은 추격전으로 나섰다.

봉준은 노성에서 재기의 결의를 다진 다음, 십일 월 십사 일 잔여 동학군을 이끌고 놀뫼의 대촌으로 나와 진용을 정비했다.

여기저기 흩어져 있던 동학군이 대촌으로 몰려들었다.

동학군은 대촌 뒤편의 작은 산 소토산에 주둔했다.

그러나 왜군과 관군이 소토산으로 북단 거동에 보군진 몰리듯 진격해 오자 동학군은 소토산에서 몇 마장 거리에 있는 황화대로 옮겼다.

황화대는 들 가운데 우뚝 서 있어 주위 지형이 단조로웠다.

동학군은 여러 가지 총을 쏘았는데 그 소리가 각각 달랐다. 천보총 소리는 소리가 크고 멀리 가며 후문총은 소리가 가늘고 속도가 빠르며 화승총은 소리가 허하고 가까운 거리를 쏘았다.

탄환이 흡사 좁쌀 쏟아지듯 관군 진영에 떨어졌다. 이에 관군은 알거냥하고 대관 윤희영 김진풍과 별군관 이겸래로 하여금 이 개 소대 병력으로 서남쪽을 포위하고 이두황은 대관 박영우 이규식 등 삼 개 소대 병력을 이끌고 동북에서 안채우고* 공격해 올라갔다.

동학군은 다시 익산 미륵산으로 물러섰다. 봉준이 노성과 논산에서 전력을 재정비하여 재기하려던 계획은 무너지고 말았다.

십사 일.

왜군과 관군은 공주 남쪽 삼십 리의 용수막에서 왜군 제이 중대장 모리오 마스카즈와 이규태 선봉장을 비롯한 지휘관들이 회동하여 전략회의를 했다. 십사 일 정산을 출발 이인을 거쳐 십오 일 새벽 장용진이 거느리는 통위영군은 경천에서 노성의 동쪽 길로, 모리오 마사카즈의 지휘로 삼로로 나누어 노성을 협공했다.

용수막에서 선봉진군과 왜군 모리오 마사카즈 부대는 다시 합류하여 노성을 공격하며 남하했다. 일본군은 봉화대 뒷길, 그리고 해미에서 유구를 거쳐 십사 일 이인에 도착한 이두황의 장위영군은 노성의 서쪽 길에서 공격해 들어갔다.

십일월 십구 일.

봉준은 전주에 도착했다.

많은 동학군이 전투복을 평복으로 갈아입고 집으로 돌아갔다.

역적으로 몰려 잡혀 죽는 한이 있더라도 그 전에 부모나 처자식을 돌보

---

* 앞으로 들이치다.

기를 원했다. 여기서 봉준은 김개남을 만났다. 김개남은 먼저 봉준을 보고서도 머뭇거리며 다가오지 못했다.

봉준은 김개남을 보자 얼른 다가가 그의 어깨를 감싸 안았다.

"개남아, 고생이 많았지? 살아 있어서 다행이다."

김개남이 울먹였다.

"형님, 내가 이제 와 형님에게 무슨 말을 하겠소. 오직 죄송할 뿐이오.

형님 나를 용서하시오."

봉준은 김개남을 더욱 힘을 주어 안았다.

"개남아, 이제라도 우리 힘을 모아 싸우자. 너와 나는 이미 생사를 같이 하기로 약속하지 않았더냐?

네가 살아 있어 준 것만으로도 나는 고맙고도 고맙구나. 지난 일은 모두 잊고 앞만 바라보고 나아가자."

김개남이 비로소 눈물로 얼룩진 얼굴을 들었다.

"형님, 나는 이 길로 태인으로 내려가렵니다. 매부 서영기가 저를 기다리고 있습니다. 태인에서 은거하며 다시 재기할 수 있는 길을 모색해 보겠습니다. 힘이 모이면 다시 형님을 찾겠습니다."

봉준은 그를 잡지 못했다.

"그래 이미 대세가 기울어진 마당이니 서로 각개 회생의 길을 찾아보기로 하자. 부디 몸조심하거라."

김개남은 허리를 깊게 숙여 공손히 예를 표하고 나자 이를 악물고 결연하게 떠나갔다.

이것이 이승에서 두 사람의 마지막 상봉이 되었다.

86.

고종 31년, 갑오년, 1894년, 십일월.

당시 충청도 연해 지방을 휩쓴 동학군은 박인호와 박희인의 지휘로 신청의 김경삼·곽원·정태영, 덕산의 이종호·최병헌, 당진의 박용대·김현구, 서산의 장세화, 안면도의 주병도·최동빈, 태안의 김병두, 홍성의 김주열·한규복, 면천의 이창구, 남포의 추용성 등이었다.

그들은 구 산성에 집결하고 또 한 부대 사오백 명은 성의 남쪽 십 리에 있는 저성에 집결하여 저항했으나 관군에게 다시 패해 서산 매현으로 후퇴했다.

관군과 왜군은 호남의 동학군을 추격하여 계속 남하했다.

선봉장 이규태는 십일월 이십일 일 공주를 출발해 노성·논산·강경·여산·삼례를 거쳐 전주에 입성했다. 전주에 들어온 그들은 점령군의 행동을 보이며 골골에서 수색을 벌였다.

십일월 이십삼 일.

봉준이 전주에서 동학군 삼천여 명과 원평으로 내려올 때 동학군은 다시 만여 명으로 늘어났다.

다시 동학군의 기세가 크게 올랐다.

이십사 일.

봉준은 원평에서 각지에 전령을 보내 다시 동학군을 규합하고자 했다.

봉준은 원평 앞산에 동학군을 집결시켜 진을 설치했다. 앞산은 비록 낮은 산이었으나 들판 가운데에 있어서 사방의 시야가 확보되었다.

산마루에 오르면 북쪽으로는 전주로 가는 금구 가도와 서쪽으로는 김제, 동쪽으로는 모악산, 남쪽으로는 태인의 지경이 한눈에 들어왔다.

십일월 이십오 일.

왜군과 관군은 아침에 구미란 마을 앞 원평천 냇가 들판에 진을 치고 앞산을 올려보았다.

그들은 기세가 등등했고 이두황은 더욱 전공을 세우고 싶어 안달을 부렸다.

이곳 고을 백성들은 난리를 피하고자 앞산 인근 숲속에 숨어 숨죽이며 그들을 지켜보았다.

동학군은 일성팔렬진을 삼면에 펼치고 品(품) 자 모양을 만들고 한쪽을 터놓았다. 品(품) 자 배치라 함은 군사를 셋으로 나누어 전면에 한 부대 뒤에 두 부대를 두는 진형이다.

이 진형은 적이 틈을 보이면 곧바로 세 대열로 분산해 들판으로 돌격할 수 있었다.

양측의 거리는 가까웠다. 동학군은 한사코 일정 거리를 유지하려 했다.

왜군과 관군은 소총의 사정거리 안으로 근접하고자 했다.

동학군이 천보총을 연달아 쏘아 적의 접근을 막았다.

아침부터 저녁까지 포탄과 총탄이 쉴 새 없이 쏟아졌다. 포 쏘는 소리가 우레와 같고 탄환이 비처럼 쏟아졌다.

동학군은 산 위에 있었고 관군은 들판에 있었다. 왜군과 관군은 산 아래서 사방을 포위했다.

서로 내지르는 함성이 땅을 울렸고 대포 연기가 안개처럼 자욱해 멀고 가까운 곳을 구별할 수 없었다. 하루 내내 전투를 벌였으나 팽팽한 접전이 이어졌다.

관군은 저녁 무렵 먼저 산 위로 올라 접근해 육박전을 시도했다.

한 식경이 넘도록 서로 찌르고 베었다.

날이 저물자 먼저 지친 동학군은 군사를 거두어 남쪽으로 후퇴했다.

봉준은 남쪽으로 이십 리 거리의 태인으로 후퇴해 김문행·유공만·문행민과 동학군 오천여 명을 거느리고 최후의 방어전을 시도했다.

태인은 봉준과 김개남·최경선은 물론 많은 유명 접주를 배출한 곳으로 김덕명의 본거지인 원평과 아울러 갑오 동학혁명의 중추를 이루었던 곳이다.

태인으로 옮겨와 다시 전열을 가다듬을 때 아직도 팔천여 명의 동학군이 남았다.

동학군은 태인 관아 앞 성황산 일대에 흩어져 진을 쳤다. 태인 읍내는 원평과는 달리 산으로 둘러싸여 있었던 탓에 동학군은 기습전을 벌이기에 알맞았다.

동학군은 세를 과시하기 위해 봉우리마다 깃발을 꽂고 나팔을 우렁차게 불었다.

십일월 이십칠 일.

이른 아침 장위영대관 윤희영은 왜군 스즈키 대위와 금구를 출발하여 태인에 이르니 열 시경이었다. 동학군은 성황산 한가산 도이산 등 세 곳의 읍 주위에 진을 치고 있었다. 그 수가 오륙천 명을 헤아렸다.

그들은 관군을 보자 함성을 지르면서 천보총을 쏘아댔다. 관군 측은 관군 이백삼십 명과 왜군 삼 개 중대 병력이었다. 대관 윤희영과 이규식은 관군을 이끌고 서쪽에서, 스즈키 대위는 왜병을 이끌고 동쪽에서 진격했다.

탄환이 비 오듯 하여 관군은 밭두둑에 의지하고 혹 논두렁에 의지하며 공격을 해 가니 견디지 못한 동학군들이 후퇴하여 흩어졌다가 건너편 성황산으로 집결했다.

한가산과 도이산의 동학군이 모두 성황산으로 집결하며 품 자 진이 무너진 것이다. 성황산의 동학군은 큰 나팔을 불며 회룡총을 쏘았다.

관군은 한가산과 도이산에서 내려와 다시 네 갈래로 나누어 성황산을 돌격해 올라가니 포성이 천지를 진동했다.

동학군은 마침내 버티지 못하고 산에서 내려와 포위망을 뚫으며 사방으로 흩어졌다. 관군은 이십여 리까지 추격했다.

금구현 이하로부터 백 리 길에는 점포와 여염이 깡그리 없어졌고 원평과 석현의 집들이 모두 불타 버렸다.

외곽에 있던 한두 집도 모두 불타 가위 사람 연기가 영영 끊어졌으며 사는 백성을 찾아볼 수 없을 정도로 처참했다.

이날도 날씨가 몹시 추웠다.

봉준은 직속부대만 남기고 동학군에게 해산을 명했다.

87.

고종 31년, 갑오년, 1894년, 십일월.

태인 전투 패배 후, 봉준은 손병희와 마주앉았다.

"아우님, 몸은 좀 어떠시오?"

손병희는 전투 중 허리를 다쳐 지팡이를 짚고 다녔다.

"괜찮습니다."

손병희가 허리를 바로 펴려 했으나 통증이 와 다시 조금 수그렸다.

봉준이 말했다.

"나는 요즘 들어 가끔 사마천의 『사기』에 나오는 백이와 숙제를 생각하곤 한다네."

"그분들은 의로운 사람이었습니다."

"그랬지, 참으로 의로운 사람들이었어. 그러나 나는 그 사람 이야기를 열전 첫 장에 기록한 사마천의 의중을 짚어 보곤 하네."

"사마천은 흉노 정벌에 나섰다 포로가 된 이능을 변호하다 한 무제로부터 치욕스럽게 궁형을 받았으니 권력이라는 것을 미워하게 되었겠지요."

사마천의 『사기』「열전」 첫 장에 백이와 숙제의 이야기가 나온다.

두 사람은 고죽국의 왕자였다. 왕은 영민한 셋째 아들 숙제에게 왕위를 넘기고 싶었다. 왕이 죽자 숙제는 맏이인 백이에게 왕이 되라고 양보했다.

백이는 그렇게 되면 아버지의 명을 어기게 된다고 거절했다. 결국 두 사람은 나라를 떠나 숨어 버리기로 했다.

두 사람은 주 문왕이 어른을 잘 모신다는 소문을 듣고 그에게 몸을 의탁하러 길을 떠났다.

드러나 막상 주나라에 당도하니 문왕은 이미 세상을 떠났고 그의 아들 무왕이 군사를 동원해 서백의 위패를 마차에 싣고 은의 주왕을 치러 가는 행렬과 만났다.

백이는 무왕의 말고삐를 잡고 말렸다.

"부왕의 장례를 다 마치지 않고 전쟁을 일으키는 것은 효에 어긋납니다. 그리고 신하의 신분으로 군주를 치는 것은 사람의 도리를 저버리는 짓입니다."

무왕의 측근이 두 사람을 죽이려 하자 군사를 맡았던 태공이 급히 나섰다.

"이 사람들은 의인이다."

태공은 무왕에게 간청해 두 사람의 목숨을 구해 주었다.

무왕이 은을 정벌해 주를 세웠다.

백이와 숙제는 도가 땅에 떨어졌음을 슬퍼해 수양산에 들어가 고사리를 캐어 먹다가 굶어 죽고 말았다. 죽기 전에 남긴 시가 전해진다.

오늘도 저 서산에 올라 고사리를 캐노라.
폭력으로 폭력을 갚고도 도무지 수치를 모르는구나.
신농과 우와 하의 시대는 이미 끝났구나.

우리는 어디로 가야 할꺼나.

이제는 돌아가야 할 때가 되었다.

마침내 운명이 다 했구나.

사마천은 백이와 숙제의 이야기 말미에 진정으로 그가 하고 싶었던 말을 실었다.

'어떤 사람이 천도에는 불공평함이 없고 언제나 선인의 편에 선다고 말했다.

백이와 숙제는 선인이라 할 수 있는 사람이다. 인덕을 쌓고 행실을 깨끗이 했으나 마침내는 굶어 죽고 말았다.

공자의 칠십여 명의 제자 중 다만 안연만이 학문을 좋아했다고 한다.

그러나 안연은 가난해 지게미나 쌀겨조차도 배불리 먹지 못하다 끝내 요절했다.

천도가 선인의 편에 서 있다면 이러한 사실은 도대체 어찌 된 영문이란 말인가?

대도 도척은 죄 없는 사람을 죽여 사람고기로 회를 만들어 먹고 백성을 겁박하며 수천의 부하를 거느리고 천하를 횡행했으나 그는 천수를 다하고 죽었다.

그렇다면 그는 도대체 어떤 덕으로 하늘의 보답을 받은 것일까?

근세에 이르러서도 소행이 단정하지 못해 남이 싫어하는 일을 태연히 저지르면서 죽을 때까지 편안하게 살고 자손 후대에까지 그의 은혜가 이른 자가 많다.

그런가 하면 단 한 걸음을 걸어도 땅을 골라 디디며 때가 아니면 말을 하지 않고 길을 걷는 데도 질러가지 않으며 국가 대사에 관한 일이 아니면 함부로 흥분하지 않는 사람들도 흔하게 앙화를 당한다.

나는 이것이 의문이다. 도대체 천도가 베푸는 일을 옳은가? 그른가?'

봉준은 지금 사마천이 백이 숙제 이야기 말미에 적었던 글을 상기하고 있었다.

"나라의 잘못된 틀이 몇백 년간 이어지면서 백성들은 어육이 되고 나라는 허약해져 인근 나라들이 침을 흘리며 달려드는 시기에 우리는 나라와 백성을 살리고 우리 스승의 신원을 위해 목숨을 걸고 싸웠다.

천도가 있다면 우리가 어떻게 저 무리에게 질 수가 있었겠는가?

나는 그것을 원통하게 생각하는 것일세."

손병희가 말했다.

"우리 눈에 보이는 것이 모두가 아닐 수도 있습니다. 우리는 의롭게 일어났고 목숨을 걸고 최선을 다해 싸웠습니다. 진인사대천명이라 하지 않습니까? 저는 이미 오만 년 새로운 운수의 개벽이 시작되었다고 믿습니다.

해 뜨기 전의 새벽이 가장 추운 법입니다. 끝까지 싸워 나가야 할 뿐입니다."

손병희가 허리를 주욱 폈다. 통증이 느껴지지 않았다.

"아우님의 기백은 참으로 역발산기개세의 항우를 닮았구나."

봉준은 손병희의 손을 잡아 주었다.

"나는 또 이런 생각도 했네. 하늘은 넓고도 넓어 천하는 티끌과도 같은데 백 년을 다 살지 못하는 우리는 티끌 속의 티끌이 아니겠는가? 이런 티끌 속의 티끌에겐 장자의 말처럼 달팽이 뿔 위도 하늘처럼 넓어 보이겠지.

우리는 달팽이 뿔 위에서 삶을 다투는 어리석은 생명이 아닌가?

나아가서 우주는 역사의 공간이 아님에도 우리는 우주를 역사의 공간에 끌어다 놓고 우리 멋대로 앎이라는 것을 만들어 놓은 것은 아닌가?

도대체 참된 앎이란 것이 있기는 있는 것일까?

모든 것이 헛된 세상에서 우리는 허깨비를 좇으며 한정된 생을 허비하는 것은 아닐까? 하는 것들 말일세."

손병희가 씁쓸하게 웃었다.

"전쟁에 지다 보니 형님 마음이 좀 약해졌군요."

봉준이 고개를 들어 손병희를 쳐다보았다.

"나를 믿고 따라 준 저 많은 백성의 죽음을 바로 코앞에서 똑똑히 지켜보았네. 그들에게 무슨 잘못이 있었단 말인가? 무슨 잘못을 했다고 그렇게도 비참한 죽음을 맞아야 했단 말인가?

백성이 왜놈 총탄에 맞아 피를 흘리며 쓰러져 뒹굴 때 나는 피눈물을 흘렸네. 무슨 생전에 원수가 졌다고 사람을 그렇게 비참하게 죽인단 말인가?

다 저들의 이익을 위해서는 힘없는 백성쯤이야 벌레보다도 못하게 짓밟아도 된다는 무리가 아니겠는가?

왜놈과 이 나라 조정에서 어정대고 있는 자들은 모두 악귀들일세."

봉준이 흐느끼기 시작했다. 굵은 눈물이 사태가 지듯 볼 위를 흘러내렸다.

이번에는 손병희가 봉준의 손을 꼬옥 잡았다.

"형님, 고정하십시오. 한울님이 우리와 함께하고 있습니다. 세상은 보이는 것이 다가 아닙니다. 비록 우리가 전쟁에서 졌으나 우리가 겪은 참담한 패배 속에는 커다란 승리가 배태되고 있을 것입니다.

저는 사람을 믿습니다. 사람에 대한 믿음이 이제까지 이 세상을 유지해 온 밑거름이었습니다. 대선생님부터 도주까지 도통을 이어오는 우리 동학의 가르침도 사람에 대한 믿음으로 일관하고 있습니다.

우리가 이번 봉기로 수많은 도인과 백성들의 희생을 치렀지만 저는 결코 이것으로 우리가 완전히 졌다는 생각은 하지 않습니다.

오히려 백성의 의식은 더 밝게 깨어나고 우리의 학으로 인해 세상은 더 맑아질 것입니다. 나는 그것을 확신합니다."

손병희의 말을 듣자 봉준은 입가에 가벼운 미소를 지었다. 온화한 표정이 다시 돌아왔다.

"아우님, 내 말을 잘 들으시게."

"말씀하십시오."

"아우님은 오늘 여기서 떠나시게. 나는 여기서 끝까지 적과 싸우다 죽을 터이니 아우님은 어서 도주를 찾아 모시고 깊은 곳으로 피신해 후일을 도모해 주시게."

손병희가 고개를 저었다.

"형님, 그렇게는 못 합니다. 우리가 형제의 의를 맺은 것은 죽어도 같이 죽고 살아도 같이 살자는 약속이었습니다. 어찌 사세가 불리해졌다고 저만 홀로 살길을 찾는단 말입니까? 당치도 않은 말씀입니다."

봉준이 노한 얼굴을 지었다.

“사람은 죽어야 할 때도 있지만 꼭 살아야 할 때도 있는 법일세. 자네는 지금 죽어서는 안 될 사람일세.

도주를 보살피고 모시는 데 누가 자네만 하겠는가? 도주가 살아야 도가 이어지고 도주가 살아야 도인들이 흩어지지 않을 걸세. 도인들이 있어야 도가 살고 도가 살아야, 나도 살지 않겠는가.

내가 다시 한 번 간곡하게 부탁하니 자네는 여기서 빠져 도주를 만나 피신하게. 알겠는가? 살아서 나와 수많은 동학군의 죽음을 딛고 더 치열하게 세상을 바꾸는 일을 계속해 주시게.”

손병희는 고개를 숙이고 한참 눈물을 흘렸다. 그리고 문득 일어서서 봉준에게 절을 했다.

“형님, 형님의 명을 받들고 아우는 물러가겠습니다.”

봉준은 손을 흔들어 주었다.

“부디 나의 믿음을 지켜 주시게.”

88.

고종 31년, 갑오년, 1894년, 십일월.

손병희는 시형을 찾아 나섰다.

시형은 봉준과 시형이 손병희가 움직이는 대로 멀찌감치 뒤에서 따라다니며 지원을 계속했다. 틀림없이 태인 땅 어디에 피신하고 있을 것이라고 손병희는 생각했다.

그와 함께 충청도로 북상할 호서, 기호 지역의 동학군을 이끌고 임실 태인에서 동쪽으로 방향을 틀어 임실 쪽으로 이동하면서 곳곳으로 사람을 보내 시형의 흔적을 탐문케 했다.

이럭저럭 며칠이 지나갔다. 제대로 잠도 자지 못하고 제때 끼니를 찾아 먹지도 못했다.

'설마 난리통에 돌아가신 것을 아니겠지?'

마음속에 걱정이 일기 시작했다. 걱정이 일자 다리도 무거워졌다. 다리가 무거워지자 어디라도 움막에 들어가 정신없이 잠들고 싶었다.

'내가 이럴 때가 아니다.'

어느덧 또 하루가 저물어 가고 있었다. 사방에 어스름이 짙어지자 다시 절망이 다가왔다.

'한울님 도와주십시오.'

손병희는 주문을 외우기 시작했다.

"시천주 조화정 영세불망 만사지…."

주문을 외자 몸에 힘이 돌아오고 용기가 일어났다.

그 용기를 안으로 다지고자 묵송으로 옮겨갔다.

어느덧 아득하고 묘한 기운이 손병희를 감싸고돌았다.

손병희는 문득 눈을 뜨고, 알 듯 모를 듯 이끄는 기운을 따라 진중을 빠져 나왔다.

손병희는 끊임없이 주문을 외우며 용호천 가를 걸었다.

얼마나 걸었을까? 저 앞에 어떤 여인의 모습이 눈에 들어왔다. 손병희가 머리를 흔들어 정신을 수습했다.

흰 장옷을 머리까지 둘러쓰고 손에 작은 등을 든 선녀같이 자태가 아름다운 젊은 여인이 그를 보고 따라오라는 손짓을 했다. 손병희는 저도 모르게 여인을 따라 발걸음을 옮겼다.

어느덧 임실 땅 조항리에 도달했다.

사위가 캄캄해졌다. 하늘에는 달도 없었다.

천우산 입구에 이르자 앞에 가던 여인의 모습이 홀연 사라졌다. 손병희는 망연해 어쩔 줄을 모르고 허둥거렸다.

멀리 천우산 중턱 부근에 불빛이 보였다. 불빛은 여느 관솔불과는 달리 매우 밝았다.

불빛이 그를 부르는 듯했다.

손병희는 그 불빛을 따라 산으로 올라갔다. 어둠 속에서 길을 잃어 가시에 긁히고 바위에 걸리며 불빛만 보여 걸음을 옮겼다.

얼마나 걸었을까? 기진맥진한 그의 앞에 시커먼 동굴이 나타났다. 불빛은 그 동굴 안에서 새어 나오고 있었다.

손병희는 동굴 안으로 기다시피 몸을 이끌었다. 안으로 들어갈수록 불빛은 밝아졌다.

"이제 왔는가?"

동굴 끝 넓은 바위 위에 시형이 앉아 있었다.

동굴 끝에서 위로 하늘까지 뚫린 넓은 공간에서 끊임없이 너울지는 빛이 내려왔다.

시형의 모습은 그 온전한 빛과 바위에 부서져 사방으로 꺾어지는 빛 무리에 쌓여 장엄했다.

손병희는 도주를 찾았다는 안도감으로 온몸이 나른해졌다. 엉금엉금 기어가 시형 앞에 엎드렸다.

"고생을 많이 했구나."

시형은 손병희의 등을 두드려 주었다.

"무사하셔서 다행입니다."

"나는 동짓달부터 장수·남원을 떠돌다 여기에 온 지 얼마 되지 않았다."

손병희는 그간 겹쳤던 울분과 설움이 터지면서 어깨를 들썩이며 울었다.

그리고 봉준과 마지막으로 나누었던 이야기를 시형에게 고했다.

"녹두는 지금 마음이 약해졌습니다."

시형이 쓸쓸하게 웃었다.

"녹두가 자네를 시험해 보았구나."

"예?"

"녹두는 어떤 시련이 있어도 기운이 약해질 사람이 아닐세. 그는 자신의 책임을 다하고 죽음을 받아들일 각오가 된 사람이지.

우리가 이번 싸움에서 졌다고 아주 진 것은 아니지 않겠는가? 올바른 세상을 만들기 위해 우리는 다시 긴 세월을 싸워 나가야 하네. 녹두는 자네를 깊이 믿고 있었으니 마지막으로 자네를 한번 떠보았겠지.

이러나저러나 나와 자네는 녹두가 남긴 짐을 기꺼이 등에 지고 살아야 하네.

녹두가 말했듯이 사람에 대한 믿음으로 세상은 유지되고 발전하는 것일세.

사람에 대한 믿음이 없이는 사람들이 이루어 온 세상의 모든 것이 헛되고 의미를 잃어버리고 말겠지. 우리가 믿을 것은 사람밖에 없다네.

사람이 세상을 이루고 세상의 모습이 기록된 것이 역사라면 역사는 사람이 사람에 기대하는 깊은 믿음에서 나오는 추동으로 만들어지는 것일세.

이전에 공자는 주나라 초기로 돌아가려 했고 노자도 도라는 것은 돌이켜 움직이는 것이라 했네. 이들은 옛날을 숭상한다는 점에서는 상통한 역사관을 가지고 있었지. 조금 지나 맹자는 여기에서 조금 나아가 역사는 주기에 따라 반복하는 것이라 했네. 야소는 역사가 하느님이 도래하는 그날까지 그냥 한결같이 앞으로 나아가는 것으로 보았네.

그러나 나는 그렇게 생각하지 않네.

역사는 반복하면서도 앞으로 나아가는 것일세. 그것이 대선생께서 말씀하신 순환지리이겠지.

그 방향은 한울님을 모시는 모든 사람이 더불어 편안한 세상일 수밖에 없네.

깨인 백성들이 점차 세상을 바꾸어 나갈 것일세. 그러므로 세상은 변화할 수밖에 없네.

공자는 대동 사회를 구현하려 했으나 나라에서 쫓겨나 오랜 세월 타국을 떠돌아다녔고, 노자 역시 소국과민하는 평범한 백성이 주인이 되는 세상을 원했으나 함곡관을 넘어 타국으로 떠나야 했고, 맹자도 올바른 왕을 만나지 못해 포부를 펴 보지 못하고 시골 노인으로 늙어 죽었네. 부처도 신분 사회를 개혁해 보려 했으나 여의치 못했고, 야소도 기득권의 이익과 대립하다 젊은 나이에 비참하게 죽고 말았네.

지금 우리 백성이 숭상하는 옛 성인들도 대개 처음에는 곤란을 당하고 배척을 당하며 자신의 뜻을 펴나갈 수밖에 없었네. 그리고 생전에 그들의 뜻을 이루지도 못했네.

공자의 뒤를 이은 제자들은 대개 독서와 강의를 중시하다 실행에 소홀했고, 노자의 뒤를 이은 사람들은 대개 몸의 장생을 위한 연구에 일생을 바쳤다네. 부처의 뒤를 이은 제자들도 마음이란 물건 속으로 도피했고, 야소의 뒤를 이은 사람들은 하느님의 노예가 되어 버렸네.

그러다 보니 옛 성인들이 죽고 난 다음 오랜 세월이 흘러도 그들을 능가하는 성인이 나오지 못했네. 사람들은 어느 시대나 지나간 옛 성인들의 발자취를 따르고 숭배하기만 했지, 이들의 한정된 사유를 넘어 더 큰 사유로 나아가지는 못했다네.

그런데 공자와 노자와 부처가 죽고 이천몇백 년이 지나고 야소가 죽고 천구백 년이 가까워지던 시기에 우리 대선생님이 세상에 나와 한울님으로부터 직접 무극대도 곧 천도를 받아 옛 성인들이 다하지 못했던 사유를 종합해 한 번에 해결해 주었네.

그러므로 우리는 대선생님께서 마련해 주신 인류 개벽의 날을 열어 가는 막중한 임무를 수행하고 있는 것일세.

나는 이전에 자네에게 솥을 걸 아궁이를 만들라 시키고 몇 번을 계속해 허물면서 자네를 지켜보았네. 자네는 자네가 정성을 들여 만든 아궁이를 내가 계속 부술 때마다 아무 투정도 하지 않고 다시 새 아궁이를 만들지 않았는가?

나는 그때 그 일로 자네의 은근과 끈기를 시험해 보았네.

우리 학도 대선생님이 창도한 이래 고난을 계속 이어오고 있네. 그러나 우리가 세상에 없던 귀한 천도를 이루어 모든 백성이 더불어 사랑하며 편안한 세상을 만들겠다는 의지만 잃지 않는다면 언젠가는 그러한 날이 오리라는 것은 자명한 일일세.

아궁이가 부서져도 끊임없이 다시 아궁이를 만들어나간다면 언젠가는 그 아궁이에 솥을 걸어 따뜻한 밥을 지어 온 사람들이 나누어 먹을 수 있게 되지 않겠는가?

비록 녹두가 넘어져 우리의 이상이 잠시 늦어진다고 하더라도 우리가 세상을 바꾸려는 의지가 살아 있는 한 머지않은 시기에 반드시 우리의 뜻이 이루어질 것을 나는 믿네.

이러나저러나 나와 자네는 녹두와 그의 의형제들이 남긴 짐을 기꺼이 등에 지고 살아야 하네.

나는 이미 늙어 얼마나 더 살지 알 수 없으니 자네가 앞으로 할 일이 많아졌네.

하늘이 아직 우리에게 때를 주지 않는다면 그것을 겸허하게 받아들이고 우리는 우리의 일을 꾸준히 해 나가면 된다네. 그것이 녹두와 그의 형제가 우리에게 지워 준 짐을 벗는 길일세.

그러므로 이번 싸움은 져도 진 것이 아니지. 차라리 새로운 시작으로 들어서는 입구라 생각해야 하지 않겠나.

내 말을 알아듣겠는가?"

손병희가 일어나 시형에게 절을 했다.

"도주의 말씀을 무겁게 받아 명심하겠습니다."

다음날 새벽 두 사람은 동굴을 나와 북접 동학군 진영으로 돌아왔다. 손병희는 도주 시형을 모시고, 무리를 이끌며 장수와 금산·무주를 거쳐 영동 쪽으로 올라갔다.

89.

고종 31년, 갑오년, 1894년, 십일월.

최경선과 손화중 그리고 오권선은 전봉준과 손병희의 연합군이 잇달아 패배하며 남하하고 있다는 소식에, 동학군 재기의 근거를 공고히 다지고자 나주 관아를 공격할 계획을 세웠다.

나주 도통장 정석진은 포군 삼백여 명을 이끌고 대비했고 수성군 수백 명도 합세했다.

동학군은 나주와 광주 사이에 있는 용진산으로 진출해 진을 쳤으나 나주 수성군에게 밀려 버티지 못하고 북쪽으로 물러섰다.

그때 무안 대접주 배상옥이 수천 명의 지원 병력을 이끌고 왔다.

십일월 십칠 일.

동학군은 나주에서 삼십여 리 떨어진 작은 냇가에 있는 고막포와 고막원 주변에 모여들었다. 이곳은 남쪽의 함평에서 나주로 들어가는 교통의 요지였다.

이때 모인 동학군 수는 대개 오륙 만이었다.

나주목사 민종렬은 나주 수성군에게 출동 명령을 내렸다. 민종렬은 자지고개와 초동 장터에 진을 쳤다.

동학군은 고막원을 중심으로 그 일대에 넓게 유진했다.

십팔 일 아침.

수성군이 먼저 공격을 개시했다.

손화중은 수성군이 몰려온다는 첩보를 받고 주변 산에 올라 대기했다.

민종렬은 산을 향해 대포를 쏘아 동학군이 들판으로 내려오도록 유도했다.

수성군은 동학군의 화승총과 화살이 미치지 못하는 거리에서 포를 놓고 총을 쏘았다.

한나절 전투를 벌인 끝에 동학군은 대포의 위력을 이기지 못하고 후퇴하기 시작했다.

동학군은 십여 리를 도망쳐 고막교에 이르렀다.

마침 밀물이 밀려와 다리 아래 물이 깊었다. 앞으로 나가기가 어려운데 뒤에서는 수성군이 대포를 쏘며 달려들고 있었다.

포탄 파편을 가슴에 맞은 손화중은 갈비뼈가 부러지고 찢어진 가슴살이 피를 뿌리며 부어올랐다.

진퇴양난의 상황이라 손화중은 자결을 생각하며 정신을 잃었다.

이때 수성군 진영이 갑자기 어지러워졌다. 수성군 뒤편에서 백여 명의 장정들이 화승총을 쏘며 공격했다. 흰옷을 입은 아리따운 여인이 백호를 타고 그들 앞에서 지휘했다.

여인의 옆에는 머리가 허연 노인 여섯 명과 늘씬한 몸에 방안같이 잘생긴 청년 한 사람이 여인을 호위하며 달려왔다.

머리에 뿔이 달린 모자를 쓴 노인이 대포 포신을 양손에 잡고 대포를 휘둘러 여러 대의 대포를 고물로 만들어 버렸다.

온몸이 근육으로 뭉친 땅딸한 노인이 맨손으로 수성군들을 가볍게 치는 족족 그들의 머리가 부서지고 뼈가 부러졌다.

머리가 홀랑 까진 노인이 긴 칼을 휘두를 때마다 가을 태풍에 사과 날아가듯 수성군의 목이 날아갔다.

이목이 수려한 젊은 사내가 뛰어다니며 화승총을 쏘아대는데 수성군은 소총을 쏠 엄두를 내지 못하고 멍청하게 바라보다 명을 달리했다.

몸이 바짝 마르고 눈매가 날카로운 노인이 비수를 겨누고 번개처럼 수성군 사이를 스쳐 지나갔다. 그 사내가 지나가는 곳마다 수성군은 피가 뿜어져 나오는 목을 두 손으로 잡고 버둥거렸다.

키가 큰 노인이 흰 수염을 날리며 소리를 지르자 민종렬과 도통장 정석진과 그를 호위하던 부장들이 한꺼번에 깊은 땅속에 생매장되고 말았다.

백여 명의 장정들이 쏘아대는 화승총에 맞은 수성군은 순식간에 궤멸하고 말았다.

이들은 수성군을 전멸시키고 백호를 탄 여인의 뒤를 따라 그림처럼 어디론가 흔적도 없이 사라졌다.

한참 뒤 정신을 차린 손화중은 저도 몰래 손을 올려 가슴을 만져보았다. 멀쩡하게 회복된 품 속에서 손에 잡히는 것이 있었다.

그가 목숨처럼 소중하게 간직하던 막사발이었다. 그는 천천히 품을 뒤져 막사발을 꺼냈다.

피가 말라붙은 막사발 한쪽에 실금이 난 것이 보였다.

순무사 신정희는 잔여 동학군 토벌에 필요한 탄환 삼십만 발을 경군에게 지급했는데 이 중 사만 발은 나주 초토영으로 보냈다.

왜군은 나주로 보낸 탄환을 저희가 빼앗아 갔다. 필요에 따라 저희가 총알을 배급하면서 관군을 마음대로 부리겠다는 속셈이었다.

신정희는 비 맞은 중 담 모퉁이 돌아가는 소리를 냈지만 왜군에게서 총알을 회수할 방도는 없었다.

그 무렵 미나미 고시로는 그동안의 전과와 경과를 종합해 이노우에 가오루 일본 공사에게 보고했다.

그는 조선 백성이 곳곳에서 왜군을 환영하면서 우리를 살려달라고 부탁했다고 비위가 떡판에 가 넘어지는 거짓말을 했다.

'가장 싫어하는 것은 조선 병사입니다.

조선 병사는 가는 곳마다 인민의 물품을 약탈하고 그들 처사에 순종하지 않을 때는 구타하여 그 난폭함이 언어도단입니다.

그래서 엄중히 명령을 내렸습니다만 일본 사관이 참으로 무관심하기에 엄령과 견책을 더해서 요즘은 다소 고쳐진 상태입니다.

조선 병사 중에도 교도중대와 장위영병은 가장 군율이 좋습니다.

선봉대장은 가장 기율이 없으며 대대장 이규태와 같은 자는 무엇 때문에 출정했는지도 의심이 가는 점이 많습니다.

그 사람은 부하들에게 지휘관의 명령을 왜곡하여 애매모호하게 전하며 그중에서도 특히 적과 내통하는 것 같은 혐의도 배제할 수 없는 실정입니다.'

사실 장위영 지휘관 이두황은 무도함으로 악명이 높았다.

이두황의 병사들이 하루를 묵고 공주로 갔는데 병사들의 온갖 폐단에 성이 비파 소리가 나도록 갈팡질팡했다. 뻗친 쇠발이라 병사들은 빈집에 구렁이 모이듯 들끓었다.

관리가 나아갈 수 없었고 가게 사람들은 모두 피신했다.

그들이 떠나갈 때 밥을 먹고 난 뒤의 그릇과 잠을 잔 곳의 돗자리를 모두 걷어 소와 말에 실었다. 병사들은 베로 만든 자루를 가득 채워 하나씩 짊어지고 있었는데 모두 약탈한 물건이었다.

그러함에도 미나미 고시로는 장위영병의 군율이 가장 엄하다고 보고했다.

미나미 고시로는 자기의 명령을 충실히 따르는 빠진 괴머리 같은 이두황이 마음에 들었던 모양이다.

나중에 이어지는 이두황의 친왜 행각은 그때부터 시작되었다.

초토영이 새로 만든 나주 옥에는 잡혀 온 동학군 지도자로 넘쳐났다.

사돈네 팔촌이라도 동학군과 관련된 혐의가 있으면 모두 붙들려 왔으며 동학군에게 밥을 지어주고 돈을 준 농민들도 끌려왔다.

왜군은 미나미 고시로의 보고와는 전혀 달라 점령군처럼 무법천지로 날뛰었으나 누구 하나 말릴 수 있는 사람은 없었다.

90.

고종 31년, 갑오년, 1894년, 십일월.

소사는 팔도 두령들과 함께 칠선봉으로 돌아왔다.

필제와 여옥이 산채 입구에서 이들을 맞았다. 소사가 백호 등에서 내려 필제에게 절을 올렸다.

"아버님 다녀왔습니다. 그동안 무강하시옵니까?

아버님 명대로 남도 일대에서 왜군들을 무찌르며 분전하였으나, 전세가 기울어 우리가 더 손을 써본들 소용이 없는 상황이 되었기에, 여러 어르신을 모시고 일단 아버님께 돌아오게 되었습니다."

필제가 소사의 등을 두드려 주었다.

"우리는 별 탈이 없이 지냈다. 네가 고생이 많았구나."

소사는 꽃잎처럼 소리 없는 미소를 지었다.

이번에는 두령을 대표해 김순대가 나섰다.

"행수님 다녀왔습니다. 죽거나 다친 이가 한 사람도 없이 무사히 다녀왔습니다."

김순대의 말이 끝나자 동시에 머리가 허연 두령들이 허리를 숙였다.

"행수님 다녀왔습니다."

김세현은 필제를 향해 엎드려 절을 했다.

그들 뒤에서 장정 백여 명이 우렁찬 목소리로 외쳤다.

"행수님 다녀왔습니다."

칠선봉이 온통 흔들거렸다.

필제와 여옥이 두령들과 장정들을 마주 보고 허리를 깊이 숙였다.

필제가 말했다.

"모두들 수고가 많았습니다.

내가 보기에 이대로 가면 이 나라는 멀지 않아 왜놈에게 먹히고 말 것입니다.

우리는 지금부터 부단히 힘을 길러 후에 다시 왜놈들과 싸울 준비를 해야 합니다. 이제 팔도 두령님들은 여기서 며칠 쉬신 다음 각자 산채로 돌아가 이후의 준비를 해 주셔야 합니다. 녹두가 졌다고 이 땅의 우리 백성이 모두 진 것은 아닙니다. 정작 싸움은 지금부터 시작이라 하겠습니다.

앞으로 오랜 시간 나라를 찾기 위한 의로운 병사들의 처절한 싸움이 전개될 것입니다.

우리는 그 싸움을 위해 잠시 몸을 물려 힘을 비축하는 시간을 가지도록 합시다."

김순대가 말했다.

"우리 팔도 두령들은 행수님의 명을 받들겠습니다."

장정들도 외쳤다.

"삼가 행수님의 명을 받들겠습니다."

김순대가 다시 말했다.

"행수님께서 산채에서 며칠 쉬라고 했는데 저희는 이 기회에 행수님의 지도를 받아 말로만 듣던 사십구 일 기도를 드리고 싶습니다.

허락해 주시겠습니까?"

필제가 기쁘게 받았다.

"내 허락이 무슨 필요가 있습니까? 우리가 마음만 경건하게 합치면 되는 일이지요. 모두의 뜻이 그러하다면 오늘은 모두 목욕재계하고 내일부터 다 함께 시작하도록 합시다. 어떻습니까?"

팔도 두령과 장정들이 한꺼번에 말했다.

"삼가 행수님의 명을 받들겠습니다."

김세현이 더듬거리며 물었다.

"행수님께, 여쭈어볼 말씀이 있습니다."

그러더니 여옥의 얼굴을 살짝 살펴보았다. 여옥은 얼굴에 화사한 미소를 짓고 부드러운 눈길로 김세현을 마주 보았다.

김세현의 얼굴이 갑자기 홍시처럼 붉게 물들었다.

"말해 보아라."

"동학에서는, 사십구 일 기도를 매우 중요하게 여기고 있는데, 제가 여쭙고 싶은 것은, 왜 일수가 사십구 일인가, 하는 것입니다. 여기에 무슨 특별한 뜻이 있으면 말씀을 듣고 싶습니다."

필제가 대견하다는 표정으로 김세현을 쳐다보았다.

"그것 참 자네는 말은 더듬으면서도 가장 중요한 질문을 하는구나. 그만큼 도가 깊어졌다는 것이리라."

여옥은 심정이 흐뭇해졌다.

김순대가 거들었다.

"저 녀석이 말을 더듬거리고 행동이 좀 방자해도 생각은 매우 깊답니다.

사실은 저도 사십구 일이라는 일수가 어떻게 정해졌는지 궁금했는데 언제 한번 여쭈어 보려던 참이었습니다."

필제는 오래전 어느 날 용담정에서 도를 얻은 제선을 만나 밤을 새우며 나누었던 대화를 생각했다. 친구 제선이 아닌 스승 수운의 모습을 떠올리면 언제나 가슴이 뭉클하고 저렸다.

'내가 이 세상에서 만난 사람 중 가장 존경하고 흠모하는 분이었다.

그분은 우리 시대가 낳은 가장 위대한 스승이었다.'

필제가 조용히 말을 이었다.

"우리 도는 옛날 고조선의 삼태극 사상을 이은 가르침이다. 삼태극이란 하늘과 땅과 사람이 같이 엮여 혼연일체가 되어 돌아가는 모습을 그리고 있다. 여기에서 삼이라는 숫자가 나왔다.

삼이라는 숫자는 하늘과 땅과 사람이 하나로 엮인 우주의 체를 상징하고 있다.

삼이 움직이려면 기운이 필요하다.

하늘의 한 가운데에 위치해 홀로 움직이지 않으면서 온 하늘을 돌게 하는 것이 북두칠성이다. 우주를 움직이는 모든 기운이 뿜어져 나오는 근원을 북두칠성이라 보아 여기에서 칠이라는 숫자가 나왔다.

그러므로 삼과 칠은 우주의 혼연한 모습과 천지인이 쉬지 않고 돌아가는 변화와 생산의 모습을 같이 형용하는 숫자가 되었다.

고조선 건국 신화에 환웅이 호랑이와 곰에게 마늘과 쑥을 먹으며 삼칠일 동안 굴속에서 수련하게 하는 내용이 있고, 고구려 주몽 신화에도 해모수의 씨를 잉태한 유화부인이 북부여 금와의 궁궐에서 삼칠일 동안 정양

하는 내용이 있다.

모두 삼태극의 체와 용을 표현한 내용이라고 생각된다.

삼이 중복되면 구가 된다. 그러므로 구는 완벽한 체의 숫자가 되는 것이다. 구가 중복되면 팔십일이 된다. 팔십일은 가장 완벽한 우주의 모습이다.

천부경의 글자가 모두 여든한 자이고 노자의 도덕경이 모두 팔십일 장으로 되어 있는 것은 여기에서 연유한 것이다.

칠은 우주를 움직이는 기운이다.

주역에서도 칠은 복괘로 우주가 다시 본래의 자리로 돌아가는 숫자가 된다. 노자도 되돌아가는 것이 도의 움직임이라 했으니 역시 칠의 모양을 이야기하고 있다.

우주는 이렇게 반복하면서 한울님이 이루려는 목적을 향해 끊임없이 나아가고 있다. 이 반복하고 나아가는 힘을 칠이라 하는 것이다.

삼과 칠이 중복되면 이십일이 된다. 이십일은 체와 용이 혼연하게 움직이는 모습이다. 그러므로 우리가 외는 주문은 스물한 자로 되어 있다.

칠이 중복되면 사십구가 된다. 그러므로 사십구는 가장 완벽한 변화를 이루는 기운의 숫자가 되는 것이다.

사십구는 어지러운 것을 정돈하고 흩어진 것을 모으게 하고 부정한 것을 신성하게 하는 개벽의 숫자이다.

그래서 우리는 사십구 일 기도를 통해 세상의 개벽을 이루는 커다란 기운을 얻어 내 안에 한울님을 모셔 나의 존재를 조화롭게 정하고 나아가 세상을 바르게 인도하는 역할에 앞장설 수 있게 되는 것이다.

내 말을 알아듣겠는가?"

김세현은 다시 더듬거렸다.

"말씀이 어려워 확연하게 이해하지는 못했으나 행수님께서 해 주신 말씀을 가슴에 새겨 매일 반추하겠습니다."

김순대가 말했다.

"저희 팔도 두령들과 장정들도 행수님의 말씀을 명심해 경건한 마음으로 사십구 일 기도를 행하도록 하겠습니다.

그러나 말씀이 어려우니 조금만 더 설명해 주시면 안 되겠습니까?"

필제가 숙연한 얼굴이 되어 말했다.

"천지의 이치는 음과 양이 서로 합해 일월과 밤낮의 나뉨이 있고 또 열두 때가 있소. 이로써 원형이정의 수가 정해지는 것이오.

원은 봄이 되고 형은 여름이 되고 이는 가을이 되고 정은 겨울이 됩니다.

네 계절이 성하고 쇠하여 우주가 도수*의 순환하는 것이 비로소 자의 방에서 하늘이 열리고 축에 이르러 땅이 열리니 이가 곧 천지의 떳떳한 이치가 되는 것이오.

천지에 응하는 것으로 접하게 되고 접하는 것으로 응하게 되어 그 가운데에서 오행이 나오게 되는 것이요,

사람은 바로 삼재 즉 천지인의 기운에서 화하여 생겨 나오는 것이오.

그러나 지금 내가 한 말은 다만 사람의 말일 뿐 말이 진리는 아니오. 말은 다만 진리의 그림자일 뿐이니 진리는 오직 여러분들이 기도를 통해 체

* 우주가 거듭하는 회수. 즉 성쇠에 의하여 순환하는 것을 뜻함.

득해야만 할 무엇이오.

그래서 동학은 믿는 것이 아니라 하는 것이라 하는 것이오.

우리는 진실하고 간절한 마음으로 한울님을 만나기를 갈구해야 합니다. 그러면 한울님께서 우리에게 강림하실 것입니다.

우리가 사십구 일 기도를 통해 한울님을 만나 깊이 체득하는 것이 있으면 그 체득한 바를 과감하게 세상에 나가 실천한다면 그런 사람을 우리는 동학을 하는 사람이라 하는 것입니다.

그러면 내가 대선생님의 가르침을 친히 들은 자격으로 여러분에게 스물한 자 주문을 내리겠습니다."

필제는 엄숙하게 주문을 외었다.

"지기금지 원위대강 시천주 조화정 영세불망 만사지."

모두가 주문을 따라 외었다.

"지기금지 원위대강 시천주 조화정 영세불망 만사지."

칠선봉 산채에 주문 소리가 우렁찼다.

주문 소리는 널리 퍼져나가 산천초목과 온갖 살아 있는 금수가 듣고 같이 외었다.

"여러분은 내게 직접 스물한 자 주문을 받았으니 더욱 열심히 주문 공부를 해 한울님과 대선생님의 뜻을 성심으로 이어가도록 하십시오."

필제가 먼저 김순대에게 엎드려 절을 하자 팔도 두령과 장정들이 필제를 향해 절을 했다.

이 자리에 한울님이 같이 계셨다.

91.

고종 31년, 갑오년, 1894년, 십이월.

봉준은 태인 전투를 치른 뒤 따르던 무리를 전부 해산하여 후일을 기약하고 장사꾼 차림으로 부하 다섯 명만 데리고 말을 타고 장성의 입암 산성으로 숨어들었다.

입암 산성은 군사적 요충지로 입암이라는 이름은 산 정상이 삿갓 모양과 비슷해 갓바위라 부른 데서 유래되었다. 이 산 위에는 산성을 지키는 관병이 주둔해 있었다.

당시 입암 산성의 별장인 이종록은 봉준과 친분이 있는 사이였다. 봉준은 산성에서 이종록을 만나 그동안의 이야기를 나누었다.

이종록은 봉준을 자신의 처소에서 하룻밤 묵게 했고 따뜻한 음식을 대접했다. 봉준은 모처럼 배불리 먹고 잠도 푹 잘 수 있었다.

다음 날 아침 이종록은 이규태가 산성으로 오고 있다는 연락을 받았다. 그는 서둘러 봉준에게 이 사실을 알려 준 뒤 성문까지 따라 나와 배웅했다.

이종록과 그의 부하들은 봉준이 떠난 뒤에도 관군에게 아무런 연락도 취하지 않고 입을 굳게 다물어 의리를 지켰다.

좌선봉장 이규태는 봉준이 입암 산성에 있다는 첩보를 받고 군사를 보내 입암 산성을 덮쳤다. 그러나 봉준은 이미 피신한 뒤였다.

이규태는 화가 머리끝까지 뻗쳤다.

'이른바 산성별장은 요긴한 곳을 지키는 장수로 방어의 직책이 있는데 도둑놈을 숨겨주고 처음부터 나에게 통지해 주지도 않았다. 또 부하들을 단속하지도 않고 서로 얽히고설키어 정보를 누설까지 하니 앞뒤로 따져보면 죽을죄에 해당한다.'

이규태는 입암 산성 별장 이종록의 상관인 전라 병사에게 그를 불고지죄로 잡아 문초하라고 엄하게 지시했다.

전라 병사는 이규태의 말을 무시했다.

이규태는 곳곳에 끄나풀을 심어놓고 다시 봉준의 행방을 추적했다.

봉준은 백양사 근처 어느 빈 암자로 은신했다.

입암 산성 옆 동쪽에 백암산이 있다. 이 백암산 아래 아늑한 분지에 백양사가 자리 잡고 있었다.

입암 산성과 백양사는 이십여 리 정도 거리에 떨어져 있었다.

봉준은 백양사와도 인연이 있었다.

원평 집회 때 백양사의 승려가 집회에 참여한 적이 있고 집강소 기간에 봉준은 백양사에 대장소를 차려 놓고 장성의 유지들을 불러 협조를 당부한 적이 있었다.

이 인연으로 백양사 승려들은 평소 알게 모르게 동학군을 돕거나 때로는 당취로 활동했다.

봉준이 빈 암자에서 나와 백양사로 들어가 잠시 휴식을 취하고 있을 때 입암 산성에서 군졸이 와 관군이 입암 산성을 수색하고 주변을 탐색하니 더 멀리 도망치라고 알려 주었다.

봉준은 김도삼과 정익서를 불렀다.

"자네들은 더 나를 따라다니지 말고 고부로 돌아가 자네들 가족부터 돌보도록 하게. 조용한 곳에서 은신하다가 분위기가 가라앉으면 다른 길을 찾아보도록 하게."

김도삼이 말했다.

"형님 우리는 고부 삼 장두입니다. 죽어도 같이 죽고 살아도 같이 살아야 합니다. 무슨 그런 섭섭한 말씀을 하십니까?"

정익서도 거들었다.

"우리는 결코 형님 곁을 떠나지 않겠습니다."

봉준은 다시 말했다.

"나는 혁명을 이끈 장수로서 전쟁에 패한 책임을 지고 이미 죽어야 할 몸일세. 자네들은 꼭 나를 따라야 할 이유가 없네.

두 사람 모두 이대로 쫓기다 잘못되어서는 안 될 사람이야. 머지않아 자네들이 해야 할 새 일들이 나타날 것일세. 내가 장담하겠네.

고부 봉기 이후 우리는 생사를 넘나들며 나라와 백성을 위한 뜻을 펼쳐왔네. 그만하면 되었다네. 자네들은 진실로 훌륭한 사람이고 대단한 장부일세.

이제 여기서 서로 헤어짐세. 이것은 대장으로 하는 말이 아니라 형님으로서 하는 말일세.

대장으로서 하는 명령이 아니라 형제간의 의리로 하는 말이니 부디 내 말을 들어주시게."

두 사람은 급기야 무릎을 꿇고 앉았다.

"그렇게 못하겠습니다. 다시 생각해 주십시오."

봉준이 다시 달래었다.

"가서 자네 가족도 돌보고, 만약 손이 남으면 내 가족도 보살펴 달라는 부탁일세. 우리는 한 부모 밑에서 피는 나누지 않았으나 형제 이상으로 의리를 지키며 살아 왔네.

그러므로 자네들은 내 친동생이나 다름없는 사람이므로 내가 감히 부탁하는 것일세. 거절하지 말게."

봉준은 결국 말 두 필을 주어 두 사람을 떠나게 했다.

그리고 양해일·윤정오·최경선만 데리고 백양사 뒷문으로 나가 백암산으로 들어갔다.

가파른 숲길을 총만 들고 걸어갔다.

이규태에게 다시 봉준이 백양사에 숨어 있다는 첩보가 들어갔다. 관군과 왜군이 다시 백양사를 덮쳤으나 또 허탕을 치고 말았다.

십이월 십이 일.

봉준은 백양사 숲길을 따라 은신해 순창 장터 주막에 숨어들었다. 장사치 차림을 한 그들은 주막에서 봉놋방을 빌려 하룻밤을 묵었다.

그는 옛 부하인 김경천이 이 마을에 살고 있음을 떠올렸다.

봉준이 고부 접주로 있을 때 김경천은 수하에서 집사 일을 보았다.

김경천은 이후 고향인 정읍을 떠나 이 산골로 옮겨와 살고 있었다. 봉준은 해가 질 무렵 주변을 살피며 김경천의 집으로 가 싸리문 밖에서 어흠 하고 기침을 했다.

안방에서 저녁을 먹던 김경천이 문을 열었다.

"날이 어두워지는데 누구시오?"

"여보게 경천이, 날세."

귀에 익은 목소리에 김경천은 숟가락을 던지고 맨발로 밖으로 나왔다.

"아니 접주 어른 아니십니까?"

"자네도 들었겠지만 내가 지금 피신 중일세. 자네 집에 잠시 머물러도 되겠는가?"

김경천은 겉으로는 쾌히 응했다.

"여부가 있겠습니까? 제가 접주 어른께 지은 신세가 산처럼 큽니다."

"고마운 말일세. 그럼 잠시 머물도록 하겠네."

김경천은 아내에게 밥을 지으라고 소리치고 부엌으로 들어갔다.

곁에 있던 최경선이 귓속말을 했다.

"형님, 저 사람을 믿으면 안 됩니다. 마음이 실한 사람이 아닙니다."

봉준이 말했다.

"나도 저 사람을 깊이 믿지는 않네. 그러나 날이 저물었으니 여기서 하룻밤만 묵고 내일 새벽에 일찍 출발하도록 하세."

최경선은 미덥지 않은 얼굴로 물러섰다.

부엌에 들어간 김경천은 아궁이에 장작을 넣으며 생각했다.

'전 접주가 동학군 총대장이라 많은 현상금이 걸려 있을 것이다. 그리고 따라다니는 수하가 고작 세 사람에 불과하다.

저 사람과의 인연이라는 게 접주와 집사 사이로 잠시 일한 것이 다인데 지금 이 판에 내가 무모하게 의리를 지키는 것도 우스운 일이 아닌가?

자칫 여기에서 묵어갔다는 것이 발각이라도 나면 내 집이 풍비박산이 나고 말 것이다.

에라, 마음 한 번 고쳐먹어 팔자나 고쳐 보자.'

김경천은 은밀하게 움직였다.

그는 아내에게 물을 길어오게 하는 척하면서 아내를 시켜 이웃 마을에 사는 유학자 한신현에게 동학군 총대장이 집에 머물러 있다고 밀고했다.

한신현은 그때 지역 동학군을 수색하기 위해 민보군을 모으고 있었는데 뜻밖에도 호박이 덩굴 채로 굴러든 셈이라 입이 귀까지 찢어졌다.

"오래 살다 보니 하늘이 나를 돕는 날도 있구나."

한신현은 즉각 동제 장정을 동원해 김경천의 집을 멀리서 포위했다. 밤이 깊어 방안의 불이 꺼지자 한참을 더 기다렸다.

한신현은 힘깨나 쓰는 장정 스무 명을 선발해 몽둥이로 무장시키고 조용히 불 꺼진 방으로 다가갔다.

봉준은 사람이 은밀하게 다가오는 걸음 소리를 듣고 막 잠이 들려는 최경선을 깨웠다.

"바깥에 벌어지는 일이 예사롭지 않다. 어서 일어나 총을 챙기고 내가 '뛰어라' 하고 소리치면 일제히 뛰어나가 담을 넘어 숲으로 들어가자."

"그놈이 결국 일을 쳤군요."

최경선은 코를 고는 양해일과 윤정오를 깨워 무장시켰다.

바스락거리는 소리가 다가오더니 문밖에서 사람의 거친 숨소리가 들렸다.

봉준은 천보총을 꽉 움켜쥐고 소리쳤다.

"뛰어라."

네 사람이 일제히 문을 박차고 밖으로 뛰쳐나갔다.

담 밑에 쌓아둔 나뭇단을 밟고 담을 뛰어넘었다.

그러나 어느 사이 집을 포위하고 있던 마을 장정들이 개머리판과 몽둥이를 들고 달려들었다. 천보총을 쓸 여유도 없었다.

어두운 밤이라 상대가 잘 보이지도 않았다.

봉준은 장정들이 휘두르는 몽둥이에 여러 군데를 맞고 땅바닥에 쓰러졌다. 나머지 사람들도 마찬가지였다.

봉준은 이렇게 믿었던 부하의 밀고로 어이없이 잡히고 말았다.

발목과 허리 등 온몸에 난 상처로 운신하기가 힘들었다. 그럼에도 불구하고 한신현은 봉준이 두려워 다시 죽지 않을 만큼 몽둥이질을 했다.

봉준과 부하 세 명은 마을 공회당에 갇혔다.

이 보고를 받은 순창 소모사 임두학은 절차에 따라 봉준을 전라 감영으로 압송하려 했다. 마침 그 근처에 머물고 있던 미나미 고시로가 임두학에게 말했다.

"우리가 남쪽으로 내려온 것은 오로지 이 한 놈을 잡기 위해서였다. 그러므로 우리가 공동으로 지켜서 한양으로 압송해 신문함이 당연하다."

임두학은 왜군의 신병 인도 요청을 거절할 수 없었다.

만일 봉준이 전주로 압송되었다면 김개남처럼 즉결 처분으로 죽임을 당했을 것이다.

미나미 고시로는 봉준과 양해일·최경선을 데리고 가면서 윤정오는 순창에 남겨 두었다.

순창 민보군은 봉준을 놓아준 분풀이로 윤정오를 전주의 전라 감영으로 보내지 않고 현장에서 총살했다.

조정은 봉준이 체포되었다는 사실을 전국 곳곳에 방문을 내걸어 알렸다.

사람들은 이 소식을 듣고 땅을 구르며 통탄했고 밀고자 김경천은 세상 눈총이 두려워 몸을 숨겼다.

한신현은 그 공로로 금천 군수가 되었고 마을 사람들은 천 냥을 상금으로 받아 나누어 가졌다.

김경천은 결국 피노리를 떠나 몸을 숨기며 떠돌이 생활을 했다.

이윽고 봉준 일행은 나주로 이감되었다.

나주 초토영 옥에는 많은 동학 지도자가 잡혀 와 있었다.

김개남은 이때 태인 지금실, 자신의 집에 숨었다가 매부 서영기의 집이 있는 태인 산내면 종송리로 피신해 있었다. 종송리는 험준한 회문산 언저리에 있는 깊은 산골 마을이었다.

그러나 김개남은 이 마을에 사는 친구 임병찬의 밀고로 체포되어 전라 감영으로 압송되었다.

한 사람은 옛 부하, 한 사람은 옛 친구의 밀고로 십일월 이 일 한날에 잡혔다.

묘한 인연이고 묘한 운명이었다.

김개남은 전주로 끌려가 전라 감사 이도재의 심문을 받았다. 이도재는 정식 재판 절차를 거치지 않고 그를 현지에서 처형했다.

드센 김개남의 부하들이 언제라도 달려와 그를 탈출시킬지도 모른다는 염려와 그가 처형한 남원 부사 이용헌의 아들이 끈질기게 제 아비의 복수를 청했기 때문이었다.

이도재가 김개남을 전주 서교장에서 처형한 뒤 그의 배를 갈라 간을 꺼내 큰 동이에 담았다.

김개남의 간은 보통 사람 간보다 배나 컸다. 원수진 사람들은 그 고기를 베어 씹기도 하고 잘라다 제사상에 올리기도 했다.

그의 머리만 함지박에 담아 한양으로 보내 조리를 돌렸다.

김개남이 잡혀갈 때 사람들은 안타까워 노래를 불렀다.

개남아 개남아 진개남아
그 많던 군대 어디 두고 짚둥우리가 웬 말이냐?

개남아 개남아 진개남아
수많은 군사 어데 두고 전주야 숲에는 유시했노?

92.

고종 31년, 갑오년, 1894년, 십일월.

장흥에는 일찍부터 이방언·이인환·이사경 등의 지도자들이 동학군을 규합했다.

장흥의 동학군 수만 명이 십일월 말경부터 본격적으로 활동을 벌일 때 광주와 나주에서 온 동학군이 속속 합류했다.

장흥은 동학군의 마지막 집결지가 되었다.

장흥 동학군은 이방언·이인환·이사경의 지휘 아래 장녕성을 에워싸고 장흥 관아를 공격했다.

십이월 오 일.

새벽에 동학군은 남쪽 끝자락의 수부인 장흥을 점령했다.

장흥 부사 박헌양은 반항하다 칼에 맞아 죽었고 악명 높았던 구실아치와 민병 이백여 명도 몰살하고 관아는 불에 타 재가 되었다.

십이월 칠 일.

이방언은 이웃 고을인 강진 동학군과 합세해 강진 관아를 공격해 점령했다.

이곳 민포장 김한섭이 민병을 이끌고 동학군을 막았다. 김한섭은 이방언과 동문수학한 사이였다. 김한섭은 이 전투에서 이만덕이 휘두른 칼에 목이 잘렸다.

이방언은 이어 강진에 있는 전라 병영을 공격했다.

전라 병사 서병무는 낌새를 알아차리고 어느새 도망쳐 병영에 없었다. 이방언은 병영에 불을 놓아 모조리 태워 버렸다.

개들도 돈을 물고 다닌다던 강진 병영은 이로써 잿더미가 되고 말았다.

93.

고종 31년, 갑오년, 1894년, 십이월.

십이월 칠 일.

광양의 민포군이 김인배와 유하덕을 포위했다.

세가 불리해 도무지 영절스런 방법이 나오지 않았다.

김인배는 같이 싸우던 처남에게 말했다.

"장부가 사지에서 죽음을 얻는 것은 떳떳한 일이네. 다만 뜻을 이루지 못함이 한이로다.

나는 함께 살고 죽기를 맹세한 동지들과 최후를 맞이할 터이니 자네는 집으로 돌아가 부모를 봉양하게."

처남은 눈물을 흘리며 혈로를 뚫고 나가 살아남았다.

김인배와 유하덕은 마주보고 웃으며 생을 마쳤다.

십이월 십이 일.

왜군은 세 부대로 나뉘어 한 부대는 교도중대 이 분대를 데리고 영암 방면으로 한 부대는 통위영군 서른 명을 데리고 능주 방면으로 한 부대는 남은 교도대의 병사를 데리고 장흥으로 직행했다.

장흥에 집결한 동학군은 장흥 관아를 중심으로 전투를 벌였다. 동학군은 장녕성 외곽의 벌판인 석대들과 인근 있는 야산에서 싸웠다.

십이월 십오 일.

동학군은 석대 들판에서 왜군과 정면 승부를 벌였다.

동학군 수만 명이 남쪽으로는 높은 봉우리 밑과 북쪽으로는 뒷산 중심 봉우리까지 골골에 가득하여 수십 리에 뻗치도록 유진했다. 봉우리마다 깃발을 수없이 꽂고 대포를 쏘아 기세를 과시했다.

동학군은 일진일퇴를 거듭하며 치열하게 싸웠으나 점차 왜군의 화력에 밀렸다.

석대 들판 전투는 사흘 만에 끝났다.

동학군은 남쪽 바닷가로 후퇴하다 덕도 앞바다에 이르렀다.

이때 덕도 나루에서 뱃사공을 하던 열다섯 살 먹은 소년 윤성도가 동학군 오백여 명을 섬으로 피난시켰다.

덕도로 건너갔던 동학군은 다시 먼 섬으로 들어갔다.

이규태는 장흥 전투를 끝낸 뒤 군사를 이끌고 해남 목포 방향으로 나왔다. 그는 목포에 머무는 동안 심한 폭풍과 파도 때문에 군사를 움직일 수 없었다.

이규태는 목포에 사 일 머물다가 해남과 진도에 들어가 동학군을 색출한답시고 사월 초파일 등대 감듯 나부댔다.

이규태는 무안에서 수성군이 잡은 배상옥의 동생 배규찬·김효문을 수성소에서 함부로 죽이지 말고 좌선봉진으로 보내라 지시했다.

제가 잡은 것으로 보고해 체면을 세우려 한 것이다.

배규찬과 김효문이 압송되어 오자 이규태는 직접 목을 잘랐다.

그가 십이월 십칠 일부터 한때 유진했던 해남 우수영 앞에 동학군 처형장이 있었다. 우수영 문에는 효수한 동학군의 머리가 걸려 있었고 우수영 부근에는 버려진 동학군의 시체가 널려 있었다.

이들의 주검은 모두 이규태의 공으로 조정에 보고되었다.

왜군도 해남으로 들어갔다.

왜군은 출동 초기부터 동학군을 엄하게 처벌하라는 이노우에 가오루와 미나미 고시로의 지시를 받았다.

장흥과 강진 전투 뒤 완전한 승기를 확신한 이노우에 가오루는 미나미 고시로에게 가능한 많은 동학군을 죽이라는 방침을 전했다. 훗날 다시 동학군이 봉기할 단초를 철저하게 꺾어 버리자는 의도였다.

왜군은 백성과 동학군을 구별하지 않고 무차별로 죽였다. 사타구니에 방울소리가 났다.

관군이라고 다를 바 없었다. 그들은 왜군보다 더 날뛰었다. 관군은 마을마다 들어가 집마다 수색했고 조금이라도 혐의가 있으면 현장에서 바로 죽였다. 삼 년 학질에 벼랑 떼밀이*였다.

이규태가 장흥으로 가는 길에 영암에서 백성 이만여 명을 죽였고 이두황과 이규태 그리고 왜군이 연합해 해남에서 애먼 백성 삼만육천여 명을 살해했다.

---

* 학질을 놀라게 하면 떨어져 낫는다는 속설을 따라 아이를 벼랑에서 떨어뜨린다는 뜻으로 걱정거리를 떨쳐버린다는 말.

관군이 쓸 장작이나 먹을거리를 마을마다 배당해 염출하고 있었음에도 보이는 집마다 들어가 삶은 개고기 뜯어 먹듯 마구잡이로 다투어 약탈했다. 삼각산 밑에서 짠물 먹고 살아온 놈들답게 추잡했다.

꼴뚜기가 뛰니 망둥이도 같이 뛰었다. 각 고을 민포군도 백성들을 잡아다 동학군으로 몰아 몇십 명 또는 몇백 명씩 한꺼번에 죽였다.

백성들은 목숨을 보전하려 아침저녁도 없이 하염없이 도망쳤다. 산속으로 들어가 골짜기와 암굴 속에서 얼어 죽기도 하고 들판을 헤매다 며칠을 먹지 못해 굶어 죽기도 했다.

결기가 있는 사람은 분해서 스스로 목을 매 이승을 하직했다.

마을은 텅텅 비었고 거리와 골짜기는 피로 얼룩졌고 꽁꽁 언 시체들이 길가에 여기저기 나뒹굴었다.

동학군이 비축했던 양곡은 토호가 착복했다.

사기꾼도 등장했다. 살이 살을 먹고 쇠가 쇠를 먹었다.

무안에 사는 안 첨지라는 자는 무안 진남면에 사는 토민들에게 물침첩을 얻어 준다고 뇌물을 받아 챙겼다. 물침첩도 매매하는 물건이 되었다.

박수기라는 자는 관군에게 갑옷과 배자를 빌린 뒤 말을 타고 다니면서 관군 행세를 했다. 그는 마을을 돌아다니면서 살갑기는 평양 나막신보다 더하게 접근하더니 느닷없이 죄를 뒤집어씌워 재물을 우려냈다.

해남 현산면 백포에는 사족인 윤씨가 마을을 이루고 살고 있었다.

이곳 윤씨들이 집강소 기간에 동학군에게 곡식이나 돈을 보냈다.

동학군이 해산하게 되자 수성군과 관군이 이 사실을 빌미로 핍박했다. 이들은 이번에는 수성소와 관군에게 뇌물을 바치고 빠져나갔다.

뇌물을 먹인 덕분에 윤씨들은 나주 초토영 군사와 관군의 보호를 받아 호구 단위로 완문의 물침첩을 여러 장 받았다.

나주 목사가 발행한 물침첩 완문을 보자.

'해남 백포는 곧 윤씨 세거지이다.

그런데 이들은 선비의 지조를 지켜 동도에 물들지 않았으니 극히 가상하다.

비록 소탕하는 때일지라도 특별히 편안하게 보호해 주어라.'

관군들이 몰려와 행패를 부리면 물침첩을 내밀어 약탈을 막을 수 있었다.

그러나 뇌물을 쓸 형편이 못 되는 가난한 백성들은 물침첩을 받을 엄두를 내지 못했다.

이규태는 해남 우수영에 머물며 해남 읍내에 방문을 걸었다.

'지금 읍내에 이르러 사정을 보니 몇몇 괴한이 작폐를 했는데도 유죄 무죄를 가리지 않고 모조리 도망쳐서 열에 아홉 집이 비었다.

이것이 조정에서 백성을 안무하는 본뜻이겠는가?

거괴로 작폐를 부린 자 외에 강제로 귀화한 자도 양민이라 할 수 있을 것이다.

구실아치나 평민 가릴 것 없이 조금도 의구심을 갖지 말고 생업으로 돌아가 편안하게 살라.

만일 여전히 도피하던 자가 수색해 잡히면 마땅히 형벌을 받으리라.'

이는 해남에만 일어난 일이 아니었다.

이웃 고을 모두 똑같은 사정에 처해 있었다.

비록 백성들을 안도시키려는 의도에서 타이르는 방문을 붙였으나 실제로는 돈이 없으면 빚이라도 내 바치라는 협박이나 다름없었다.

조정에서는 토벌할 군대 이외에도 여러 가지 직함을 가진 벼슬아치들을 남도로 내려 보냈다. 현지에서 군수물자를 조달하는 임무, 군사를 모집하는 임무, 백성을 위무하는 임무, 따위를 띤 자들이었다. 이런 자들이라고 점잔을 빼고 가만있을 리 만무했다.

기갈 든 놈은 돌담도 부순다지만 이놈들은 관군 정도는 기생 자릿저고리 취급했다. 물 만난 고기가 따로 없었다. 눈알이 화등잔이 되어 돈을 챙기려 날뛰었다.

관군과 손을 맞춘 수성군과 보부상 패는 산 눈깔 빼먹듯이 골골을 누비면서 동학군을 수색한다는 핑계를 대고 부녀자를 강간하고 패물을 빼앗고 곡식을 약탈했다.

부녀자가 조금이라도 반항하면 집을 태워 버렸다. 산도 허물고 바다도 메울 기세였다.

순무사 신정희는 좌선봉장 이규태에게 자중하라고 지시했다.

그러나 이런 미지근한 단속이 먹힐 리 없었다. 삶은 소가 웃다가 아가리가 터질 일이었다.

장수들이 방조하거나 스스로 나서서 약탈을 자행하는 마당에 말로 하는 지시가 무슨 소용이 있단 말인가? 순무영에서 내린 방침은 오히려 침탈을 조장하는 결과를 빚었다.

'하나, 징계하고 박멸하는 일은 엄하게 하지 않을 수 없다.
이들을 제거하지 않으면 후환을 남기게 될 것이다.
그러니 정적이 드러난 자는 낱낱이 적발해 용서 없이 죽여라.
하나, 살육은 함부로 해서는 안 되니 권한을 받은 자만이 시행해야 한다.
근래 참모와 군관 유회 상사 등이 사람을 함부로 죽이고 있다.
출전한 장령 초토사, 소모사 등 외에는 함부로 죽이지 못하게 하라.
하나, 재산을 몰수하고 돈을 받고 용서하는 조치는 신중하게 하지 않을 수 없다.
근래에 모든 군진에서는 죄의 경중을 가리지 않고 먼저 그 재산을 몰수하고 속전을 받고 풀어 준다고 한다.
원흉으로 잡아 죽인 자 외에는 재산을 몰수하지 말고 속전을 받는 일도 결코 시행하지 말라.
하나, 보부상 패는 토벌에 참가하지 말게 하라.
그들은 본디 정보 문서를 전달하거나 통신의 일을 맡았으니 별로 하는 일 없이 무리가 모이지 않게 하라.'

탐욕이라면 까마귀가 아저씨 할 미나미 고시로가 오히려 똥줄이 타 이노우에 가오루에게 보고했다.
이노우에 가오루는 남도에 씨가 마른다고 순무영에 시정을 요구하는 글을 보냈다.

'비도들을 잡으면 감사가 그 경중을 가리지 않고 곧바로 참형에 처하고 법을 따르지 않고 있습니다.

또 참모 소모 별군 따위가 난리를 틈타 백성을 흔들어서 지방에 해독을 끼치고 있다고 합니다.

동학 비당은 귀국의 역적만이 아니라 아국에도 비도입니다. 동비의 괴수를 잡으면 서울로 압송하여 법에 따라 죄를 묻게 하십시오.

또 참모 소모 따위는 하루빨리 소환하여 민심을 안정시켜 다음의 화란을 방지하십시오.'

순무사 각진전령 일월 칠 일

이노우에 가오루는 이들에게도 법에 따라 처벌하고 함부로 죽이거나 약탈을 방지해달라고 했으나 이는 마지막까지 민심을 자기편으로 끌어들이려는 저열한 전술이었다.

산중 놈은 도끼질하고 야지 놈은 괭이질했다.

이노우에 가오루와 손을 맞춘 미나미 고시로는 나주에 순사청을 설치하고 호남의 수령들에게 체포한 동학군 지도자들을 나주 순사청으로 보내라고 지시했다. 이는 내정 간섭과 같은 행패였으나 수령들은 감히 거역하지 못했다.

초토영의 옥은 나주 남문 앞에 있었다.

미나미 고시로는 순사청 옥을 별도로 만들었다.

94.

고종 31년, 갑오년, 1894년, 십이월.

조정은 각지에 채비 사흘에 용천관 다 지나가듯 소모사와 토포사를 임명했다. 경상도는 창공에 뜬 백구 세듯 대강 몇 구역으로 나누어 파견했다.

얼떨결에 임명된 소모사는 참새에 씹힌 놈처럼 상주·김산·인동·선산·거창·창원 등지를 각기 나누어 맡아 민보군이나 수성군을 모집해 전투를 벌였다.

경상도 내륙의 동학군은 주로 충청도와 전라도 접경 지역에서 싸웠다.

상주 소모사 정의묵은 이서·군교·유학자 등으로 수성군을 조직했다. 상주에 부수 집강소를 설치했고 김석중을 유격장으로 임명해 지경 바깥인 황간과 영동으로 보내 동학군과 싸우게 했다.

동학군은 영동·청산·황간 등지의 농민군이 도인과 합세해 싸웠다.

동학군이 상주 관아를 점령하자 낙동 병참부에 주둔해 있던 왜군이 출동해 상주 읍성을 기습해 사다리를 타고 성벽을 기어 올라가 동학군을 공격했다. 이에 동학군은 읍성에서 물러났다.

그 뒤 이곳 양반 유생과 아전들이 상주 집강소를 차리고 관아를 지켰다. 동학군은 굴하지 않고 고을 각처에 나타나 싸웠다.

이에 소모사 정의묵과 유격장 김석중이 대구에 주둔하는 경상 감영 병사와 용궁·함창·예천의 포군 팔천구백여 명을 불러들였다.

이에 동학군은 두어 달쯤 맞서 싸우다 다시 물러섰다.

김산은 조시영이 소모사로 임명되었다.

이 지역 동학군은 낙동강 주변 병참소에 주둔하던 왜군과 각 소모영의 수성군 또는 민보군의 방어망에 막혀 공주 전투에 참여하지 못해 현지에서만 싸웠다.

선산 동학군은 김산과 개령의 동학군과 합세해 관아를 점거하고 수령과 악질 부호들을 징치했다. 이에 선산 관속이 낙동강 옆 해평에 있는 왜군에게 구원을 요청했다.

대구 경상 감영에서도 영병 이백여 명을 보냈다. 이에 선산 동학군은 세 불리로 물러설 수밖에 없었다.

성주는 이웃 고을 지례와 인동에서 수십 명의 농민이 합세했다. 이에 백여 명이 동학군이 장날을 기해 장터에 모여 성주 목사에게 사채 탕감·투장 해결·호포 감하·요호와 이서배 징치를 요구했다.

성주 수성군은 십여 일 동안 동학군과 싸워 동학군은 고을 바깥으로 밀려났다. 세를 규합한 동학군이 다시 읍성을 들이치자 상주 목사 오석영은 도망쳤다.

오석영은 대구 감영으로 갔다. 철 묵은 색시 승교 안에서 장옷 고름 단다고 애절하게 감사에게 구원을 호소했다.

처삼촌 뫼에 벌초할 일이 있나. 책임지기 싫은 감사는 오석영이 위기에 처한 임지를 지키지 않았다 하여 접견조차 해주지 않았다.

김산과 거창의 중간에 자리 잡은 지례는 김산 소모사 조시영과 김산 동학도소의 도집강 편보언이 맞서 싸웠다.

김산에서는 어모면 참나무골에 사는 도집강 편보언이 여러 지역의 동학군와 함께 김산 장터에 집강소를 차리고 개혁을 실천했다.

편보언은 중농인 무관 집안에서 태어나 일찍이 시형을 따라 동학에 입도했다.

지례는 위로는 김산, 아래로는 거창, 동쪽으로는 성주, 서쪽으로는 무주와 인접해 있었다. 무주와 삼도봉 대덕산과 경계를 이루면서 나제통문을 통해 교류했고 고을 백성들은 무주에 속한 무풍장을 많이 이용했다.

편보언은 김산과 지례의 동학군을 규합해 선산 관아를 공격했다.

대구 감영군이 김산 장터로 몰려오자 편보언은 일단 해산했다. 그러나 그는 김산과 선산 그리고 상주를 넘나들며 세력을 넓혔다.

이 지역은 주로 화순 최씨·연안 이씨·벽진 이씨·창녕 조씨·창녕 여씨 등 이른바 양반 사족의 거주지였다.

김산 소모사 조시영은 수성군을 조직하고 김천 장터에 군사와 보부상 접장을 배치했다.

갑오년 십이월 시형과 손병희가 전라도 임실에서 무주를 거쳐 영동·청산·용산으로 진출하자 조시영은 상주 소모영과 연대해 황간과 영동에 유격장을 배치했다.

유격장은 추풍령을 방어하면서 시형이 김산으로 넘어오지 못하게 저지했다.

예천·안동·의성은 사족들이 할거했다.

이들 재지 사족은 지주로 군림해 수령과 아전을 압박하면서 향권을 주도했다.

안동 동학군은 폐정의 원흉인 안동 부사의 행차를 가로막고 그를 구타했다.

안동은 유학을 숭상해 추로지향이라 자부해 온 곳이기에 초상집에서 권주가나 부르던 사족들은 관장이 동학군에게 매를 맞자 겁에 질려 보따리를 꾸려 도망가기 바빴다.

예천 동로면 소야리에 옹기상인 최맹순이 집강소를 운영했다.

이어 더욱 세력이 커져 도인 수가 몇만 명에 이르렀고 접소는 마흔여덟개를 헤아렸다. 대접은 만여 명이고 소접은 수백 명이었다. 최맹순은 강원도 출신이었으나 주로 예천에서 활동했다.

예천 사족들은 보수 집강소를 만들어 동학군과 대치했다. 그들이 도인 열한 명을 잡아 화적죄를 뒤집어 씌워 읍내 한천 모래밭에 파묻어 버렸다.

이에 최맹순은 매장 사건의 책임자를 압송하지 않으면 보수 집강소를 공격하겠다고 통보했다. 그러나 보수 집강소가 조직한 민보군이 최맹순을 먼저 기습했다.

최맹순은 용감하게 싸워 이들을 물리쳤다. 이어 안동과 의성에서 물러난 동학군과 규합해 예천 읍내 주변을 봉쇄했다.

마침내 읍내에서 결전이 벌어져 오후부터 다음날 새벽까지 싸웠으나 최맹순은 민보군에게 밀렸다.

기세가 오른 사족들은 객사 대청에 집강 군문을 설치하고 동학 혐의자를 잡아들였다.

읍내 백성 중 동학과 관련이 있다고 알려진 사람, 재산깨나 있는 사람, 예전에 흠이 있었던 사람, 동학을 다시 일으켜 주창할 수 있을 것 같은 사람을 모두 잡아다 죽였다.

죽인 백성의 아낙이 미색이 있으면 데려다 첩으로 삼았다.

애먼 백성의 전곡과 토지를 빼앗는 것도 모자라 집안의 기물까지 강탈했다. 전곡은 군량으로 충당하고 매매할 것은 방매해 이득을 챙겼다.

고을에 일정한 직업이 없던 부랑 잡배들이 모두 사족에게 붙었다.

이들도 재산 없는 자는 남의 재산을 빼앗았고, 계집이 없는 자는 남의 계집을 빼앗았다.

이전에 저희와 다툼이 있었던 자를 동학이라 칭탁해 원수를 갚았고, 이전에 받은 공전을 안 받았다고 일가붙이에 족징했다.

길에 돌아다니는 행상이 재산이 있을 듯하면 동학이라 잡아 죽이고 그의 물건을 털어먹고, 장터에 물건이 들어오면 동학도인의 물건이라 빼앗아 착복했다.

이 무렵 태봉 병참부에서 정탐하러 나왔던 왜군 대위와 왜병 두 명이 용궁 근처에서 동학군에게 발각되어 죽었다.

이에 경상 감영에서 영군 이백사십여 명을 용궁과 예천 일대로 파견했고 이어 왜군도 병사 오십 명을 증파했다.

예천 백성들은 모두 목숨을 부지하러 인근 고을로 피난 갔다.

최맹순은 그 후 강원도에 은신해 있다가 십일월에 평창 접 지원을 받아 백여 명을 이끌고 다시 예천 적성리에서 민포군과 싸웠다.

최맹순의 외아들이 김씨 일가의 여식과 혼사를 치른 다음 날, 보수 집강소 민포군이 들이닥쳐 그들 부자를 잡아갔다.

충주 달래 꼽재기를 닮은 민포군은 아름다운 신부에게 자신의 사정을 들어주면 남편을 살려주겠다고 회유했다.

신부는 끝내 정조를 지켰다.

민포군은 최맹순과 그의 아들을 죽였다. 그리고 나서도 신부를 회유했으나 신부는 끝내 자결해 몸을 지켰다.

95.

고종 31년, 갑오년, 1894년, 십이월.

시형과 손병희가 임실에서 북접동학군을 수습하여 북상을 시작하자 소식을 듣고 여기저기서 속속 호서 기호 지역 동학군들이 합류하였다. 그들은 호남에 은신할 근거지가 없는 고로 어떻게든 고향으로 돌아가야 할 형편이었다.

손병희는 한편으로 도주 시형을 모시면서 한편으로 수만 명에 이른 동학군을 이끌고 장수와 무주를 거쳐 영동 용산 장터에 진출했다.

이때 상주 소모영 유격장 김석중이 청주에 주둔하던 충청 병영 군사들과 합세해 영동으로 들어왔다.

동학군은 용산 일대를 석권한 뒤 북쪽의 청산과 전패 관아를 점령했다.

그러나 이 과정에서 손병희가 다리에 총탄을 맞았다. 여기에 왜군이 다시 몰려온다는 첩보를 받자 시형은 잠시 물러섰다.

십이월 십육 일.

동학군 팔만여 명은 청산에서 일어나 보은 관아를 공격해 점령했다. 보은 군수 이규백은 청주로 도망쳤다.

관아에서 주둔하기 어려워 시형은 다음 날 보은의 깊은 산골인 북실로 진지를 옮겼다. 이어 더 깊은 산골로 들어가 산봉우리에 진지를 구축하고 곳곳에 파수병을 두어 장기 주둔 태세를 갖추었다.

십이월 십팔 일.

날이 어두워지자 김석중의 민보군과 청주 병영의 영병 그리고 왜군이 종곡 즉 북실로 공격해 들어왔다. 왜군이 북실 입구에서 파수를 보던 동학군을 붙잡아 북실 안쪽의 상황을 파악하고 선공을 시작한 것이다.

북실 전투는 몸을 회복한 손병희가 직접 선두에 서서 지휘했다.

서로 함성을 지르고 충돌하는 모습이 조수가 바다로 들어가는 듯 빠지는 듯했다.

양편은 다음 날 낮까지 물 한 모금도 마시지 못하고 싸우다 서로 간에 기력이 소진되었다. 그러나 시간이 지날수록 동학군의 전투력은 급속이 소진되어 갔다. 죽기로 버티며 왜군과 민보군을 밀어내던 동학군은 왜군의 포 사격에 밀려 다시 물러났다.

한번 무너진 전열을 되살리기란 불가능했다. 북실의 비산비야 계곡 곳곳에서 왜군과 민보군의 총탄과 포탄에 동학군 학살이 벌어졌다.

북실 전투는 남쪽에서 벌어진 장흥 전투와 함께 동학 혁명 최후의 전투가 되었다.

손병희는 시형을 모시고 북실에서 겨우 벗어나 피신했다. 화양동 화양사로 가 하룻밤을 묵었다.

이후 충주 외서촌으로 피신했다가 강원도로 넘어가 인제군 남면 유목정 최영수의 집에 이르러 은신했다.

십이월 이십구 일.

날이 어두워지자 손병희는 그때까지 따르던 동학군을 모두 해산시켰다.

해산한 동학군은 평안도 등지로 흩어져 해를 넘기고 이후에 의병이 되어 활동하게 된다.

96.

고종 31년, 갑오년, 1894년, 십이월.

충청도와 전라도 경계에서는 대둔산 전투가 있었다.

공주 전투가 끝난 뒤 두 도의 경계에 있는 연산·고산·금산·진산의 동학군은 이 지역에서 싸웠다.

금산과 진산에는 보부상 패의 기세가 사나웠다.

무관 문석봉은 양호 소모사로 임명되었다. 그는 관군과 왜군의 지원을 받아 동학군과 싸웠다.

문석봉은 대둔산 최고봉 아래 마천대에 동학군이 포진해 있다는 첩보를 받았다. 마천대 자락 염정동은 수천 호가 살고 있었다.

문석봉은 마천대를 정찰했다. 산 위에는 바위가 울창해 새도 넘어가기 힘든 길이 있었다. 마치 하늘에 꼬불꼬불한 험한 길이 있는 듯했다

위로 높은 바위들이 뾰족하게 솟아 있고 좌우로 몇 겹의 병풍바위가 장벽을 쳤다.

내려가는 길이 하나만 있고 삼층 잔도를 통해서만 위로 올라갈 수 있었다.

동학군은 이곳에 근거를 두고 눈바람 속에서 버티며 한 달 넘게 지내고 있었다.

진산 접주 최공우가 이들을 지휘했다. 김태경과 장문화가 최공우를 보

좌했다.

문석봉은 먼저 보급로를 끊는다는 명분으로 마을을 약탈해 재미를 보았다.

을미년 일월 이십팔 일.

문석봉은 오천여 명을 이끌고 파수막 일곱 개를 먼저 제거했다.

그리고 염정동 이웃 주암 마을에 사는 최공우의 친구 김공진을 포섭해 세작으로 이용했다.

칠팔월 은어 곯듯 살던 칠 푼짜리 돼지 꼬리보다 못한 김공진이 마천대에 올라가 김태경과 장문화가 수성군에게 넘어가 최공우를 죽이려 한다는 편지를 최공우에게 슬쩍 찔러 주었다.

최공우는 편지가 침 발린 말임을 알아채고 도끼눈을 하고 김공진을 죽여 버렸다.

이두황이 왜군과 함께 한양으로 귀환하면서 고산에 이르렀을 때 마천대의 상황을 보고 받았다.

이두황은 장위영군과 왜군을 모아 수성군의 안내를 받아 마천대로 향했다. 이들이 대둔산 밑에 이르렀을 때 날이 저물어 염정동에서 하룻밤을 잤다.

다음날 새벽 이두황은 직접 마천대 가까이 가 정찰했다. 만 겹으로 첩첩이 쌓인 큰 산들이 우뚝우뚝 솟아 있고 그중 하나의 산등성이에서 밥을 짓는 연기가 솟아올랐다.

최공우는 잔도를 끊어 버렸다.

관군과 왜군은 원숭이가 매달리고 족제비가 기어오르듯, 칼 물고 뜀뛰기 하는 심정으로 절벽을 올라갔다.

해가 뜨자 동학군이 진을 친 망대가 드러나 보였다. 이들이 고함을 지르며 한꺼번에 공격하자 최공우는 부하들과 총을 쏘고 칼을 휘두르고 돌을 던지며 싸웠다.

최공우는 부하들과 피신해 다음을 기약했다.

97.

고종 31년, 갑오년, 1894년, 십이월.

재상을 지낸 신응조는 진잠에 살았는데 그 손자인 일영이 불법한 짓을 많이 했다.

동학군이 일영의 아들을 묶어 불알을 까면서 말했다.

"이 도둑의 종자를 남겨 두어서는 안 된다."

성두한은 초기부터 동학군 수백 명을 모아 청풍을 중심으로 주변 고을을 횡행하면서 관아를 습격해 무기와 양곡을 거두어 가고 코 떼어 주머니에 넣고 전전긍긍하는 양반과 토호를 응징하면서 빼앗은 양곡을 굶주린 백성들에게 나누어 주었다.

그리하여 청풍 일대에서는 남쪽의 집강소 활동을 방불케 하는 개혁이 진행되었다.

제천 유생 서상무는 십일월 이십사 일 민포군 백이십여 명을 이끌고 청풍의 학현 인근 마을을 공격했다.

이 마을에 성두한의 맏형이었던 성운한이 살았는데 사십여 가구가 모여 살고 있었다.

마을에서 동학군 백여 명이 맞서 싸웠다. 세가 밀리자 성운한은 피신했다.

서상무는 이어 성두한이 살던 충주 적곡 마을을 공격했다. 그러나 성두한은 미리 피신하였으므로, 그의 아버지 성종연과 가족들을 체포해 제천 옥에 가두었다.

성종연은 대선생의 도제로 시형과 단양의 강차주·전중삼·김봉암과 친분이 있던 도인이었다.

황해도에서 한양으로 가려면 개성을 거쳐 임진강을 건너야 한다.

청·왜 전쟁이 일어났을 때 왜군은 이 길을 따라 북쪽으로 올라가는 청군을 추격했다.

왜군은 청군을 압록강 너머로 몰아낸 뒤 파리한 돼지 두부 앗듯 개성과 평양에 병참부를 설치했다.

왜군은 임진강 방어선을 치고 황해도 동학군이 남하하지 못하게 방해하면서 황해도 일대로 진격해 토벌 작전을 펼쳤다.

임진강 방어선 때문에 황해도 동학군은 남쪽으로 이동하지 못했다. 강원도와 달리 왜군이 이 지역을 눈여겨본 것은 청·왜 전쟁을 수행하는 왜군의 보급로였기 때문이다.

이 지역도 일찍부터 동학이 전파되었다.

계사년에 시형이 보낸 통문이 이곳에 전달되어 뜻이 있는 여러 사람이 보은으로 직접 가서 시형을 만났다. 시형은 최유현에게 해서 수접주의 직함을 맡겼다.

갑오년에 황해도에서도 임종현을 중심으로 최유현과 오응선이 보좌해 봉기가 일어났다. 남하하지 못한 동학군은 해주 황해 감영을 공격할 준비를 서둘렀다.

그리하여 시월 초순에는 이들 연합 세력 수만 명이 해주 서쪽 취야 장터에 모여 감사 정현석에게 민폐와 민막을 철폐할 것을 요구했다.

여든 살이 가깝게 늙은 정현석이 키 큰 암소 똥 누듯 머뭇거리자 임종현은 강령을 점령하고 곧바로 황해 감영으로 쳐들어갔다.

영리들이 도와주어 동학군은 무혈로 감영을 점령했다.

임종현은 감영의 군기고를 열고 문서를 태우고 판관과 영리들을 징치했다. 정현석은 당 아래 무릎을 꿇고 매를 맞았다.

임종현이 나이가 많은 점을 들어 사정을 보아주어 겨우 목숨을 부지하고 영노청에 몸을 눕혔다.

털 벗은 솔개가 된 정현석은 새끼에 위급을 알리는 글을 써서 아들 정헌시에게 주어 금천에 있는 왜군 병참소로 가 구원을 요청하게 했다.

임종현은 왜군과 관군이 대거 출동한다는 정보를 입수하고 스스로 물러났다.

순무영은 현지 병영과 수영 병사들에게 황해 감영에 출동하라 지시했고 동시에 왜군 파견을 요청했다.

왜군은 동정을 엿보며 출동하지 않았다.

황해 감영에서는 정헌시가 명의소를 두어 민보군을 조직했다. 동원된 백성에게는 물침첩과 개인지를 나누어 주어 신분증처럼 사용하게 했다.

조정은 정현석을 파면하고 판서 선유사인 조희일을 새 감사로 임명했다.

왜군은 이노우에 가오루의 명에 따라 공주에 내려가 있던 스즈키 아키라 소위가 왜군 오십여 명을 이끌고 황해도로 올라갔고 뒤이어 왜군 중대가 증파되었다.

그 무렵 황해 감영에서 물러 나온 임종현이 이끄는 동학군 삼만여 명은 신천과 옹진 등 십여 고을과 주변의 군사 기지를 습격했다. 북방의 보루인 장수 산성과 수양 산성을 함락했다.

한편 평양에 있던 왜군은 신천 방면으로 나왔다.

신천에서는 포수 노제석이 포군 칠십여 명을 모으고 진사 안태훈*이 민정 백여 명을 모집해 동학군과 맞서 싸웠다. 안중근은 당시 열세 살의 소년으로 아버지를 따라 참전했다.

안태훈은 임종현과 만나 서로 침범하지 않겠다는 협정을 맺었다.

이때 스즈키 아키라가 이끄는 왜군이 해주 감영에 도착했다.

해주 인근 죽천과 취야 장터에는 동학군 칠천여 명이 모여 있었다.

아기 접주로 알려진 김창수가 선봉에 서서 동학군을 지휘했다. 창수는 임종현 휘하에서 활약했다.

창수는 해주 백운방 텃골에 대대로 터를 잡고 살아온 안동 김씨 집인에서 태어났다. 그의 아버지 김순영은 장터에서 장사하던 객주였다. 텃골 근동에서 양반 행세하는 진주 강씨·덕수 이씨와 경쟁하며 살다 수령에게 전 재산을 빼앗겼다.

창수는 이웃 마을에 사는 최유현과 오응선을 통해 동학에 입도했다. 그는 경전을 열심히 익히고 포덕에도 적극적이어서 많은 사람이 그로 인해

* 안중근의 아버지.

동학에 입도했다.

이때 그는 창암이라는 이름을 창수라 바꾸었다.

열일곱 살 먹은 창수를 도인들은 아기 접주라 부르며 따랐다. 창수는 최유현과 오응선을 따라 보은에 가서 시형을 만났고 그때 시형을 보좌하던 손병희도 만났다.

십일월 이십칠 일.

황해 감영에서는 왜군 오십여 명과 포군 백여 명이 새벽에 취야 장터로 나가 먼저 싸움을 걸었다.

약 두 시간에 걸친 싸움 끝에 동학군이 밀렸다.

한낮이 되자 동학군 삼만여 명은 포수 삼백여 명을 앞세우고 깃발을 휘날리며 북을 울리면서 해주성을 포위했다. 창수는 선봉장을 맡았다.

창수는 선발대를 보내 남문을 공격해 성내의 관군을 그쪽으로 몬 뒤 서문을 공격해 성안으로 들어가는 작전을 세웠다.

그러나 남문을 공격하던 선발대는 왜군의 기습을 받았다. 선발대는 왜군과 격전을 벌였지만 결국 밀리고 말았다.

김창수는 어쩔 수 없이 그대로 서문을 공격했다. 이때 임종현이 퇴각하라고 북을 쳤다.

다섯 시간여에 걸친 접전 끝에 동학군은 다시 패주했다.

창수는 해주에서 팔십여 리 떨어진 회학동으로 병사를 물린 후 점고를 실시했다. 병사는 축이 나지 않고 거의 전부 살아 있었다.

그러는 즈음 새로 부임한 황해 감사 조희일이 유화 정책을 폈다. 지금 해산해 돌아가면 죄를 묻지 않겠다고 했다.

이에 임종현은 작전상 잠시 휴식을 위해 해산하겠다는 글을 조희일에게 보냈다.

창수는 신천 청계동 안태훈의 집에 은신하다 홍역에 걸려 자리에 누웠다. 안태훈의 아들 안중근이 창수를 간호했다.

창수는 홍역이 나았으나 이로 인해 얼굴이 살짝 얽게 되었다.

평안도는 용강에서 산발적인 봉기가 있었다.

하지만 청·왜 전쟁 시기에 왜군과 청군에게 평안도 전 지역이 큰 피해를 보았기 때문에 조직적인 봉기는 일어나지 않았다.

함경도 역시 마찬가지였다.

순무영은 함경 감사 박기양에게 다른 도의 비류들 중에 경내로 들어가 민심을 선동하고 미혹하는 자들이 있으면 잡히는 대로 효수해 경계하라고 지시했다.

박기양은 강원도와 평안도 접경에 경비를 세워 남쪽 농민군의 진출을 막았다.

이때 홍범도는 함경도 산속에서 호랑이를 잡는 포수 일을 하고 있었는데 남쪽에서 봉준이 왜군과 전쟁을 벌이다가 죽었다는 풍문을 듣자 후일을 도모해 의병으로 나서겠다고 결심했다.

제주도는 일차 봉기 때 사람들이 쌀을 산다는 명목으로 호남의 영산포 등 항구에 진출해 봉기에 합류했다.

98.

고종 32년, 을미년, 1895년.

을미년 정월.

동학군의 활동은 거의 잠잠해졌다.

미나미 고시로는 장흥 지방에 머물고 있던 이두황에게 통문을 보냈다.

'각 지방의 동도들이 거의 진정된 것 같으니 축하합니다.

귀대는 임지를 떠나 나주로 돌아옴이 옳겠습니다.'

해남 근방에 주둔하고 있던 이규태도 미나미 고시로에게서 같은 연락을 받았다.

관군과 왜군은 전해 연말과 이 해 정월에 들어 잔여 동학군 토벌을 수성군에게 맡기고 단계적으로 철수하기 시작했다.

하지만 동학군이 완전히 무너진 것은 아니었다.

장흥·강진·무안·해남은 동학군들이 산속 깊은 곳에 작은 규모로 모여 있었고 일부는 가까운 섬에서 재기를 다지고 있었다.

십이월 초순부터 왜국 쓰쿠바 함과 부속선 두 척이 남해안 일대를 돌아다녔다. 쓰쿠바 함은 여수의 거문도에 정박하거나 해남 우수영을 맴돌기도 했다.

군함 두 척은 왜국 어민의 보호를 빙자로 돌아다녔으나 사실은 섬으로 들어간 동학군이 나오는 것을 저지하기 위해 병력을 싣고 있었다.

나주 초토영은 호남 초토사 민종렬의 지휘 아래 호남 동학군 토벌의 총본부가 되었다.

왜군은 자칭 남조선 대토벌작전을 성공리에 끝냈다고 판단하고 마무리로 숨어 있는 동학군 지도자를 색출하는 수색전을 벌였다.

초토영에 딸린 군교들은 평택이 무너지는지 아산이 깨어지는지 모르고 한철 만난 메뚜기처럼 날뛰었다.

미나미 고시로는 곳곳에서 체포된 동학 지도자를 나주 옥에 모두 수용하지 못하자 부근에 급히 토굴을 파 새 옥을 만들었다. 그리고 나주에 임시 재판소를 설치해 동학 지도자를 재판했다.

이는 한양에서 정식 재판을 받기에 앞서 예비 재판 업무를 불법으로 자행한 짓이었다.

동학군은 신분이 평민이었기에 군인들이 함부로 취조할 수 없었다.

동학 지도자들이 오랏줄에 묶여 오면 나주 관아의 문루 앞에 일단 세웠다.

그러면 옥리가 몽둥이나 철편으로 그를 두들겨 패거나 발길질을 했다. 나주 관아 거리와 옥 부근은 매를 맞는 사람과 매를 때리는 사람으로 난장판이었다.

잡혀 온 동학군과 그 가족·친지들은 오들오들 떨었다. 친지들은 옥리에게 뇌물을 바치기 위해 돈 꾸러미를 들고 이리저리 뛰어다녔다.

진영 안에 새로 만든 토굴에 사람들이 삼대처럼 묶여 있었다.

매를 맞아 어깨가 부러지고 갈비뼈가 금이 간 사람들이 신음했다. 머리가 터진 사람들은 피가 흘러내려 얼굴을 알아볼 수 없었다.

좁은 토굴 하나에 오십 명을 넣어 사람들이 앉을 수가 없었다. 물도 마시지 못했고 밥도 먹지 못했다.

가족이 뇌물을 바쳐야 석방되거나 밥을 얻어먹을 수 있었고 장작을 사와야 불을 때 온돌을 덥혀 주었다. 옥리가 기분이 좋으면 드물게 토시나 버선을 들일 수 있게 해주었다.

사령들은 입의책을 들고 돌아다니면서 뇌물을 건넬 사람의 이름과 액수를 적었는데 미처 돈을 마련하지 못했으나 꼭 돈을 마련하겠다고 약속한 사람들의 이름은 입의책 맨 끝에 적었다.

가족이 없어 쇠천 샐 닢도 없는 사람들은 임시 재판 결정에 따라 한 사람씩 또는 수십 명씩 즉결 처분되었다.

사령이 처형할 죄인의 이름을 적은 장대를 앞세우고 나오면 왜병 수십 명이 줄을 지어 따라왔다. 옥사 앞에서 사령이 오늘 처형할 죄수의 이름을 부르면 감방 안의 사람들은 안절부절못했다.

날마다 해가 저물 무렵에 불려가 하염없이 죽었다.

시신은 길가에 버려졌고 버려진 시신은 가족들이 함부로 거둘 수 없었다. 파수를 보는 포교나 군졸에게 뇌물을 써야 겨우 시신을 찾아갈 수 있었다.

김낙철·김낙봉 형제는 옥에 갇힌 뒤 사흘이 되는 을미년 정월 육 일 죄수 스물아홉 명과 함께 순사청으로 이감되었다.

이들 형제의 편지를 받은 종제 김낙정은 포도청 문고리 빼는 심정으로 급하게 소를 팔아 사백 냥을 마련해 나주로 달려갔다. 그러나 돈을 어디에 낼지 몰라 헤매다가 처형된 시체 더미에서 형제의 시신을 찾고 있었다.

그러다 어떤 사람이 형제가 순사청에 수감되어 있다는 말을 듣고 순사청 옥으로 달려갔다.

김낙정은 음식을 사서 감방에 들여보내고 장작을 보내 온돌을 덥히게 했다.

지난해 제주 사람들은 흉년이 들어 부안 등지로 와 쌀을 사려고 했으나 어려움을 겪었다. 이때 김낙철이 이들을 도와 쌀을 실어 나르게 주선해 주었다.

그 무렵 제주도 사람들이 다시 영산포에 왔다가 김씨 형제가 체포되었다는 소문을 듣고 민종렬을 찾아가 그들을 살려달라는 등장을 냈다.

민종렬은 그 등장을 들고 미나미 고시로를 찾아가 그 연유를 말하고 살려달라고 간곡하게 요청했다.

아마도 제주도 사람들이 민종렬에게 뇌물을 듬뿍 썼던 모양이다.

그러자 미나미 고시로는 처형을 면하게 해주겠다고 약속했다.

이에 민종렬은 왕에게 그 사유를 적어 장계를 올렸다.

왕은 바로 놓아 보내라는 비답을 내렸다.

당시 나주에는 한양과 직통할 수 있는 전보 시설이 있었다. 민종렬은 왕의 비답을 들고 다시 미나미 고시로를 찾아가 석방을 요청했다.

미나미 고시로는 사람을 석방할 권한이 자기에게 있으니 이와 같은 큰 두목은 처형은 면하게 할지라도 석방은 할 수 없다고 거절했다.

이들 형제는 이후에도 네댓 차례 더 심문을 받은 뒤 삼월 이십일 일에야 겨우 풀려났다.

99.

고종 32년, 을미년, 1895년.

김덕명의 근거지인 금구 용계동과 원평 장터는 폐허가 되어 버렸다.

그는 봉준과 헤어진 뒤 집 뒷산인 안정사 절골에 있는 산지기 집으로 몸을 피했다.

산지기는 폐사가 된 안정사에 부처님을 모셔 놓고 무당 노릇을 하고 있었다.

그는 이곳에서 김씨 문중의 토호들에게 구명을 호소했다.

토호들은 제 앞가림으로 김덕명이 숨은 곳을 수성군에 밀고했다.

설날.

태인 수성군이 하늬바람에 엿장수 골내듯 산지기 집으로 들이닥쳤다. 김덕명 머리에 짚둥우리를 씌우고 상투와 양쪽 팔을 묶어서 끌고 갔다. 설 준비로 부산하던 부녀자들은 망연해 눈물을 흘리며 애통해했다.

손화중은 광주에서 패한 뒤 발길을 돌려 옛 연고지인 홍덕현 안현리에 있는 이씨 재실에 부하 두 명과 함께 몸을 숨겼다.

고창 산내면에 거주하는 이봉우는 이 사실을 알아내 김기환과 함께 장정 여섯 명을 데리고 가 손화중을 체포했다.

손화중이 그때까지 품속에 소중하게 가지고 있던 실금이 간 막사발을 김기환이 빼앗았다. 영문을 모르는 김기환은 막사발로 우물물을 퍼먹다 그 자리에서 피를 토하며 급사하고 말았다.

고창 현감 김성규는 손화중을 나주로 압송했다.

이봉우는 그를 잡은 공으로 포상을 받았고 후에 황해도 증산 현령이 되었다.

손화중은 일본군에게 인계되어 나주 초토영 옥에 갇혔다. 그곳에서 먼저 잡혀온 봉준과 만났다.

두 사람은 말없이 손을 마주 잡고 하늘만 쳐다보았다.

나주 옥에서는 현지에서 수백 명을 즉결 처형하고 지도자만 한양으로 압송했다.

을미년 새해 들어 미나미 고시로는 수십 명의 동학군을 데리고 한양으로 출발했다.

전봉준·손화중·최경선은 정월 오 일 한양으로 압송되었다.

왜군은 대포와 총을 앞세워 삼엄한 경비를 펼치며 이들을 호송했다. 가족들은 옥바라지 물건을 지고 행렬의 뒤를 따라갔다.

왜군은 봉준이 체포된 당시부터 그를 보호했다. 압송 도중에 봉준이 노출되면 동학군이 몰려와 탈출시킬 위험이 있었다.

봉준은 왜군에게 끌려가면서 행동에 조금도 거리낌이 없었다.

지나는 여러 고을 수령이 마중을 나와 왜군을 접대했다.

봉준은 그들을 서슴없이 꾸짖었다.

"왜놈의 주구 노릇을 한다고 노고가 심하구나."

봉준은 호송하는 수행원들에게 죽력고와 인삼과 미음을 가져오라고 호령했다.

“내 죄는 종묘사직에 관련되니 죽게 되면 죽을 뿐이다. 너희들이 어찌 이러쿵저러쿵 떠들어대는가?”

잡아가는 자들이나 감시하는 자들이나 모두 그가 말을 하면 겸손한 몸짓으로 고분고분 따르며 감히 거부하지 못했다.

왜군과 고을 수령들은 봉준의 이런 모습을 보고 감탄했다.

“과연 녹두장군은 영걸이로다.”

봉준은 왜국 영사관 순사청 옥에 갇혔다. 그곳에는 전국에서 잡혀온 동학 지도자 수백 명이 갇혀 있었다.

왜국 영사관은 경찰 업무를 보는 순사청이 같이 진고개에 있었다.

이곳에는 봉준 일행뿐만 아니라 황하일과 성두한 등 충청도에서 잡혀온 지도자들도 함께 있었다.

당시 남산 밑의 진고개 주변에는 왜인 거주 지역이 있었다. 진고개 일대에는 조선인 출입을 제한했고 경비도 삼엄했다.

이곳은 안전지대였으므로 왜인은 게다를 신고 멋대로 활개를 치며 다녔다.

또 왜국 음식점과 주점에는 유성기를 통해 왜국풍 노래가 흘러나오고 기모노를 입은 왜국 아낙들이 자유롭게 돌아다녔다.

미나미 고시로는 봉준과 연루자를 왜국 공사관에 인계하면서 봉준을 심문한 구공서를 함께 제출했다.

왜국 공사 이노우에 가오루는 공사관 앞뜰에서 봉준을 신문하면서 구공서에 의지해 질문했다.

"재봉기한 목적은 무엇인가?"

"왜놈을 이 땅에서 몰아내기 위해서이다."

이노우에 가오루는 봉준의 신병을 왜국 영사관에 인도했다.

봉준이 왜국 영사관에 갇혀 있다는 소문은 삽시간에 한양 거리에 퍼졌다.

한양 백성들은 진고개 거리로 몰려들었다.

어떤 이는 동학 괴수를 보러 왔다고 하고, 어떤 이는 역적의 거괴를 보러 왔다고 하고, 어떤 이는 창의군 대장을 만나러 왔다고 했다.

왜국 언론은 이런 왜국 영사관 앞의 모습을 흙산을 쌓아 놓은 듯하다고 표현했다.

봉준은 최경선과 함께 한동안 왜군 군의관에게 치료를 받았다.

봉준은 이불에 싸여 누워 신음했다.

다리에 총상이 있었고 무릎 위에 부상이 심했다.

최경선도 고문을 받아 몸을 가누지 못했다.

왜국 영사 우치다 사다스치가 왜국 수비대의 군의관을 불러 두 사람을 치료해 생명에 지장이 없게 했다.

이노우에 가오루를 비롯해 왜군 수뇌부와 왜국 공사관 관계자들은 봉준 등 남도 지도자들을 순사청에 가두어 두고도 긴장을 풀지 못했다.

무엇보다 이들을 역적으로 다스리는 것뿐 아니라 이들의 입을 통해 홍선과의 연루 사실을 캐내고 싶었다.

100.

고종 32년, 을미년, 1895년.

천우협 소속의 왜국 낭인들이 배후에서 봉준을 구출하려 했다.

봉준이 재봉기를 척왜양의 기치를 내걸고 일으키자 왜국 조정은 집강소 기간에 봉준을 만났던 낭인들을 왜국 국내법을 위반했다고 지목해 폭탄 제조범이나 강도범의 죄를 뒤집어씌워 체포령을 내렸다.

합천 해인사 밥을 먹은 듯 낭인들은 향불 없는 젯밥이 되어 이리저리 흩어져 도망 다녔다.

낭인패 두목 다케다 한시와 그를 보좌했던 우치다 료헤이와 스즈키 텐간은 한식에 죽으나 청명에 죽으나 마찬가지라는 심정으로 히로시마 대본영을 방문해 자신이 쓴 편지를 봉준에게 전달해 달라고 요청했다.

명숙 족하

'순창 장청 모임에서 변고를 만나 다시 찾지 못한 지 눈 깜박할 사이에 반년이 지났소.

나는 여러 병을 얻었지만 하루도 족하를 잊은 날이 없소.

나는 깊은 병을 안고 귀향했소.

하지만 옛 친구의 정리를 스스로 금할 길이 없어 다시 만날 길이 아득하구려.

족하는 지금 무슨 일을 도모하고 있소?

일전에 족하가 전주 감영에서 동학교도들이 폭발하지 않도록 경계하고 타이른다고 들었소.

족하의 총명함을 생각해 보니 필시 경거망동으로 이름 없는 죽음에 이르지는 않았으리라 짐작하오.

동학당은 우리 일본이 조선을 돕는 것을 바라지 않고 일본을 배척하는 기치를 내걸고 거병하여 직접 움직였소.

족하는 이미 동학의 영수가 되었으니 당장 그 일을 기약할 수 있겠소?

나는 그것 때문에 몹시 두렵소.

조선인은 항시 이렇게 생각하오. 조선은 빈약한 소국이라 반드시 대국에 의지해야 스스로를 보전할 수 있다고.

청국은 대국이고 이웃 나라이므로 우리 선조들 역시 줄곧 그 나라에 복종했으니 우리는 의당 청국과 시종 함께할 뿐이라고.

오로지 청국의 환심을 잃을까 두려워하오.

무릇 사람이 자립하지 못하면 사람이 될 수 없소.

나라가 독립하지 못하면 나라가 되지 못하오.

나라도 없고 사람도 없으니 이를 무엇이라고 하리까?

조선인은 스스로 재부를 구하지 않는 까닭에 가난하고 스스로 강함을 구하지 않는 까닭에 허약하오.

가난하고 허약한 까닭에 독립할 수 없소.

독립할 수 없는 까닭에 원기가 쇠진하오.

사람이 스스로 주인이 될 마음이 없으면 그는 스스로 주인이 될 수 없소.

누군가 부국강병의 계책을 내고 와신상담하여 스스로 분발한다면 어찌 조선의 독립이 어렵겠소?

세계 속에 나라를 이룬 곳이 칠십여 국이고 그중 조선보다 작으면서 독립한 나라는 서너 나라나 되오.

하늘이 어찌 조선만 독립시키지 않으려고 하겠소?

진실로 스스로 포기한다면 하늘의 도움을 구할 수 없을 뿐이오.

스스로 포기한 경우 인도와 같이 큰 나라도 오히려 작은 나라인 영국에 복종하고 그 편달을 맡겨 다시 일어서기 불가능할 뿐이오.

그런즉 부강이 나라의 대소에 있지 않고 빈약은 사람의 나약에 기인하오.

별다른 조선인이여.

작은 나라가 그 독립을 돕고자 하나 도리어 그 의로움을 버리오.

대국의 주인에게 신하로 복속되어 부끄러울지라도 기꺼이 이를 받드오.

오직 나라의 거대함만 알고 국력을 비교하는 것을 모르오?

나라만 크다고 반드시 의탁할 수 있겠소?

사람이 크다고 반드시 용맹스럽다고 생각하는 것과 하등 다를 게 있겠소?

큰 사람을 보면 늘 내 주인을 팔아 그의 노예가 되지 않으면 나는 그에게 죽임을 당하리라고 말하오. 나약함이 어찌 그리 심하오.

나는 총명한 선비가 이 백성을 고무시키고 자주독립이란 명칭이 그 실제에 부끄럽지 않게 하길 바라오.

이것이 바로 내가 족하에게 구구절절 이야기하는 까닭이오.

명숙 족하.

족하가 만일 비루한 내 의견을 채택한다면 곧 재차 족하를 위한 나의 계책, 내 흉중의 것을 의당 말할 것이오.

서로 대면하여 깊이 헤아리면 가히 섭섭지 않을 것이오.

나는 족하가 추구하는 유불선 합일의 동학사상을 존중하고 유지하도록 도울 수 있소.

족하가 추구하는 귀천이 없고 평등이 보장된 개혁을 이룩하는 데 도울 수 있소.

족하에게 전화위복의 기회가 되길 바라오.

족하가 만날 장소를 택하여 알려 주시오.

내가 이미 천 리를 달려가 재회를 허락받지 못한다면 평생의 한스러운 일이 될 것이오.'

이 편지는 결국 봉준에게 전달되지 못했다.

천우협 소속 낭인들이 벌인 봉준 포섭 작전과 구명운동은 계속되었다. 그들은 봉준을 직접 만나고자 했다.

봉준이 왜국 영사관 순사청에 갇히자 다케다 한시와 함께 봉준을 만난 적이 있는 다나카 지로는 한양으로 잠입했다.

그는 왜국 영사관 경찰의 양해를 얻어 죄인으로 가장하고 옥으로 들어가 봉준을 만났다.

다나카 지로는 봉준과 천하의 정세 변화를 이야기하고 천우협의 행동에 대해서도 설명했다. 그리고 봉준에게 왜국으로 탈출하라고 권고했다.

봉준은 일단 그 후의에 감사했다.

"내 형편이 여기에 이른 것은 필경 천명이니 굳이 천명을 거스르면서까지 왜국으로 탈출하려는 의사는 없소. 머지않아 나는 죽게 될 터이니 내가 죽고 나면 천우협이 동학을 도와주었으면 좋겠소."

봉준은 태연하고 여유 있는 모습을 보였다.

다나카 지로는 봉준에게 깊이 머리를 숙이고 옥을 나갔다. 다나카 지로는 그 길로 이노우에 가오루 왜국 공사를 만났다. 그는 봉준을 사형시키지 말아 달라고 요청했다.

이노우에 가오루는 처음에는 여느 왜인과 마찬가지로 동학을 흉적으로 여기고 미워했다. 그러나 봉준이 순사청 옥에 갇힌 뒤 생각이 달라졌다.

봉준의 인격이 고결하고 행동거지가 엄숙한 것을 보고 마음속으로 감탄하고 있었다.

그는 다나카 지로의 요청을 받아들였다.

개화 정권에서는 봉준과 동학군 지도자들을 의금부가 아니라 법무아문 산하에 임시로 재판소를 만들어 다루게 했다.

이를 권설재판소라고 부른다.

권설은 임시로 설치했다는 의미이며 예전의 의금부 추국청을 개편한 것과 다름없는 기구였다. 추국청은 역적질을 한 중죄인을 다루는 기구여서 때로는 왕이 참석해 신문을 하기도 했다.

권설재판소에도 사법의 총책임자인 법무대신 서광범이 재판장 역할을 맡았다.

이노우에 가오루는 봉준을 권설재판소에 국사범으로 인도했다. 살려서 왜의 협조자로 만들고 싶었다.

재판관이 아닌 왜국 영사를 회심이라는 이름으로 참석하게 해 실질적으로 재판에 관여하게 했다.

그는 봉준을 비롯한 손화중·김덕명·최경선·성두한과 중죄인으로 다룰 도인 육십일 명을 법무아문으로 넘겼다.

당시는 총리대신 김홍집이 이노우에 가오루 눈에 나 박영효와 서광범이 실권을 잡고 있었다. 이들도 왜국 사람보다 더 긴장했다.

봉준과 동학 지도자들은 의금부 옥인 서린동의 전옥서와 좌포도청 옥이던 좌감옥에 갇혔다.

재판이 진행되었다. 봉준은 재판소에 출석할 때 걸을 수 없어서 짚둥우리에 누운 채 들것에 실려 들어갔다.

담당 법관 장박은 혼백이 상처한 듯, 호박잎에 청개구리 뛰어오르듯 위압을 부렸다. 좌우에 섰던 나졸들에게 호령해 봉준을 일으켜 앉히려 했다.

"너는 일개 죄인이라 어찌 감히 법관 앞에서 불공함이 심한가?"

봉준은 장박을 큰 소리로 꾸짖었다.

"네가 어찌 감히 나를 죄인이라 이르는가?"

"소위 동학당은 조정에서 금하는 바이다. 너는 감히 도당을 불러 모아 난리를 지은 자가 아니냐?

반란군을 몰아 고을을 함락하고 군기와 군량을 빼앗았으며 크고 작은 벼슬아치를 마음대로 죽이고 나라 정사를 참람하게 멋대로 처단했으며 나라의 세금과 공공의 돈을 사사로이 받고 양반과 부자를 모조리 짓밟았으며 노비 문서를 불살라 강상을 무너뜨렸으며 토지를 평균 분배하여 국법을 혼란케 했으며 대군을 몰아 왕성을 핍박하고 조정을 부수어 버리고 새 나라를 도모했으니 이는 대역 불궤의 법을 범한지라. 어찌 죄인이 아니라 하는가?"

장박이 헌 배에 물푸기로 일관하자 봉준은 화를 참고 찬찬히 말했다.

"도 없는 나라에 도학을 세우는 것이 무엇이 잘못이냐? 동학은 사람이 하늘이라 하니 과격하다 하여 금한단 말이냐?

동학은 과거 잘못된 세상을 고쳐 다시 좋은 세상을 만들려고 나선 것이다.

백성을 괴롭히는 탐관오리를 벌하고 모든 백성을 편안하게 하도록 정치를 바로잡는 것이 무엇이 잘못이냐? 관리가 사복을 채우고 나라가 음탕하고 삿된 일에 소비하는 국세와 공전을 거두어 의거에 쓴 것이 무엇이 잘못이며, 조상의 뼈를 우려 행악을 저지르고 여러 사람의 피땀을 긁어모아 제 몸을 살찌우는 자를 없애 버리는 것이 무엇이 잘못이며, 사람으로서 사람을 매매하여 귀천이 있게 하고 공토를 사토로 만들어 빈부가 있게 하는 것은 인도 상 원리에 위반되는 것이니 이것을 고치자 함이 무엇이 잘못이며, 악한 정부를 고쳐 선한 정부를 만들고자 함이 무엇이 잘못이냐?

자국의 백성을 쳐 없애기 위해 외적을 불러들였으니 네 죄가 가장 중한데 도리어 나를 죄인이라 하느냐?"

장박은 할 말이 없어 얼굴만 붉혔다.

권설재판소의 일차 심문은 을미년 이월 구 일에 있었다.

우치다 사다스치는 문초가 있을 때마다 거의 입회해 실태를 파악한 뒤 그 내용을 이노우에 가오루에게 보고했다.

재판장 장박은 고부의 일차 봉기와 무장 봉기 등을 차례로 물었다. 그 밖에도 다른 지도자의 역할 동학군의 규모 들을 물었다.

삼십일 일 동안 모두 다섯 차례 심문했고 총 문항은 이백칠십오 개였다. 봉준은 같은 심문을 여러 차례 받으면서도 당당하고 주저함 없이 대답했고 기억이 희미하면 다시 되살려 대답하기도 했다.

특히 질문이 중대한 일과 관련된 내용이면 자신의 책임을 강조해 결코 다른 사람에게 죄를 전가하지 않았다.

일관되게 의연한 모습을 보였다.

장박은 여러 차례 심문 과정하면서 봉준에게 홍선과의 관계를 집요하게 추궁했다. 봉준의 입을 통해 빌미를 얻어 홍선에게 정치적 타격을 입히려는 의도였다.

봉준은 홍선은 유세한 사람이어서 동학과 아무런 상관이 없었다고 허리춤에서 뱀 집어 던지듯 단호하게 대답했다.

다만 홍선이 보낸 비밀 사자를 만난 적이 있다는 사실만은 인정했다.

마침내 판결은 삼월 이십구 일 내려졌다.

아침부터 비가 내려 길바닥이 질척거렸다.

재판장 장박은 판결문을 읽었다.

제 삼십칠 호 판결선언문

전라도 태인 산외면 동곡 사는 농업 평민.

피고 전봉준 마흔한 살.

전봉준에 대해 형사 피고 사건을 심문하여 본즉 그의 죄는 동모자 손화중과 최경선이 자백한 공초와 압수한 증거 문헌과 더불어 분명하다.

따라서 대전회통 형전 중 군복기마작변관문자부대시참이라는 율에 근거하여 피고 전봉준을 사형에 처한다.

개국 오백사 년 삼월 이십구 일.

법무아문 권설 재판소선고

법무아문

대신 서광범

협변 이재정

참의 장박

주사 김기조 오용묵

회심

경성주재 일본제국영사 우치다 사다스치

봉준의 죄명은 '군복기마작변관문자부대시참'으로 나왔다.

군복차림을 하고 말을 타고서 관아에 대항해 변란을 만든 자는 때를 기다리지 않고 즉시 처형하는 죄라는 것이다.

이들을 교수형에 처한 판결은 갑오개혁 때 개정된 법을 적용했기 때문이었다.

종전에는 역적죄에 해당하는 사형수는 모두 참형에 처해 잘린 머리를 관아의 문 앞에 걸어두거나 여러 사람이 보도록 조리를 돌렸다.

예전에는 중죄인을 죽일 때 한양의 경우 사람들이 많이 모이는 서대문 언저리에 있는 서문시장이나 동대문 언저리에 있는 수구문 밖에서 거행했으며 잘린 머리는 여러 지방을 순회하며 매달아 두었다.

이를 효수경중이라고 했다.

봉준은 부대시참이라는 판결을 듣고 불편한 몸을 벌떡 일으켰다.

"올바른 도를 위해 죽는 것은 조금도 원통하지 않으나 오직 역적의 누명을 받고 죽는 것이 원통하다."

권설재판소의 선고가 끝난 뒤 법정은 소란스러웠다.

특히 왜인 기자들이 더 들떠 있었다.

재판관 장박은 조금 불안한 목소리로 봉준에게 물었다.

"나는 법관의 몸으로 죄인과 한마디 말하지 않을 수 없다. 너는 목숨이 아까운가?"

봉준이 의연하게 말했다.

"국법을 적용했다고 하니 어쩔 수 없는 것 아닌가?"

"그렇다. 우리나라에는 너희가 저지른 것과 같은 범죄에 대해 아직 분명한 규정이 없다. 문명한 여러 나라에는 국사범으로 다루어 사형을 면할 수도 있을 터인데 어쩔 수가 없었다. 너희는 스스로 생각해 보라.

오늘의 죽음은 매우 유감스럽지만 네가 전라도에서 한번 일어나자 청·왜 전쟁의 원인이 되었고 아국도 크게 개혁되었다. 너희가 탐관오리로 지적한 민영준 등도 국법에 처했고 나머지 사람들도 흔적을 감추었다.

그래서 너희의 죽음은 오늘의 공명한 정사를 촉진한 것이므로 명복을 빈다."

여기서 언급한 공명한 정사는 갑오개혁을 의미하는 것으로 사실 갑오개혁은 동학 혁명군의 요구 조항을 참고해 수용한 것이다.

기회주의자 장박의 천박한 의식 수준을 엿볼 수 있는 대목이다.

봉준과 같이 사형 언도를 받은 손화중·김덕명·최경선·성두한 네 명은 판결이 난 다음 날 새벽 축시 중에 곧바로 교수형에 처해졌다.

그들은 온 세상이 잠들어 있던 새벽에 처형되었다.

다섯 명을 한꺼번에 단단한 끈으로 목을 졸라 소문도 내지 않고 은밀하게 죽였다.

조선에 형벌 제도가 생긴 이래 최초의 교수형이었다.

봉준은 죽기 직전에 그를 계속 지켜본 간수의 부탁으로 감회를 담은 시를 한 수 지었다. 이 시는 봉준의 마지막 유시이다.

도쿄니치니치 신문에 게재되어 널리 알려졌다.

때를 만나 천지가 힘을 합했건만
時來天地皆同力
운이 다하니 영웅도 스스로 어찌하지 못하는구나.
運去英雄不自謨
백성을 사랑하고 정의를 세움에 내게 무슨 허물이 있으랴만
愛民正義我無失
나라를 위하는 일편단심 그 누가 알아주리.
愛國丹心誰有知

봉준을 교수형에 처할 때 집행 절차의 총책임을 맡은 강모는 봉준의 최

후의 모습을 지켜보고 이렇게 전했다.

'나는 전봉준이 처음 잡혀 오던 날부터 형벌을 마칠 때까지 그의 앞뒤 행동을 잘 살펴보았다.

그는 과연 만나보기 전 풍문으로 듣던 것보다 훨씬 돋보이는 느낌이 있었다.

그는 외모부터가 천 사람, 만 사람 중 특별한 인물이라고 할 수 있었다. 그의 청수한 얼굴과 정채 있는 눈썹과 눈, 엄정한 기상과 강장한 심지는 세상을 한번 놀라게 할 만한 큰 위인, 큰 영걸이었다.

그는 과연 평지돌출로 일어서서 조선의 민중 운동을 대규모로 창작적으로 한 자이니, 그는 죽을 때까지도 그의 뜻을 굽히지 아니하고 본심 그대로 태연히 간 자이다.

그는 형을 받을 때 교수대 앞에서 가족에게 할 말이 있거든 말하라는 법관의 말을 듣고 준절하게 꾸짖었다.

"나는 다른 말은 없다. 나를 죽일진대 종로 네거리에서 목을 베어 오고 가는 사람들에게 내 피를 뿌려 주는 것이 옳거늘 어찌 나를 이 컴컴한 도둑 소굴에서 남 몰래 죽이느냐?"'

백성들은 그의 죽음이 안타까워 동요를 불렀다.

새야 새야 파랑새야
전주 고부 녹두새야
어서 바삐 날아가라.

댓잎 솔잎 푸르다고
봄철인 줄 알지마라
백설이 휘날리면 먹을 것 없어.

새야 새야 녹두새야
웃녘 새야 아랫녘 새야
전주 고부 녹두새야
함박 쪽박 딱딱 후여
봄철인 줄 알지마라
백설이 휘날리면 먹을 것 없어.

전·후절은 모두 봉준더러 빨리 서울로 진격하라는 풍자적이고 참요적인 내용이다.

초가을 논두렁에서 벼를 노리고 달려드는 새를 쫓은 시골 소년 소녀들이 노래에 담긴 처절한 의미도 모르고 부른 동요가 되었다.

그런데 이들의 사형을 즉각 집행한 데에는 또 다른 속셈이 있었다.

개화 정권은 형법을 개정해 모든 재판과 소송은 이심으로 한다는 조항을 두고 사월 일 일부터 시행한다고 공포했다.

그런데 이들 다섯 명에게는 그 시행을 불과 이틀을 앞두고 사형을 집행했다. 따라서 사형 선고와 사형 집행을 전격적으로 단행해 이심을 할 수 없게 만들었다. 속전속결로 들끓는 민심을 가라앉히려는 꿍꿍이였다.

당시 법무아문으로 잡혀온 동학군 중 봉준을 포함한 두목 다섯 명을 제외한 육십여 명은 죄의 경중에 따라 무죄를 받기도 하고 곤장을 때린 후 방면하거나 유배형을 받기도 했다.

그 외에도 동학군에 협조한 수령인 여산 부사 유제관은 장 육십 대, 함평 현감 권풍식은 장 백 대, 보성 군수 유원규는 무죄, 운봉에서 동학군을 토벌하면서 불법 행위를 한 참모관 박봉양은 장 육십 대, 같은 혐의를 받은 운봉의 소모관 백낙중도 장 육십 대를 맞고 풀려났다.

장흥 전투의 총지휘자 이방언과 동학군과 함께 활동한 접주 김방서는 무죄로 풀려났고, 고창에서 천민부대를 이끌고 활동한 홍낙관은 장 백 대에 유배형, 북접 지도자 황하일은 태형 백 대에 유배형을 받았다.

권설재판소의 판결이 끝난 뒤 사월에는 법무아문 특별법원에서 흥선의 손자인 이준용이 지방 유생 및 동학군과 손을 잡고 한양에서 변란을 일으켜 왕위를 찬탈하려 한 역모 사건을 마무리 지었다.

이 역모 사건에 연루된 인사들 중 이준용은 종신 유배형을 받고 박준양 등 네 명은 각각 교수형에 처해졌다.

이 재판도 재판장은 서광범, 판사는 장박이었다.

101.

고종 32년, 을미년, 1895년.

부산에 주둔하고 있던 왜군은 섬진강 작전을 벌인 뒤 부산으로 돌아갔다.

하지만 쓰쿠바 함은 남해로 진출해 전라 좌수영을 지원했고 이어 이들 육전대가 육지에 상륙하거나 섬을 순회하면서 동학군을 색출했다.

미나미 고시로는 히로시마 대본영의 지시를 받아 이월 중순에 모든 왜군에게 원대 귀환령을 내렸다.

정토군의 동로 분진대, 서로 분진대, 중로 분진대 그리고 황해도와 강원도에 출병했던 왜군 부대에게 현지에서 철수하도록 조치했다.

왜군과 관군은 보무도 당당하게 서울 길을 휩쓸고 올라갔다.

주력 부대인 호남 정토군 전원이 한강을 넘었다.

이월 사 일 신시 중에 정토군은 군부대신 조희연의 환영을 받으며 왜군 주둔지인 용산 만리창 들판에 정렬했다.

얼굴에 흩날리는 초봄의 눈을 입술로 핥으며 이들 이천여 명은 검은 군복 차림에 왜도를 옆구리에 차고 혼인날 똥 싼 놈처럼 허리를 쭉 폈다.

군무협판 권재홍은 미소를 띠고 정중하게 사령관 미나미 고시로에게 다가가 왕의 유시를 전달했다.

'이웃 나라의 친분으로 이 오한의 날씨에 험준한 산곡을 지나 많은 고난을 거쳐 우리나라를 위해 동학당 비도를 초토하고 우리나라의 치안을 보존하며 우리 백성을 도탄의 고통 속에서 구하니 짐은 그 높은 뜻을 찬탄하고 위로의 말을 전한다.'

미나미 고시로는 이 글을 전군을 향해 큰소리로 봉독하고 답사했다.

'대조선국 대군주 폐하는 특별히 불초 등이 동학당 토벌의 공을 이르시어 개선함을 기뻐하기고 거룩한 칙어를 주시니 일동은 모두 황송하기 그지없습니다.'

미나미 고시로의 선창으로 모든 군사가 대군주 폐하 만세와 대일본 황제 폐하 만세를 삼창했다. 이들은 성대한 환영식을 마치고 용산 기지에 잠자리를 마련하고 진탕 마시고 춤을 추었다.

그러나 조선군들은 초라한 숙영지로 돌아가 무릎을 배에 붙이고 잠을 잤다.

다음 날 오후, 왕은 왜군 장교 서른다섯 명과 용산 수비대장·경성 수비대장·인천 병참 사령관·용산병참 사령관 그리고 이노우에 가오루 왜국 공사 등 왜국 요인과 조선군 지휘관을 경복궁으로 초대해 잔치를 베풀었다.

왕태자를 비롯해 총리대신과 여러 대신이 연회에 배석했다.

왕은 먼저 활줌통 내밀듯 왜국 장교들의 전공을 낱낱이 듣고 치하한 뒤 조선군 장교도 잠시 격려했다.

참석자 모두가 대군주 폐하 만세를 삼창하자 내부대신 박영효가 화초밭 괴석처럼 일어나 잔을 들고 환영사를 했다.

'제군은 어디까지나 자국의 일을 보는 듯 우리나라를 위해 전력을 다해 주었다.

이에 진심으로 감사를 전한다.

특별히 여러분 덕분으로 국가와 국민의 일대 우환인 동학의 큰 내란을 진정시킨 것은 성심을 다하여 국가를 위해 한 일로 가슴에서 우러나오는 사의를 표한다.'

다시 홀아비 동심하듯 만세 삼창이 울려 퍼졌고 질펀하게 차린 요리와 독한 술로 여흥을 즐겼다.

미나미 고시로는 왕의 문양이 새겨진 선물 꾸러미를 들고 용산 본영으로 가 다시 잔치를 벌였다.

미나미 고시로는 공로를 인정받아 훈장과 하사금을 받고 개성병참사령관으로 영전했다.

102.

고종 32년, 을미년, 1895년에서 병신년까지.

시형은 보은 북실 전투에서 패한 뒤 다시 기약 없는 잠행길에 나섰다.

손병희·손천민·김연국과 강원도로 몸을 피하여 홍천에 머물다가 을미년 정월 인제군 최영서의 집으로 옮겼고 유월에는 최우범 집으로 옮겼다가 얼마 후에는 다시 원주 수례촌으로 이거했다.

병신년 정월 오 일.

시형은 손병희에 의암 도호를 내리고, 이어 십일 일에는 손천민에게 송암, 김연국에게 구암의 호를 각각 내렸다. 이들이 동학의 삼암이다.

병신년 팔월.

경상도 상주군 은척리로 이거했다.

시형은 삼암을 불러 앉히고 말했다.

"대선생께서 선천의 칼에 환원하신 해에 청국에서는 태평천국의 꿈을 안고 홍수전이 자살했다. 그리고 삼 년이 지난 뒤 왜국에는 명치가 등장했다.

대선생님은 시천주 사상으로 사람이 사람을 천시하던 과거의 폐습에 종지부를 찍었다.

한울님을 모시는 사람의 시천, 한울님을 산 채로 기르는 양천과 한울님을 본받아 실천하는 체천은 사람이 바로 한울님이라는 사람의 성화이다.

대선생님은 시의 뜻을 풀이하면서 안에 신묘한 영이 있고 밖에 기운이 화함이 있고 온 세상 사람이 각각 옮기지 못한다고 했다."

손병희가 말했다.

"그렇습니다. 대선생님의 심오한 뜻은 시 자 속에 모두 포함되어 있다고 보입니다. 그것은 사람이 보유한 생명의 주체인 영의 표현입니다. 사람과 우주의 자연적 통일이고 사람과 사람의 사회적 통일이고 사람과 사회의 혁명적 통일이 시 한 글자 속에 통일되어 있습니다."

"그렇다. 사람이 한울님을 모시고 있다는 뜻은 산모가 태아를 모시고 있는 것에 비유할 수 있다.

태아는 단순히 산모의 뱃속에 있는 것이 아니다. 오히려 산모의 뱃속에 들어 있는 것들이 모두 태아를 위해 있는 것이다. 밥주머니와 창자와 콩팥, 간, 심장은 모두 태아를 위해 있는 것이다.

태아가 숨을 쉬고 있는 동안 산모의 뱃속에 있는 장기들은 모두 태아를 모시고 있다. 그러므로 사람이 한울님을 속에 모신다는 뜻은 산모가 태아를 속에 모신다는 뜻과 같다.

태아는 산모의 뱃속에 들어 있는 것 같지만 사실은 산모가 태아 속에 들어 있는 것이다.

태아는 사람 속에 핀 우주의 꽃이며 우주로부터 비롯된 열매라 하겠다.

사람이 한울님을 속에 모시고 있다는 말은 사람이 한울님 속에서 살아 있다는 뜻이다. 한울님을 속에 모셨다는 것은 사람이 한울님 속에 빠져 있음으로써 가능한 일이다.

엄밀하게 말한다면 사람 속에 한울이 계시는 것이 아니라, 한울님 속에 사람이 계시는 것이다. 그래서 한울님이 사람에 의지한다고 말할 수 있다.

한울님이 사람에 의지한다는 말은 사람은 한울님을 떠나지 아니하고 한울님은 사람을 떠나지 아니한다는 뜻이다.

산모가 태아를 모심은 태아를 뱃속에 가두어 두는 것이 아니라, 태아의 생명을 키우는 일이다. 사람이 한울님을 모심은 한울님을 속에 가두어 두는 것이 아니라 한울님을 사람이 키우는 일이다.

한울님을 산 채로 모시며 한울님을 키우려면 한울님을 가두지 말고 때리지 말고 옮기지 말아야 하고 굶기지 말아야 한다.

한울님을 먹이지 않고 키울 수는 없다. 밥을 먹임으로써 한울님을 키울 수 있다. 그러므로 대선생님께서 말씀하신 만사지는 밥 한 그릇의 이치를 아는 것이라 할 수 있다.

사람에게 밥 한 그릇처럼 가깝고도 먼 것은 없다. 밥 한 그릇처럼 숱한 희비가 얽힌 것도 없으며 밥 한 그릇처럼 숱한 거짓을 감추고 있는 것도 없다.

젖은 산모 몸의 곡식이요, 곡식은 천지의 젖이다.

그러므로 먹던 밥에다 새 밥을 섞으면 안 되는 것이다.

밥 한 그릇은 하늘과 땅 사이에서 맺힌 열매이며 농부들이 흘리는 땀으로 빚은 것이다. 밥 한 그릇을 마주 대하면 하늘과 땅의 놀라운 창조에 감사해야 하며 농부들의 정성 어린 노고에 보답해야 한다.

그러므로 식고는 도로 먹이는 이치요 은혜를 갚는 도리이다.

그래서 나는 말한다. 이제부터 제사를 지낼 때 한밤중에 지내지 말고 대낮에 지내도록 해라.

제상 위에 올리던 밥그릇을 절하는 사람 건너편에 놓지 말고 절하는 사람 쪽으로 옮겨 놓아라.

본래 밥그릇의 자리는 산 사람의 앞이고 산 사람이 밥을 먹는 때는 한밤중이 아니라 벌건 대낮이 아니더냐.

내 건너 쪽에 한울님이 있는 것이 아니라, 바로 이쪽에 나와 함께 한울님이 살아 계시는 것이다.

내 건너 쪽에 조상과 부모가 있는 것이 아니라, 바로 이쪽에 나와 함께 조상과 부모가 살아 계시는 것이다.

내 건너 쪽에 남이 있는 것이 아니라, 바로 이쪽에 나와 함께 남이 살아 있는 것이다.

내 속에 남이 있다는 것은 내가 바로 우리라는 뜻이다. 내 속에 남이 계신다는 것은 남 속에 내가 산다는 뜻이고 우리 속에 내가 살아 있다는 뜻이다.

밥은 대낮의 한울님인 산 사람의 밥이지 죽은 귀신의 밤참이 아니다.

여기 지금 만나는 산 사람이야말로 한울님처럼 공경해야 할 대상이다.

이제부터 밤의 저승과 죽음의 피안으로부터 사람을 해방시켜 대낮의 이승과 삶의 차안으로 시천주의 발걸음을 옮겨 놓을 때이다.

저 갑오년 산천을 피로 물들이며 하염없이 죽어간 도인들 또한 죽었다고 생각지 말라. 그들은 지금 우리 안에 살아 있는 것이다. 사람이 한울님을 모셨다 하나, 그 한울님은 바로 어제의 사람이었고, 그 사람은 바로 오늘의 한울님이다.

그러므로 사람으로 하여금 한울님이 되게 하라.

그러므로 사람 모시기를 한울님처럼 하라."

손병희와 손천민 그리고 김연국이 숙연하게 일어나 경건하게 시형에게 절을 올렸다.

103.

다음 해 정유년.

조선은 왕국에서 제국이 되어 국호를 대한제국이라 하였지만, 이는 왜국의 아가리에 한 걸음 더 다가간 데 불과한 조처였다.

이 해 십이월 이십사 일.

시형은 삼암의 공동 지도 체제를 보완하여, 손병희를 그 주장인 대도주로 삼았다.

무술년, 시형은 홍천으로 옮겨 은신하고 있었다.

당시도 동학도인에게 수색령이 내려져 있었다. 이상옥이 충주에서 잡혔고 권성우도 이원에서 체포되었다.

권성우는 매를 이기지 못해 시형의 거처를 알려 주고 말았다.

군사가 시형의 거처인 홍천으로 들이닥쳤을 때 그는 이질을 앓아 자리에 누워 있었다. 군사들이 시형의 방에 들어갔으나 워낙 피골이 상접한 노인이라 그를 알아보지 못했다.

이어 이웃집을 수색하자 김낙철이 스스로 자신이 해월이라고 나서서 잡혀갔다. 체포를 모면한 시형은 들것에 실려 다른 곳으로 이동했다.

삼월에는 치악산이 바라보이는 원주 서면 송동으로 거처를 정했다. 이때는 그의 아내와 어린 아들도 함께 지냈다. 병을 다스리며 한 달을 지냈다.

도인 송경인이 상금과 공을 탐내 관에 밀고했다. 거처로 다시 군사들이 밀어닥쳤다.

시형은 이번에는 순순히 오라를 받았다.

잡혀가는 그의 뒤를 도인들이 따라가며 울음을 삼키자 군사들이 그들을 주먹으로 때리고 발로 찼다.

시형이 군사들을 꾸짖었다.

“죄 없는 사람을 때리면 그 죄를 받게 된다. 너희들은 하늘이 두렵지 않느냐?”

시형은 경성으로 압송되어 감옥에 있으면서도 아픈 몸을 무릅쓰고 주문을 잠시도 쉬지 않고 외웠다. 시형은 무술년 고등재판소 재판장 조병식과 판사 조병갑에 의해 좌도난정이라는 죄목으로 교수형을 선고 받았다.

그는 육월 이 일 일흔두 살의 나이로 파란만장한 생을 마쳤다.

이종훈과 김준식이 광화문 밖 공동묘지에서 시형의 시신을 거두어 광주 이상하의 산에 예장했다.

혁명 기간 중에 임신한 아내가 감옥에서 다리가 부러지며 유산했고 열일곱 살 된 딸과 외손녀는 관에 잡혀 청산의 통인에게 강제로 시집가는 비운을 겪었다.

시형의 아들 둘은 살아남았다.

최동희는 손병희의 누이인 손씨의 몸을 빌려 경인년에 태어났다. 이어 두 살 아래인 동생 최동호도 태어났다.

이들 형제는 시형이 죽은 뒤 숨어 살면서 모진 고난을 이겨냈다. 이들은 외삼촌 손병희의 보살핌을 받았으나 외삼촌이 기생 출신인 주산월을 셋째

부인으로 맞이하자 사치스러운 생활을 비판했다.

최동희는 삼일 혁명 후 만주로 가 고려혁명당을 조직해 무장투쟁을 벌였고 동생 최동호는 국내에서 자금을 모아 보내주었다.

최동호의 아들 최정간은 도예가로 이름을 날렸다.

104.

고종 32년, 을미년, 1895년.

을미년 일월 팔 일

왜군 보병들이 위해로 진입했고 류궁다오 언저리에는 왜국 해군 연합함대가 나타났다.

구 일.

왜국 해군은 유격대를 투입해 청국 함대에 종횡으로 사격을 가했다. 이에 청 주력함인 정원호가 침몰했다.

이틀 뒤부터 전투가 다시 벌어져 수백 명의 병사가 바다에 빠져 죽거나 총포에 맞아 죽었다. 한 함정에서 백기를 내걸고 용기를 내렸고 다른 함정들도 잇따라 항복했다.

사태를 지켜보던 정여창은 패색이 짙어지자 모든 책임을 자신에게 돌리라는 말을 남기고 아편을 마시고 자결했다. 결전이 시작된 지 사흘 만이었다.

북양함대 지휘부가 항복을 선언하자 왜국 해군 사령관 이토 스케유키와 왜국 육군 총관 야마가타 아리모토는 이를 받아들이고 위해 포대를 접수하는 등의 조건을 내걸고 종전을 선언했다.

이렇게 조선에서 전쟁이 시작된 지 육 개월 만에 청·왜 전쟁이 마무리되었다.

청국 함대는 전함 네 척이 침몰하고 일곱 척이 대파되어 사상자를 천여 명이나 냈다.

왜국 연합함대는 두 척이 대파되고 두 척이 뱃전이 부서졌다. 사상자는 이백칠십 명 내외였다.

우세를 확보한 왜국은 요동 반도 탈취 방침을 세웠다.

여순 학살 사건을 일으키고 봉천 남부를 장악하고 대만을 점령하기 위해 팽호도에서 작전을 벌였다.

팽호 열도는 대만 해협의 중간에 위치한다. 이 열도는 동쪽으로는 대만, 서쪽으로는 복건성 하문과 이어져 있다. 청국에서는 이곳에 오천여 명의 병력을 배치했다.

이월 이십칠 일

시모노세키를 출발한 왜군 혼성군과 보병이 팽호 열도를 공격했다.

청군은 패배했다. 이 상륙전에서 왜군 피해는 겨우 사상자 십구 명이었다.

이날 시모노세키에서는 이홍장과 이토 히로부미가 막바지 회담을 열고 있었다.

당시 청은 두 가지 고민이 있었다.

하나는 국내 문제로, 자국 내에 민중 혁명의 조짐이 팽배했다.

혁명이 일어나 봉건 왕조가 무너지면 민국이 태동되어 공화주의 정부가 들어설 가능성이 예견되었다.

다른 하나는 외부 문제로 열강의 침략이었다.

영길리국·불량국·아라사 등 서구 열강은 왜국이 연전연승하는 것을 보고 청국이 급속하게 와해되는 결과를 우려했다.

청·왜 전쟁이 왜국의 일방적 승리로 끝나면 청국 침략의 주도권을 왜국이 가져가게 된다. 이 경우 아시아의 헌병을 자처하는 영길리국 등은 왜국을 견제하러 나설 터였다.

이런 문제를 무시할 수 없던 왜국은 북경 상륙을 미루고 영토 할양과 전쟁 배상에 주력했다. 이홍장은 풀이 죽어 왜국의 시모노세키로 향했다. 대청의 총리대신이요 노회한 늙은 정치가인 그는 이토 히로부미의 위세 앞에 거구의 몸을 숙였다.

이홍장은 정여창처럼 자결하지 못하고 살아남아 뒷마무리를 맡아야 했고 이토 히로부미는 수많은 장병의 죽음을 훈장처럼 달고 거만을 떨었다.

이토 히로부미는 이미 대만과 팽호 열도에 왜군 상륙을 지시해 놓은 상태였다.

열강의 이해관계를 거론하면서 이홍장이 영길리국이 중립을 지켜 대만을 탐내지 않는다고 말하자 이토 히로부미는 비웃으면서 어찌 대만뿐이겠는가고 대꾸했다.

왜국과 영길리국 사이에 벌써 묵계가 이루어졌다는 사실을 이홍장은 알지 못했다.

이월 이십사 일부터 회담이 세 차례 진행되었다. 그러나 왜국의 각본은 이미 짜여 있던 터라 회담은 청의 뜻과는 다른 방향으로 진행될 수밖에 없었다. 게다가 이홍장이 피습당하는 사건이 일어났다.

삼차 회담을 마친 이홍장이 오후에 교자를 타고 숙소인 인접사 문 앞으로 돌아왔을 때였다. 한 청년이 인파를 뚫고 뛰어나와 교자꾼을 밀치고 이홍장의 얼굴을 비수로 찔렀다.

이홍장이 재빨리 피해 큰 부상을 입지 않았으나 배상한 사건이었다.

왜군이 북경을 점령하지 않은 것에 기분이 상했던 왜국 군부가 자객을 매수했던 것이다.

왜국은 청국의 요동 반도와 대만 팽호 열도의 할양, 청국의 조선 독립 인정, 배상금 이억 원 지급, 영길리국과 동일 조건을 인정하는 최혜국 통상조약의 체결, 문호 개방 등을 요구하고 이토와 무츠 무네미쓰를 강화사로 하여 히로시마에서 시모노세키조약을 체결했다.

하지만 열강은 이를 국제 문제로 비화시켰다.

아라사·불량국·독일은 국제법을 위반했다는 이유로 왜국을 비난했고 그동안 양다리를 걸쳤던 영길리국도 이들에 동조해 간섭했다.

아라사·불량국·독일 삼국은 왜국이 청국에 대한 강화조약에서 요구한 것을 검열하고 요동 반도를 왜국에 할양한다는 것은 특히 청국에 위험성이 있고 조선의 독립 또한 유명무실하게 되며 동양의 평화에 장애가 되므로 우의를 다하기 위해 왜국이 요동을 취하지 말 것을 권한다고 압박했다.

그러나 요동 반도를 반환하는 조건으로 대만에 대한 권한을 확실히 하고 배상금을 받는 조건으로 군대를 철수했다.

이에 왜국은 흰죽 먹다 사발을 깬 격이 되었다.

대만은 할양을 거부하여 저항했으며 왜국은 고전 끝에 십일월에 겨우 이들을 진압했다.

105.

이규태는 그렇게 출세를 위해 발악을 했으나 벼슬이 더 올라가지는 못했다.

이두황은 무고한 양민을 함부로 죽이고 재물을 챙겼는데도 뒷날 전라관찰사가 되어 전주 감영에서 떵떵거렸다.

김학진은 봉준을 도운 혐의로 조정에서 소외당했으나 민족 운동에 나서지도 못하고 어중간하게 살았다.

민종렬은 미나미 고시로와 남다른 친분을 가졌지만 민씨 일가가 쫓겨나면서 역사의 무대에서 사라졌다.

박재순은 뒷날 을사오적이 되어 친일파로 전락했다.

총리대신으로 동학군 토벌에 동조했던 김홍집은 광화문에서 군중에게 맞아 죽었다.

양호 선무사로 활동했던 어윤중은 도망치다가 백성들에게 몽둥이찜질을 당해 죽었다.

왜군을 지원하고 동학군을 섬멸해 달라고 요청한 외무대신 김윤식은 평생 눈치를 보며 살다가 오욕의 삶을 마감했다.

박영효는 갖가지 친일 주구 노릇을 하면서 떵떵거리다가 민족 반역자로 낙인 찍혔다.

민연준은 살아남아서 막대한 재산을 끌어안고 작위와 은사금을 받아 살면서 친일파로 전락했다.

기회주의자 윤치호는 남은 삶도 이리저리 눈치만 보았다.

이도재는 개화 정권이 들어서자 김학진의 뒤를 이어 전라 감사로 부임했다. 그는 전임 감사 김학진이 동학군을 도운 사실을 매우 못마땅하게 생각했다.

흉충이 반흉이라 이도재와 호남 초토사 민종렬은 석방된 동학 지도자들조차 기어코 잡아들여 죽이려 했다.

그들은 서울 권설재판소에서 풀려났거나 현지에서 도망친 지도자들은 다시 잡아 처형했다.

그는 김개남을 전주로 데려와 정식 재판을 거치지 않고 즉결 처분했고 한양에서 석방된 이방언을 장흥에서 끝내 처형했다.

이도재가 불법 처형한 동학군 수는 헤아릴 수 없이 많았다.

횃대 밑 사내 서병학은 보은 집회 때 어윤중의 회유로 해산하고 시형과 함께 달아난 뒤 한때 행적이 묘연했다.

그러다 포도대장 겸 도순찰사 신정희에 붙어 남부도사 한 자리를 얻어 비밀리에 돌아다니며 도인들을 정찰했다.

남부도사는 한성의 오부 중 남부 지역의 책임을 맡은 직책이었다. 이두황과 성하영이 양민을 학살할 때 관군의 길잡이 노릇을 했다.

손병희는 공주 전투에서 동학군이 패해 후퇴할 때 전봉준과 함께 전라도 지방으로 내려갔다가 헤어진 후, 임실 조항에서 최시형을 만나 다시 북상해 영동 지방을 거쳐 보은 땅으로 들어갔다. 이때 경리청의 구상조는 영남 쪽의 왜군과 합동작전을 펴며 그들을 추격했다.

서병학은 경리청 참모관이라는 직책을 받아 청산 옥천 영동 지방에서 길잡이 노릇을 했다.

전쟁이 끝난 뒤 서병학은 병고에 시달리느라 영화도 누리지 못하고 죽었다.

손여옥은 태인 전투에서 패하고 봉준과 헤어진 뒤 나주에서 체포되었다. 그는 어느 산골의 토굴에 숨어 있다가 마을 사람의 밀고로 잡혀 처형당했다.

회오리밤 벗듯 소탈하던 손여옥의 아내는 일곱 살 난 아들 손규선을 데리고 떠돌이 생활을 했다. 손규선은 백양사에서 승려가 되었고 여러 절을 전전하다 나중에는 순창의 강천사를 창건해 주지가 되었다.

송대화는 나주 바닷가에서 배를 타고 옥구군 임피로 피신했다. 그곳 어느 집에 들어가 장승팔이라 이름을 바꾸고 머슴살이를 했다.

그는 힘도 세고 일도 잘한 덕택에 주인의 사위가 되었다. 늦게 아들을 두어 후섭이라 이름을 지어주었다.

도피 생활한 지 십여 년이 지난 때 그는 조심스럽게 고향 마을을 찾아갔다. 그의 동생 송주성은 용케 살아남아 있었다.

주성은 집도 땅도 모조리 빼앗겨 먹고 살길이 없어 남의 일을 하며 겨우 연명하고 있었다.

두 형제는 이렇게 다시 만나 십여 년을 더 의지하며 살다가 의로운 생을 마감했다.

이만덕은 살아남아 집으로 돌아갔다. 은영은 만덕에게 정형을 배워 소를 해체한 조선 최초의 여인이 되었다.

두 사람은 백정 일을 하며 남매를 키웠다.

남매는 후에 미리견으로 유학을 가 아들은 변호사가 되고 딸은 의사가 되었다.

정백현은 봉준의 비서였다.

그는 봉준이 고향 고창 당촌과 가까운 무장에서 태어났다.

한문을 익혀 젊을 때부터 문명을 날렸다. 정백현은 키가 크고 성미가 괄괄했다.

공주 원평 태인 전투가 끝난 뒤 그는 집안에 보관하고 있던 동학 관련 문서를 모두 불태웠다. 그러고는 당촌 마을의 이웃에 있는 신촌 마을로 몸을 피해 그곳에 사는 친구 봉정범의 집 골방에 숨어 지냈다.

그의 아버지는 연좌제에 걸려 고부 수성군에게 끌려가 모진 고문을 받고 아들 대신 죽었다.

박희성은 새재로 가 산채 북쪽에 집을 짓고 김용권을 추모하며 살다 죽었다.

그가 죽은 후 산채를 지도하던 메기는 부하를 이끌고 의병에 참여했다.

홍낙관은 갑오년 십이월 초순에 잡혔다. 한양으로 이송되어 봉준과 함께 재판을 받았다. 죄목은 군기와 전곡의 불법적 수집이었다.

장 백 대를 맞고 삼천 리 밖으로 유배되었다가 다시 고창으로 돌아갔다.

그의 당골 아내와 손자며느리는 고창읍 성남동에 살면서 서부 당골로 군림했는데 그들의 신비한 주술은 고창 일대뿐만 아니라 영광과 무장에까지 미쳤다.

북천도가는 김정태가 죽은 뒤 하마가 행수가 되어 한양의 물도가패를 지휘했다. 하마는 칠패 주막 주모와 살림을 차려 아들 둘을 두었다.

봉준이 태인 전투를 끝으로 무리를 해산하고 장성의 입암산성과 백양사를 거쳐 순창 피노리에 몸을 숨겼을 때 차치구가 봉준을 보좌했는데 어린 아들 차경석도 데리고 다녔다.

이후 차치구가 홍덕의 깊은 산골 토굴에 숨어 지낼 때 마을 사람이 그를 고발했다. 홍덕 수성군이 토굴을 덮치자 차치구는 칼 한 자루와 담뱃대를 들고 나왔다.

홍덕 현감 윤석진은 차치구를 형장에서 불에 태워 죽였다.

치치구의 시신이 형장에 버려져 있자 아들 차경석이 밤에 목책을 뚫고 들어가 시신을 업고 나와 삼십 리를 내달아 선산 아래 가매장했다.

차경석은 뒷날 다시 윤석진에게 잡혔다. 윤석진은 시신을 훔쳐간 죄상을 따졌다.

"네 아비가 잘못 죽었느냐? 잘 죽었느냐?"

차경석은 담담하게 말했다.

"부모의 죽음에 시비를 못 가린다. 다만 국법일 뿐."

윤석진은 차경석을 총살형에 처하라고 지시했는데 이때 한양에서 내려온 참위가 말렸다.

"연좌제도 폐지되고 총살형도 폐지되었으니 그를 죽이지 마시오."

윤석진은 차경석을 형틀에 매어놓고 몰래 사격 준비를 시켰다. 이를 눈치 챈 참위는 중지시키고 차경석을 친히 집에까지 데려다 주었다.

그 뒤 차경석은 일제강점기에 보천교를 창설해 민족 종교 운동에 나섰다.

배상옥은 해남 바닷가 은소면의 한 마을에 몸을 숨기고 있었는데 갑오년 십이월 이십사 일 이규태에게 체포되어 현지에서 처형당했다.

해남 백성은 안타까워 그를 기리는 민요를 불렀다.

'상옥아 상옥아 배상옥아
백만 군대 어디 두고 쑥국대 밑에서 잠드느뇨.'

그가 살던 마을 대월리 백성들은 모두 마을을 떠났다.

배상옥보다 두 살 아래인 아내 김씨를 잡은 수성군은 역적의 계집이라고 그녀를 머슴들에게 욕보이는 수모를 주려 했다.

이를 모면하기 위해 그녀는 일로면 화산리에 사는 남자에게 재가했다. 그 남자와 사이에 자식을 두었으나 남편이 병을 얻어 갑자기 죽고 말았다.

자식을 먹여 살리기 위해 태봉에 사는 남자에게 다시 시집을 가야 했다.

배상옥이 처형될 당시 열두 살 난 딸은 대월리 배씨들이 모두 도망갈 때 대박산 마을에 사는 배웅태가 거두어 부엌데기로 키웠다. 그녀가 성장하자 동네 노총각 이성삼에게 시집보냈다.

이성삼은 열 살 연상이었다.

이방언은 장흥 석대들 전투에서 살아남았다.

그는 숨어 지내다 순천 쪽에서 들이닥친 이두황의 군사들에게 잡혔다.

이방언은 한양에서 재판을 받았는데 증거가 없다고 해 무죄로 풀려났다. 이때 백정 이만덕의 역할이 컸다.

그는 서울에서 풀려나 보성 땅 회령면 새터에 사는 이 의원의 집에 숨어 지냈다.

새로 부임한 장흥 수령 이도재가 다시 그를 찾아냈다. 이방언은 장흥 장대에서 외아들 이성호와 함께 효수되었다. 시신은 이만덕이 수습해 양지바른 산비탈에 묻었다.

관군에 쫓기던 그의 아내와 며느리는 어린 손자를 길가에서 잃어버렸는데 다행히 다시 찾아 대를 이을 수 있었다.

박인호는 동학군이 참패한 후 부하 몇 명과 예산 금오산 토굴로 은신했다. 겨울을 토굴에서 난 뒤 청양의 칠갑산 두치로 근거를 옮겼다.

박인호는 그곳에서 새우젓 장사를 하며 지내다 홍종식을 만났다.

두 사람은 동학 재건을 다짐했고 이에 부근에 숨어 있던 접주 장세화도 가세했다. 세 사람은 지하 포덕을 끈질기게 이어갔다.

충청도 교단 지도자들이 강원도 산골로 들어가고 전라도와 경상도 일대 지도자들이 잡혀 죽거나 숨어 지낼 때 이들의 포덕은 꾸준히 성과를 이루었다.

박인호는 손병희보다 여섯 살 위였다. 뒤에 김연국과 손천민이 손병희와 갈등을 빚을 때 그는 손병희를 굳게 지지하여, 대도주로서 손병희의 후계자가 되었다.

박인호의 아들 박내홍은 천도교 시대에 중추적인 청년 활동가로 활동했다. 북경 대학을 나와 홍명희와 신간회 활동에도 적극 참여했다.

천도교청년동맹을 이끌고 천도교내 친일파 최린과 맞서다 무진년 한양

수운회관에서 왜경 구보다의 사주를 받은 무뢰한의 칼에 찔려 죽었다.

윤봉길은 박인호의 가르침에 따라 동학군에 가담했다가 다시 독립운동의 길로 나아갔다.

세성산 전투에서 패한 이희인은 유진소에서 닦달을 받았다. 참봉 벼슬에 양반 지주인 형 이희민이 달려가 살려달라고 애원했다.

책임자는 목천 현감의 신임장을 얻어 오라고 했다.

이희민이 겨우 신임장을 받아 왔더니 이미 이희인은 처형당한 후였다.

그가 사형장으로 끌려갈 때 젊은 후처는 임신한 몸으로 뒤쫓아 가다가 옥리들의 모진 발길질에 땅바닥을 나뒹굴었다.

이희인은 북면 사기실에서 이십사 일 총살형에 처해졌다.

그가 살던 개목 마을은 동학 집단 주거지라 하여 깡그리 불에 타 없어졌다.

최맹순은 갑오년 십일월 이십일 일에 아들 최한걸, 동료 장복극과 함께 잡혔다. 최맹순은 남사장에서 효수되었고 최한걸과 장복극은 총살당했다.

전기항은 가족과 함께 소백산맥 깊은 골로 들어가 화전을 했다. 그는 소백산 골짜기에 열두 군데 움막을 짓고 옮겨 다녔다.

갑오년 구월 말께 북접 교단에서 기포령이 당도하자 편보언은 각 접주에게 기군령을 내렸다.

감천 모래밭과 장터에는 수많은 동학군이 모였다.

시월 오 일.

대구의 남영병 군사들이 김산 장터에 나타났다.

패배한 편보언은 여기저기 숨어 다니다가 고향 마을에 돌아와 조용히 살았다.

참나무골에 사는 편 씨들은 항일의식이 높았다. 의병으로 편만덕과 편합덕이 잡혀가 재판을 받았다.

편강렬은 후에 데라우치 마사타케 조선총독을 암살하려 했다.

편보언의 큰 아들과 둘째 아들은 만주 서간도로 갔고 셋째 아들만 고향에 남아 어렵게 살았다.

이상옥은 손병희가 이끄는 북접 동학군 지휘자로 공주 전투 당시 충청감영의 뒷산인 봉황산 전투를 지휘했다.

한나절이 넘게 벌어진 전투에서 이상옥은 오른쪽 다리에 관통상을 입었다.

이후 논산으로 물러나 있다가 손병희의 주력 부대와 행동을 같이 해 태인까지 함께 갔다. 임실에서 시형을 만나 북상하던 중 보은 북실전투에서 패전한 뒤 충주까지 동행했다.

그는 충주에서 시형과 헤어졌다. 몸을 피해 다니는 동안 그의 아내는 바위굴에서 해산했으나 미역국은커녕 사흘 동안 밥을 굶었다. 그의 어머니는 동네를 다니며 밥을 빌어 와 산모를 먹였다.

그가 수원 독포도에 숨어 지낼 때 이미 병이 깊었던 그의 아내는 관군에게 잡혀 모진 고문을 받고 후유증으로 죽고 말았다.

을미년 칠월 그는 홍천에 은신한 시형을 다시 만났다.

그 이후 계속 잠행하며 황해도 평안도 함경도 일대의 포덕에 전념했다.

무술년에 이상옥은 어머니 회갑 잔치를 위해 왔다가 잡혀 이천 옥에 갇혔다. 시형의 소재를 대라는 옥리의 모진 추궁에 왼쪽 다리뼈가 부러지면서도 입을 열지 않았다.

"동철은 비록 굳으나 단련하지 않으면 좋은 그릇을 만들 수 없고 송백은 비록 굳세나 눈서리가 아니면 높은 절개를 알지 못한다."

이상옥은 넉 달 만에 풀려났으나 무술년에 시형이 원주에서 잡힐 때 다시 같이 잡혔다. 그는 경성 옥에 끌려가 또다시 다리가 부러지는 모진 고문을 당했다.

그의 추종자들이 옥을 부수고 그를 구출했다.

이후 신축년 손병희가 왜국에 갈 때 함께 따라갔고 그 뒤 세 차례에 걸쳐 동경을 왕래했다. 이때 손병희는 그에게 동학 재건의 소임을 맡기고 중립회도 만들었다.

이상옥은 중립회를 진보회로 개칭했고 진보회는 다시 일진회로 통합되었다.

을사조약이 체결될 대 이상옥은 송병준과 함께 매국노 역할을 했다.

그때 그의 이름은 이상옥에서 이용구로 바뀌어 있었다.

이용구는 왜국을 오가면서 왜국 군부의 끄나풀이 되었고 송병준의 하수인으로 행동했다.

손병희는 병오년에 이용구와 그를 따르는 무리를 천도교에서 출교 처분했다. 이용구는 친일 세력으로 시천교를 만들어 동학의 전통을 자신이 이었다고 떠벌렸다.

정미년에 들어 이용구가 내각에 여러 차례 건의한 끝에 교조와 최시형이 신원됐다. 역사는 참으로 아이러니하다.

서장옥은 서인주나 서일해로 거듭 이름을 바꾸어 가며 활동했다.

갑신년, 서장옥은 황하일과 함께 충청도 일대에서 포덕하던 시형을 찾아가 지도를 받고 포덕을 시작했다.

서장옥은 기축년에 한양으로 올라갔다가 체포되었다. 서장옥은 모진 고난을 받은 후에 금갑도로 유배 갔다.

시형은 밥 먹을 때마다 하늘에 의식을 고하면서 그의 안녕을 빌었다.

서장옥은 유배에서 풀리자 서병학과 함께 공주와 삼례 집회를 주도하면서 강경 노선을 추구했다. 이에 따라 그는 시형 등 온건한 교단 지도부와 잦은 마찰을 빚었다.

이 과정에서 그는 황하일과 함께 독자적 노선을 추구했다.

그는 전라도의 손화중·김개남·김덕명·전봉준을 제자로 거느리고 남도에서 세력을 구축했다.

광화문 상소 운동에 즈음해 한양으로 진출해 외국공사관과 성당에 물러가라는 방문을 붙이고, 집회가 열리는 보은 거리에 왜를 물리치기 위해 협력하자는 글을 내건 것도 서장옥의 영향권 내에 있던 동학군 지도자들이었다.

원평 집회는 바로 이런 배경에서 비롯되었다.

갑오년 유월 그는 다시 좌포도청에 잡혀 고문으로 거의 죽을 지경에 이르러 풀려났다.

구월에 동학이 연합군을 편성해 움직이자 서장옥은 청주 병영을 공격했다가 실패했다.

경인년에 잡혀 손천민과 함께 재판을 받고 교수형을 당했다.

손천민은 청주 출신이다. 손병희의 조카이지만 적손으로 나이가 더 많았다.

두 사람은 거의 같은 시기에 동학에 입도했다. 손천민은 유학을 공부해 문장에 익숙했다. 시형이 보내는 유시문을 주로 지었다.

시형은 김연국, 손천민, 손병희에게 당부했다.

"너희 세 사람이 마음을 합치면 천하가 이 도를 흔들고자 할지라도 어찌하지 못하리라."

세 사람의 노력으로 동학은 자리를 잡아갔다.

시형은 정유년에 세 사람 중에 손병희를 주장으로 삼아 도통을 전수했다. 김연국은 한참 후배를, 손천민은 여섯 살 아래 처삼촌을 교주로 받들었다.

시형이 순도하자 김연국과 손천민은 스승을 좇아 죽자고 했고 손병희는 살아남아 그 뜻을 이루어야 한다고 맞섰다.

손병희는 손천민을 성도주, 김연국을 신도주, 박인호를 경도주로 삼았다. 이는 동학의 기본 수행인 성경신에서 이름을 딴 것이었다.

손천민은 부하 서우순과 함께 청주 산외면 서상옥의 집에서 지내면서 포덕하다 체포되어 교수형을 받았다.

손천민이 죽은 뒤 아들 손재근은 천도명리교를 세웠다.

황해도 동학군은 황해 감영에서 일단 해산한 뒤 장기전에 대비해 진지를 구월산으로 옮겼다. 재령과 신천에 왜군이 쌓아둔 곡식을 실어 구월산 패엽사로 날랐다.

이때 황해 감사로 조희일이 새로 부임해 와 협상을 제의했다.

동학군을 지휘하던 최유현, 오응선은 여기에 호응해 동학군의 무기를 거두고 해산시켜 귀화하겠다는 글을 보냈다. 최유현과 오응선은 일찍이 창수를 동학에 입도시킨 인물이다.

이어 조희일이 병사를 풀어 동학군을 잡겠다고 고을을 수색하자 동학군은 다시 구월산 패엽사로 모여 훈련을 개시했다.

이중 이동엽이 민가에 들어가 패악을 저질러 창수가 제압해 쫓아 보냈다.

창수가 홍역을 앓아 자리에 누워 있을 때 도망갔던 이동엽이 패엽사를 공격했다. 창수는 저항을 포기하고 숨어 지내다 신천에 사는 안태훈에게 몸을 의탁했다.

왜군이 구월산을 공격하자 황해도 동학군은 활동을 접었다.

살아남은 창수는 만주 땅으로 눈길을 주었다.

그는 만주로 가기 전에 안태훈에게 인사하러 갔다가 그곳에서 남원 귓골에 사는 참빗 장수 김형진을 만났다. 김창수와 김형진은 의기가 투합해 백두산과 간도 일대를 두루 돌아보았다.

그들은 등짐장수 차림을 하고 만주 일대를 돌아다녔다 그곳에서 김이언이라는 벽동 출신 인걸이 왜국을 칠 의병을 모은다는 말을 들었다.

김형진이 먼저 김이언을 찾아갔다.

김이언은 쉰 살이 넘은 장년이나 큰 대포를 안아서 들었다 놓았다 하는 장사였다.

스스로 수령이 되어 초산□강계□위원□벽동 등지의 포수와 청국 땅에 사는 동포 중에서 사냥총이 있는 사람을 모아 삼백여 명의 군대를 조직했다.

김형진과 창수와 합류한 김이언은 국모 시해의 일과 그들이 거사하는 동기를 적어 격문을 띄웠다.

첫 거사로 을미년 동짓달 초순에 강계성을 공격했다. 그러나 강계성 점령은 실패로 끝나고 김형진과 창수는 다시 신천으로 돌아갔다.

호랑이를 잡던 포수인 백낙희는 동학군 접주였다. 그는 산포수를 모아 해주부산포라는 이름으로 의병대를 조직했다.

을미년 십이월 백낙희는 해주의 검단방 손이고개에 있는 창수를 찾아갔다.

창수는 그에게 해주 북방의 청룡사에 숨어 있는 김형진을 소개했다. 이들은 거사를 준비하다 백낙희가 장연 고을에서 잡히고 말았다.

해주부산포는 만주로 넘어갔다.

창수는 다시 여기저기 다니다가 황해도 안악군 치하포에서 민비를 살해한 왜군 육군 중위를 죽이고 체포되었다가 사면되었다.

그 뒤 창수는 상해로 망명해 이름을 김구로 바꾸고 독립 투쟁에 몸을 바쳤다.

봉준이 순국한 뒤 그의 후손은 떠돌아다니며 어렵게 살았다. 본가인 천안 전씨와 처가인 여산 송씨는 전 재산을 빼앗기고 모진 고난을 겪었다.

봉준은 이남 이녀를 두었다.

그의 첫째 아내는 신해년생 송씨, 둘째 아내는 경신년생인 이조이였다. 큰아들은 용규, 작은 아들은 용현이라 했다.

그들은 봉준이 죽은 후에 동곡리에 숨어 살며 머슴 노릇을 했다.

두 사람은 모두 동곡리에서 생을 마쳤다.

큰딸 전옥례는 열다섯 살에 화를 피해 진안 마이산 금당사로 들어가 김옥련으로 이름을 바꾸었다. 금당사 공양주로 살다가 스물두 살에 경주인 일을 하는 이영찬에게 시집가 일곱 남매를 두었다.

작은딸 전성녀도 시집가 자손을 여럿 두었다.

에필로그

1.

을미년 이월 구 일.

봉준은 첫 심문을 받고 진술했다.

심문은 법아 관원과 왜국 영사가 회동해 진행했다.

"이름은 무엇인가?"

"전봉준이다."

"나이는 몇인가?"

"마흔하나이다."

"어느 고을에 사는가?"

"태인 산외면 동곡이다."

"무슨 일을 하는가?"

"선비다."

"심판을 공정히 처결하겠으니 일일이 바로 대답해라."

"알았다."

"이미 말했던 것처럼 동학의 일은 개인이 일이 아니다.

나라에 관계되는 일이니 어떤 높은 지위에 있는 자라도 숨기지 말고 바르게 대답해야 한다."

"이 일은 내 마음에서 비롯되었으므로 다른 사람과는 아무 관계가 없다."

"너는 전라도 동학 괴수라 하는데 과연 그런가?"

"괴수라는 말은 너희가 하는 말이다. 나는 창의로 기포했다."

"너는 어디에서 사람을 불러 모았는가?"

"전주와 논산에서 의병을 모았다."

"작년 삼월에 고부 등지에서 민중을 도취했다고 하는데, 어떤 사연이 있었는가?"

"고부 군수가 가렴이 기만 냥이라 백성의 원한이 깊어 그렇게 했다."

"비록 탐관오리라 하더라도 명색이 있었을 것이니 상세하게 말하라."

"지금 그 세목을 다 말하지는 못하겠다."

"그와 같은 명색은 고부 한 곳에서만 행했는가? 아니면 각처에서 행했는가?"

"내가 아는 것은 고부에서 일어난 탐학이다."

"고부 군수의 이름은 무엇인가?"

"조병갑이다."

"탐학은 고부 군수가 홀로 한 것인가? 아니면 이속배와 같이 작간했는가?"

"고부 군수 단독으로 행했다."

"너는 태인에서 살았는데 어찌 고부에서 난리를 쳤느냐?"

"태인에서 살다가 고부로 이사 간 지 수년이 되었다."

"그러면 지금 고부에는 너의 집이 있는가?"

"불에 타 잿더미가 되고 말았다."

"너도 늑징의 피해를 보았는가?"

"나는 없었다."

"지역의 백성이 모두 늑렴을 입었는데, 너 홀로 피해가 없었다는 것은 무엇 때문인가?"

"선비여서 전답이라고는 삼 두락에 불과했다."

"너의 가족은 몇인가?"

"모두 여섯이다."

"고부 온 백성이 조병갑에게 해를 입었는데, 너만 홀로 피해가 없다 하니 참으로 의혹이 간다."

"나는 아침에는 밥을 먹고 저녁에는 죽을 먹으니 나에게 늑렴할 것이 있겠는가?"

"고부 군수는 언제 부임했는가?"

"재작년 동지섣달 양 월 간이다."

"부임하자마자 곧 학정을 행했는가?"

"그렇다."

"처음부터 학정을 행했다면 어째서 즉시 기요하지 않았는가?"

"고부 모든 백성이 참고 또 참으며 견디다가 마지막에 부득이 행한 것이다."

"너는 피해가 없었다고 했는데 왜 기요했는가?"

"백성이 원탄하기에 그들의 피해를 없애주려 했다."

"기포할 때 무엇 때문에 주도하는 입장에 섰는가?"

"백성이 모두 나를 추대하고 주장으로 삼았기에 그 말에 따랐다."

"백성이 너를 추대할 때 너의 집으로 찾아왔던가?"

"백성 수천 명이 내 집 근처에 모였다."

"그들이 왜 너를 주장으로 삼았는가?"

"백성은 비록 수천 명이었으나 그들은 어리석은 농민이었고 나는 문자를 읽을 수 있었기 때문이다."

"너는 고부에 살 때 동학을 가르쳤는가?"

"나는 훈장으로 아동을 지도했으나 동학을 가르친 일은 없다."

"고부에는 동학이 없었는가?"

"있었다."

"기포할 때 백성 중에는 동학하는 사람도 있었는가?"

"도인은 적고 백성은 많았다."

"기포한 후에는 어떤 일을 했는가?"

"진황늑징세를 민간에게 돌려주고 관에서 축조한 보를 파괴했다."

"그게 언제인가?"

"작년 삼월 초이다."

"그 후에는 무슨 일을 했는가?"

"모두 흩어졌다."

“흩어지고 나서 무슨 이유로 다시 기포했는가?”

“장흥 부사 이용태가 안핵사로 고부에 와 기포 백성을 동학도인으로 몰아 이름을 적어 체포하고 그들의 집을 불살랐다.

당사자가 없으면 처자를 잡아 살육을 자행하므로 다시 기포했다.”

“너는 처음에 관에 소장을 올린 일이 있었는가?”

“처음에 사십여 명이 소를 제기했으나 붙잡혀 갇히고 재차 호소하니 또 육십여 명이 쫓겨났다.”

“등소한 것은 언제인가?”

“처음은 재작년 동짓달이었고 재차는 동년 섣달이었다.”

“그렇다.”

“그때는 어떤 일을 했는가?”

“영군 만여 명이 고부 백성을 도륙하기에 부득이 접전했다.”

“어디에서 싸웠는가?”

“황토현에서 접전했다.”

“무기와 군량은 어디에서 구했는가?”

“모두 민간에서 마련했다.”

“고부 군기 창고의 무기를 네가 탈취하지 않았는가?”

“아니다.”

“그때도 역시 네가 주도했는가?”

“그렇다.”

“접전 후 고부에 있었는가?”

“장성으로 갔다.”

"장성에서도 접전했는가?"

"홍계훈이 이끄는 경군과 황룡에서 접전했다."

"경군과 접전하여 어느 편이 이겼는가?"

"우리가 음식을 먹을 때 경군이 대포 사격을 해 아군 사오십 명이 죽었다.

우리가 일제히 반격해 관군이 패주하고 대포 이 좌와 탄환을 노획했다."

"그때 양쪽 군사는 얼마나 되었는가?"

"경군은 칠백 명이고 아군은 사천 명이었다."

"장성에서 접전한 일을 자세히 말해보라."

"경군이 패주한 후 아군은 먼저 전주에 들어가 성을 지켰다."

"그때 감사는 없었는가?"

"감사는 우리가 가자 도주했다."

"성을 지키면서 무슨 일을 했는가?"

"경군이 따라와 완산 용두현에 주둔하고 성안으로 대포를 쏴 경기전이 무너졌다.

이 연유를 경군에서 알렸더니 효유문을 만들어 우리 뜻에 따르겠다고 해 해산했다."

"그 후는 무슨 일을 했는가?"

"그 후 각자 집으로 돌아가 농사를 짓고 나머지는 민간에 떠돌았다."

"그 후는 무슨 일을 했는가?"

"작년 시월에 나는 전주에서 기포하고 손화중은 광주에서 일어났다."

"왜 다시 기포했는가?"

"그 후 들은즉 왜국이 개화한답시고 병사를 인솔해 도성에 들어와 한밤에 궁궐을 파괴하고 주상을 놀라게 했다는 말이 들려 선비들은 충군 애국하는 마음으로 분개를 이기지 못하고 의병을 규합하여 왜인과 접전하여 청문하고자 했다."

"그 후 어떤 일을 했는가?"

"그 후 깊이 생각해 보니 공주 감영은 산이 막히고 강이 둘러 지세가 유리하므로 그곳에 웅거하여 고수를 도모한다면 왜군이 쉬이 공격하지 못할 것을 알았다.

공주로 들어가 왜군과 상치코자 했는데 왜병이 먼저 공주에 확거했으므로 불가피하게 서로 접전이 있었다.

두 번 접전하고 군병을 점고하니 만여 명 중 불과 삼천 명이었다.

다시 두 번 접전하고 점고하니 오백여 명이 남았다.

후퇴하여 금구에 이르러 다시 군병을 모아 수가 점점 늘었으나 기율이 없어 다시 싸우기가 어려웠다.

그래서 각기 해산했다.

금구에서 해산한 후 나는 한양의 상황을 살피기 위해 상경하려 하던 중 순창에서 민병에게 붙잡혔다."

"전주에서 초모했을 때 전라도 백성이 호응하던가?"

"그렇다."

"공주로 향했을 때도 계속 초모했는가?"

"그렇다."

"무슨 방법으로 규합했는가?"

“충의 선비로 창의의 뜻을 방문으로 내걸었다.”

“초모할 때 강제하지는 않았는가?”

“아니다.”

“작년 삼월 고부에서 기포하여 전주로 향할 때 몇 읍을 경유하고 몇 번 접전했는가?”

“무장 고부와 태인 금구를 거쳐 전주에 도달했다.

영병 만여 명이 온다기에 부안으로 갔다가 다시 돌아와 고부에서 영군과 접전했다.”

“그 후 어디로 갔는가?”

“정읍에서 고창 무장 함평을 거쳐 장성에서 경군과 접전했다.”

“전주에는 언제 들어가고 언제 해산했는가?”

“작년 사월 이십육칠 일간에 전주에 들어갔고 오월 초 오륙 일간에 해산했다.”

“재차 기포는 어디에서 시작했는가?”

“전주다.”

“전주에서는 몇 명이나 초모했는가?”

“사천여 명이다.”

“공주에 도착했을 때 몇 명이나 되었는가?”

“만여 명이었다.”

“공주에서는 언제 접전했는가?”

“작년 시월 이십삼사 일이다.”

“당초 고부 기포할 때 동조자는 누구였는가?”

"손화중·최경선·김개남 등이었다."

"그와 다른 사람은 없었는가?"

"허다한 사람이 있어 그 수를 헤아릴 수 없다."

"작년 시월에 기포했을 때 동모자는 누구였는가?"

"손여옥과 조준구뿐이다."

"손화중과 최경선은 그때 어디에 있었는가?"

"두 사람은 당시 광주에 있었다."

"광주에서 무슨 일을 했는가?"

"왜군이 바다로 온다는 첩보가 있어 해안을 막아 광주를 지키라 했다."

2.

을미년 이월 십일 일.

이 차로 심문과 진술이 이어졌다.

"네가 작년 삼월에 기포한 뜻은 백성의 해를 없애주기 위했다는데 사실인가?"

"그렇다."

"내직에 있는 자들이나 외직에 있는 관원이 모두 탐학했는가?"

"내직에 있는 자들도 매관매작을 일삼으니 내외를 불문하고 모두 탐학했다."

"그렇다면 전라도 한 도의 탐학하는 관리를 제거하고자 기포했는가. 아니면 팔도의 부패한 관리를 제거하고자 했는가?"

"전라도 한 도의 탐학을 제거하고 내직의 매작하는 권신을 쫓아내면 팔도가 자연히 맑아질 것이다."

"전라도 감사 이하 각읍 수재가 모두 탐관인가?"

"십중팔구이다."

"어떠한 일을 가리켜 탐학이라 하는가?"

"각읍 수재는 상납을 칭탁하여 가렴결복하고 횡징호역하며 지역에 부유한 백성이 있으면 공연히 죄를 만들어 전 재산을 늑탈하고 전장을 횡침하는 것이 비일비재하다."

"내직 매관 자는 누구인가?"

"민영준·민영환·고영근 등이다."

"이들뿐인가?"

"이 밖에도 도처에 허다하니 다 말할 수 없다."

"이들이 매관했다는 것을 어떻게 알 수 있는가?"

"온 세상에 모르는 사람이 없다."

"그러면 너는 어떤 계책으로 매관을 제거하려 했는가?"

"별도로 계책한 바가 있지 않고 내 마음에 간절한 바가 백성을 편안하게 하는 데 있으므로 탐학을 보면 분탄을 이기지 못했다."

"그래서 소를 올려 청원하지 않았는가?"

"영읍에 진정한 것이 몇 차례인지 모를 정도이다."

"영읍에 진정할 때 네가 친히 했는가?"

"소는 내가 작성하고 원민으로 하여금 올리게 했다."

"조정에도 소를 제기했는가?"

"조정에는 진정할 길이 없어 홍계훈이 전주에 주둔하고 있을 때 연유를 써 드렸다."

"당시 모든 수재가 탐학했는데 홍계훈에게 소를 제기한다 한들 해결할 방도가 되겠는가?"

"그것이 사실이지만 다른 곳에 호소할 길이 없어 부득이 그에게 정소했다."

"언제 영읍에 진정했는가?"

"작년 이삼월 사이이다."

"정월 이전에는 정소하지 않았는가?"

"정월 이전에는 하지 않았다."

"누차 정소했으나 끝내 받아들이지 않아 기포했는가?"

"그렇다."

"너는 고부 군수에게서 직접 받은 피해가 없었는데 왜 기포했는가?"

"세상이 날로 그릇되어 가기에 개연히 한 번 세상을 건져 보려 했다."

"너와 동조한 손화중과 최경선은 모두 동학도인인가?"

"그렇다."

"동학은 어떤 도학인가?"

"마음을 지켜 충효로 본을 삼고 보국안민하고자 하는 도이다."

"너도 동학을 좋아하는가?"

"매우 좋아한다."

"동학은 언제부터 시작되었는가?"

"삼십 년 전에 시작했다."

"누가 시작했는가?"

"경주에 사는 최제우가 창시했다."

"지금도 전라도 내에 동학을 존중하는 자가 많은가?"

"거사 이후 죽은 자가 많아 지금은 많이 적어졌다."

"네가 기포할 때 거느린 자가 모두 도인인가?"

"접주는 모두 도인이나 나머지는 충의지사였다."

"접주라는 것은 무엇인가?"

"영솔하는 자의 호칭이다."

"기포할 때 무기나 양식을 주관하는 자인가?"

"여러 가지 일을 모두 지휘한다."

"접주나 접사는 본래부터 있던 직인가?"

"그렇다."

"동학도인을 영솔하는 직이 접주와 접사뿐인가?"

"그 외에 교장·교수·집강·도집·대정·중정이 있다."

"접주는 평상시에 어떤 일을 하는가?"

"별로 하는 일이 없다."

"법헌이란 어떤 직인가?"

"직책이 아니라 장로의 별호다."

"여러 직은 누가 임명하는가?"

"법헌이 도인의 수를 보아 임명한다."

"남접 북접은 무엇으로 구분하는가?"

"동학에 남북접이라는 구분은 없다. 그것은 너희들이 만든 말이다."

"작년 기포할 때 직을 맡은 자들은 어떤 사건을 지휘했는가?"

"각자 알아서 했다."

"그들이 모두 너의 지휘를 받았는가?"

"그렇다."

"재차 기포할 때 법헌과 의논하였는가?"

"의논이 없었다."

"최 법헌이 동학 괴수인데 어찌 의논이 없었단 말인가?"

"법헌은 괴수가 아니고 영도자이다. 충의는 각자의 본심인데 하필 법헌에게 의논하고 거사해야 하는가?"

3.

을미년 이월 십구 일.

삼 차로 심문과 진술이 있었다.

왜국 영사가 사소한 것을 묻고 마쳤다.

대원군과의 관계를 캐내려 했으나 봉준은 부정했다.

을미년 삼월 칠 일.

사 차 심문도 왜국 영사가 주도했다.

봉준은 모든 책임을 스스로 짊어졌다.

을미년 삼월 십 일.

오 차 심문도 왜국 영사가 주도해 사소한 것을 묻고 마쳤다.

봉준의 불굴의 투지와 기개에 탄복한 왜인들은 여러 차례 회유하려 했으나 봉준은 구구하게 살길을 구함은 내 본의가 아니라고 일축했다.

참고문헌

『해월문집』, 원광대학교 원불교사상연구원(공부자료집).

『도원기서』, 윤석산 역주, 도서출판 모시는사람들, 2020.

『동학농민혁명 전후의 경남지역 동학·천도교 활동』, 경남 동학농민혁명계승사업회, 2020.

『동학경전』, 윤석산 주해, 동학사, 2009.

『동학1·2』, 표영삼 지음, 통나무, 2004.

『동학사상과 동학혁명』, 신일철 외, 청아출판사, 1992.

『동학혁명자료집』, 한국학문헌연구소, 아세아문화사, 1979.

『동학농민혁명사』, 이이화 저, 교유서가, 2020.

『흰그늘의 미학을 찾아서』, 김지하 저, 실천문학사, 2005.

『동학을 배우다, 마음을 살리다』, 송봉구 지음, 모시는 사람들, 2020.

『갑오동학혁명사』, 최현식 저, 향토문화사, 1983.

『도덕경』, 노자 저, 최진석 주해, 소나무, 2009.

『장자』, 장자 저, 안동림 역주, 현암사, 1998.

『도교사』, 구보 노리타다 지음, 최준식 옮김, 분도출판사, 1990.

『도교』, 장언푸 지음, 김영진 옮김, 산책자, 2005.

『도』, 장립문 주편, 권호 역, 동문선, 1989.

『내단 1·2』, 이원국 지음, 김낙필 외 옮김, 성균관대학교출판부, 2005.

『한국 도교의 기원과 역사』, 정재서 지음, 이화여자대학교출판부, 2008.

『주역』, 박일봉 역저, 육문사, 1990.

『주역이란 무엇인가』, 다까다 마쓰시 저, 이기동 역, 여강출판사, 1991.

『삼일신고』, 최동환 해설, 지혜의 나무, 2009.

『천부경』, 김석진 주해, 동방의 빛, 2010.
『최치원의 철학사상』, 최영성, 아세아문화사, 2002.
『북송도학사』, 쓰치다 겐지로 지음, 성현창 옮김, 예문서원, 2006.
『범주로 보는 주자학』, 오하마 아키라 지음, 이형성 옮김, 예문서원, 1997.
『송명성리학』, 진래 지음, 안재호 옮김, 예문서원, 1997.
『전습록 1·2』, 왕양명 지음, 정인재·한정길 역주, 청계, 2001.
『양명철학』, 진래 지음, 전병욱 옮김, 예문서원, 2003.
『불교와 유교』, 아라키 겐고 지음, 심경호 옮김, 예문서원, 2007.
『수운 최제우』, 예문동양사상연구원·오문환 편저, 예문서원, 2005.
『중국철학사』, 가노 나오키 저, 오이환 역, 을유문화사, 1998.
『조선왕조실록』, 박시백, 휴머니스트, 2021.
『승정원일기』, 서울대학교 규장각 소장.
『비변사등록』, 서울대학교 규장각 소장.
『순자』, 순자 지음, 김학주 옮김, 을유문화사, 2009.
『제국의 바다 식민의 바다』, 주강현 저, 웅진씽크빅, 2005.
『하룻밤에 읽는 한국사』, 최용범 저, 페이퍼로드, 2019.
『불타의 세계』, 중촌원 저, 김지견 역, 김영사, 1990.
『한국불교사상』, 서윤길 저, 운주사, 2006.
『인도철학과 불교』, 권오민 지음, 민족사, 2006.
『불타 석가모니』, 와타나베 쇼코 저, 법정 옮김, 동쪽나라, 2002.
『타력』, 이츠키 히로유키 저, 채숙향 옮김, 지식여행, 2000.
『천자문으로 세상 보기』, 김동련 저, 인간사랑, 2017.
『동아대백과사전』, 동아출판사, 1994.
『선시감상사전』, 석지현 엮음, 민족사, 1997.
『조선상고사/한국통사』, 박은식, 신채호 지음, 동서문화사, 2012.
『1862년 진주농민항쟁』, 김준형 지음, 지식산업사, 2001.